新潮文庫

ろまん燈籠

太宰 治著

新潮社版

2964

目次

解説　奥野健男

ろまん燈籠

ろまん燈《どう》籠《ろう》

その一

八年まえに亡《な》くなった、あの有名な洋画の大家、入江新之助氏の遺家族は皆すこし変っているようである。いや、変調子というのではなく、案外そのような暮しかたのほうが正しいので、かえって私ども一般の家庭のほうこそ変調子になっているのかも知れないが、とにかく、入江の家の空気は、普通の家のそれとは少し違っているようである。この家庭の空気から暗示を得て、私は、よほど前に一つの短篇《たんぺん》小説を創《つく》ってみた事がある。私は不流行の作家なので、創った作品を、すぐに雑誌に載せてもらう事も出来ず、その短篇小説も永い間、私の机の引き出しの底にしまわれたままであったのである。その他《ほか》にも、私には三つ、四つ、そういう未発表のままの、謂《い》わば篋底《きょうてい》深く秘めたる作品があったので、おとdしの早春、それらを一纏《まと》めにして、いきなり単行本として出版したのである。まずしい創作集ではあったが、私には、いまでも多少の愛着があるのである。なぜなら、その創作集の中の作品は、一様に甘く、何の野心も持たず、ひどく楽しげに書かれているからである。いわゆる力作は、何だかぎくしゃくして、あとで作者自身が読みかえしてみると、いやな気がしたり等するものであるが、気楽な小曲には、そんな事が無いのである。れいに依《よ》って、その創作集も、あまり売れなかったようであるが、私は別段その事を残念にも思っていない。売れなくて、よかったとさえ思っている。愛着は感じていても、その作品集の内容を、最上質のものとは思っていないからである。冷厳の鑑賞には、とても堪えられる代物《しろもの》ではないのである。謂わば、だらしない作品ばかりなのである。けれども、作者の愛着は、また自《おのずか》ら別のものらしく、私は時折、その甘ったるい創作集を、こっそり机上に開いて読んでいる事もあるのである。その創作集の中でも、最も軽薄で、しかも一ばん作者に愛されている作品は、すなわち、冒頭に於《お》いて述べた入江新之助氏の遺家族から暗示を得たところの短篇小説であるというわけなのである。もとより軽薄な、たわいの無い小説ではあるが、どういうわけだか、私には忘れられない。

――兄妹、五人あって、みんなロマンスが好きだった。

長男は二十九歳。法学士である。ひとに接するとき、少し尊大ぶる悪癖があるけれども、これは彼自身の弱さを庇《かば》う鬼の面《めん》であって、まことは弱く、とても優しい。弟妹たちと映画を見にいって、これは駄作だ、愚作だと言いながら、その映画のさむらいの義理人情にまいって、まず、まっさきに泣いてしまうのは、いつも、この長兄である。それにきまっていた。映画館を出てからは、急に尊大に、むっと不機嫌になって、みちみち一言も口をきかない。生れて、いまだ一度も嘘言《うそ》というものをついた事が無いと、躊躇《ちゅうちょ》せず公言している。それは、どうかと思われるけれど、しかし、剛直、潔白の一面は、たしかに具有していた。学校の成績はあまりよくなかった。卒業後は、どこへも勤めず、固く一家を守っている。イプセンを研究している。このごろ「人形の家」をまた読み返し、重大な発見をして、頗《すこぶ》る興奮した。ノラが、あのとき恋をしていた。お医者のランクに恋をしていたのだ。それを発見した。弟妹たちを呼び集めてそのところを指摘し、大声叱咤《たいせいしった》、説明に努力したが、徒労であった。弟妹たちは、どうだか、と首をかしげて、にやにや笑っているだけで、一向に興奮の色を示さぬ。いったいに弟妹たちは、この兄を甘く見ている。なめている風《ふう》がある。

長女は、二十六歳。いまだ嫁がず、鉄道省に通勤している。フランス語が、かなりよく出来た。背丈が、五尺三寸あった。すごく、瘦《や》せている。弟妹たちに、馬、と呼ばれる事がある。髪は短く切って、ロイド眼鏡をかけている。心が派手で、誰とでもすぐ友達になり、一生懸命に奉仕して、捨てられる。それが、趣味である。憂愁、寂《せき》寥《りょう》の感を、ひそかに楽しむのである。けれどもいちど、同じ課に勤務している若い官吏に夢中になり、そうして、やはり捨てられた時には、その時だけは、流石《さすが》に、しんからげっそりして、間《ま》の悪さもあり、肺が悪くなったと嘘《うそ》をついて、一週間も寝て、それから頸《くび》に繃帯《ほうたい》を巻いて、やたらに咳《せき》をしながら、お医者に見せに行ったら、レントゲンで精細にしらべられ、稀《まれ》に見る頑強の肺臓であるといって医者にほめられた。文学鑑賞は、本格的であった。実によく読む。洋の東西を問わない。ちから余って自分でも何やら、こっそり書いている。それは本箱の右の引き出しに隠して在る。逝去《せいきょ》二年後に発表のこと、と書き認《したた》められた紙片が、その蓄積された作品の上に、きちんと載せられているのである。二年後が、十年後と書き改められたり、二ヵ月後と書き直されたり、ときには、百年後、となっていたりするのである。

次男は、二十四歳。これは、俗物であった。帝大の医学部に在籍。けれども、あまり学校へは行かなかった。からだが弱いのである。これは、ほんものの病人である。おどろくほど、美しい顔をしていた。吝嗇《りんしょく》である。長兄が、ひとにだまされて、モンテエニュの使ったラケットと称する、へんてつもない古いラケットを五十円に値切って買って来て、得々《とくとく》としていた時など、次男は、陰でひとり、余りの痛憤に、大熱を発した。その熱のために、とうとう腎臓《じんぞう》をわるくした。ひとを、どんなひとをも、蔑《べっ》視《し》したがる傾向が在る。ひとが何かいうと、けッという奇怪な、からす天狗《てんぐ》の笑い声に似た不愉快きわまる笑い声を発するのである。ゲエテ一点張りである。これとても、ゲエテの素朴な詩精神に敬服しているのではなく、ゲエテの高位高官に傾倒しているらしい、ふしが、無いでもない。あやしいものである。けれども、兄妹みんなで、即興の詩など競作する場合には、いつでも一ばんである。出来ている。俗物だけに、謂わば情熱の客観的把握《はあく》が、はっきりしている。自身その気で精進すれば、あるいは二流の作家くらいには、なれるかも知れない。この家の、足のわるい十七の女中に、死ぬほど好かれている。

次女は、二十一歳。ナルシッサスである。ある新聞社が、ミス・日本を募っていた時、あの時には、よほど自己推薦しようかと、三夜身悶《みもだ》えした。大声あげて、わめき散らしたかった。けれども、三夜の身悶えの果、自分の身長が足りない事に気がつき、断念した。兄妹のうちで、ひとり目立って小さかった。四尺七寸である。けれども、決して、みっともないものではなかった。なかなかである。深夜、裸形で鏡に向い、にっと可愛《かわい》く微笑してみたり、ふっくらした白い両足を、ヘチマコロンで洗って、その指先にそっと自身で接吻《せっぷん》して、うっとり眼をつぶってみたり、いちど鼻の先に、針で突いたような小さい吹出物して、憂鬱《ゆううつ》のあまり、自殺を計った事がある。読書の撰《せん》定《てい》に特色がある。明治初年の、佳人之奇遇、経国美談などを、古本屋から捜して来て、ひとりで、くすくす笑いながら読んでいる。黒岩涙香《るいこう》、森田思軒《しけん》などの飜訳《ほんやく》をも、好んで読む。どこから手に入れて来るのか、名の知れぬ同人雑誌をたくさん集めて、面白いなあ、うまいなあ、と真顔で呟《つぶや》きながら、端から端まで、たんねんに読破している。ほんとうは、鏡花をひそかに、最も愛読していた。

末弟は、十八歳である。ことし一高の、理科甲類に入学したばかりである。高等学校へはいってから、かれの態度が俄然《がぜん》かわった。兄たち、姉たちには、それが可笑《おか》しくてならない。けれども末弟は、大まじめである。家庭内のどんなささやかな紛争にでも、必ず末弟は、ぬっと顔を出し、たのまれもせぬのに思案深げに審判を下して、これには、母をはじめ一家中、閉口している。いきおい末弟は一家中から敬遠の形である。末弟には、それが不満でならない。長女は、かれのぶっとふくれた不機嫌の顔を見かねて、ひとりでは大人《おとな》になった気でいても、誰も大人と見ぬぞかなしき、という和歌を一首つくって末弟に与えかれの在野遺賢の無聊《ぶりよう》をなぐさめてやった。顔が熊の子のようで、愛くるしいので、きょうだいたちが、何かとかれにかまいすぎて、それがために、かれは多少おっちょこちょいのところがある。探偵小説を好む。ときどきひとり部屋の中で、変装してみたりなどしている。語学の勉強と称して、和文対訳のドイルのものを買って来て、和文のところばかり読んでいる。きょうだい中で、家のことを心配しているのは自分だけだと、ひそかに悲壮の感に打たれている。――

以上が、その短篇小説の冒頭の文章であって、それから、ささやかな事件が、わずかに展開するという仕組みになっていたのであるが、それは、もとよりたわいの無い作品であった事は前にも述べた。私の愛着は、その作品に対してよりも、その作中の家族に対してのほうが強いのである。私は、あの家庭全体を好きであった。たしかに、実在の家庭であった。すなわち、故人、入江新之助氏の遺家族のスケッチに違いないのである。もっとも、それは必ずしも事実そのままの叙述ではなかった。大げさな言いかたで、自分でも少からず狼狽《ろうばい》しながら申し上げるのであるが、謂わば、詩と真実以外のものは、適度に整理して叙述した、というわけなのである。ところどころに、大嘘をさえ、まぜている。けれども、大体は、あの入江の家庭の姿を、写したものだ。一毛に於いて差異はあっても、九牛に於いては、リアルであるというわけなのだ。もっとも私は、あの短篇小説に於いて、兄妹五人と、それから優しく賢明な御母堂に就いてだけ書いたばかりで、祖父ならびに祖母の事は、作品構成の都合上、無礼千万にも割愛してしまっているのである。これは、たしかに不当なる処置であった。入江の家を語るのに、その祖父、祖母を除外しては、やはり、どうしても不完全のようである。私は、いまはそのお二人に就いても語って置きたいのである。そのまえに一つお断りしなければならない事がある。それは、私の之《これ》からの叙述の全部は、現在ことしの、入江の家の姿ではなく、四年前に私がひそかに短篇小説に取りいれたその時の入江の家の雰囲気《ふんいき》に他ならないという一事である。いまの入江家は、少し違っている。結婚した人もある。亡くなられた人さえある。四年以前にくらべて、いささか暗くなっているようである。そうして私も、いまは入江の家に、昔ほど気楽に遊びに行けなくなってしまった。つまり、五人の兄妹も、また私も、みんなが少しずつ大人になってしまって、礼儀も正しく、よそよそしく、いわゆる、あの「社会人」というものになった様子で、お互い、たまに逢《あ》っても、ちっとも面白くないのである。はっきり言えば、現在の入江家は、私にとって、あまり興味がないのである。書くならば、四年前の入江家を書きたいのである。それゆえ、私の之から叙述するのも、四年前の入江の家の姿である。現在は、少し違っている。それだけをお断りして置いて、さて、その頃の祖父は、——毎日、何もせずに遊んでばかりいたようである。もし入江の家系に、非凡な浪曼の血が流れているとしたならば、それは、此《こ》の祖父から、はじまったものではないかと思われる。もはや八十を過ぎている。毎日、用事ありげに、麴町《こうじまち》の自宅の裏門から、そそくさと出掛ける。実に素早い。この祖父は、壮年の頃は横浜で、かなりの貿易商を営んでいたのである。令息の故新之助氏が、美術学校へ入学した時にも、少しも反対せぬばかりか、かえって身辺の者に誇ってさえいたというほどの豪傑である。としとって隠居してからでも、なかなか家にじっとしてはいない。家人のすきを覗《うかが》っては、ひらりと身をひるがえして裏門から脱出する。すたすた二、三丁歩いて、うしろを振り返り、家人が誰もついて来ないという事を見とどけてから、懐中より鳥打帽をひょいと取出して、あみだにかぶるのである。派手な格子縞《こうしじま》の鳥打帽であるが、ひどく古びている。けれども、これをかぶらないと散歩の気分が出ないのである、四十年間、愛用している。これをかぶって、銀座に出る。資生堂へはいって、ショコラというものを注文する。ショコラ一ぱいに、一時間も二時間も、ねばっている。あちら、こちらを見渡し、むかしの商売仲間が若い芸妓《げいぎ》などを連れて現れると、たちまち大声で呼び掛け、放すものでない。無理矢理、自分のボックスに坐《すわ》らせて、ゆるゆると厭味《いやみ》を言い出す。これが、怺《こら》えられぬ楽しみである。家へ帰る時には、必ず、誰かに僅《わず》かなお土産を買って行く。やはり、気がひけるのである。このごろは、めっきり又、家族の御機嫌を伺うようになった。勲章を発明した。メキシコの銀貨に穴をあけて赤い絹紐《きぬひも》を通し、家族に於いて、その一週間もっとも功労のあったものに、之を贈呈するという案である。誰も、あまり欲しがらなかった。その勲章をもらったが最後、その一週間は、家に在るとき必ず胸に吊《つ》り下《さ》げていなければいけないというのであるから、家族ひとしく閉口している。母は、舅《しゅうと》に孝行であるから、それをもらっても、ありがたそうな顔をして、帯の上に、それでもなるべく目立たないように吊り下げる。祖父の晩酌のビイルを一本多くした時には、母は、いや応なしに、この勲章をその場で授与されてしまうのである。長兄も、真面目《まじめ》な性質であるから、たまに祖父の寄席《よせ》のお伴《とも》の功などで、うっかり授与されてしまう事があっても、それでも流石に悪びれず、一週間、胸にちゃんと吊り下げている。長女、次男は、逃げ廻っている。長女は、私にはとてもその資格がありませんからと固辞して利巧に逃げている。殊《こと》に次男は、その勲章を自分の引出しにしまい込んで、落したと嘘をついた事さえある。祖父は、たちまち次男の嘘を看破し、次女に命じて、次男の部屋を捜査させた。次女は、運わるくそのメダルを発見したので、こんどは、次女に贈呈された。祖父は、この次女を偏愛している様子がある。次女は、一家中で最もたかぶり、少しの功も無いのに、それでも祖父は、何かというと此の次女に勲章を贈呈したがるのである。次女は、その勲章をもらうと、たいてい自分の財布の中に入れて置く。祖父は、次女にだけは、そんな除外例を許可するのである。胸に吊り下げずとも、いいのである。一家中で、多少でも、その勲章を欲しいと思っているのは、末弟だけである。末弟も流石にそれを授与されて胸に吊り下げられると、何だか恥ずかしくて落ちつかない気がするのだけれど、それを取り上げられて誰か他の人に渡される時には、ふっと淋《さび》しくなるのである。次女の留守に、次女の部屋へこっそりはいっていって財布を捜し出し、その中のメダルを懐《なつか》しそうに眺めている時もある。祖母は、この勲章を一度も授与された事が無い。はじめから、きっぱり拒否しているのである。ひどく、はっきりした人なのである。ばからしい、と言っている。この祖母は、末弟を目にいれても痛くないほど可愛がっている。末弟が一時、催眠術の研究をはじめて、祖父、母、兄たち姉たち、みんなにその術をかけてみても誰も一向にかからない。みんな、きょろきょろしている。大笑いになった。末弟ひとり泣きべそかいて、汗を流し、最後に祖母へかけてみたら、たちまちにかかった。祖母は椅子《いす》に腰かけて、こくりこくりと眠りはじめ、術者のおごそかな問いに、無心に答えるのである。

「おばあさん、花が見えるでしょう?」

「ああ、綺麗《きれい》だね。」

「なんの花ですか?」

「れんげだよ。」

「おばあさん、一ばん好きなものは何ですか?」

「おまえだよ。」

術者は、少し興覚めた。

「おまえというのは、誰ですか？」

「和夫（末弟の名）じゃないか。」

傍《そば》で拝見していた家族のものが、どっと笑い出したので、祖母は覚醒《かくせい》した。それでも、まず、術者の面目は、保ち得たのである。とにかく祖母だけは、術にかかったのだから。でも、あとで真面目な長兄が、おばあさん、本当にかかったのですか、とこっそり心配そうに尋ねたとき、祖母は、ふんと笑って、かかるものかね、と呟いた。

以上が、入江家の人たち全部のだいたいの素描である。もっと、くわしく紹介したいのであるが、いまは、それよりも、この家族全部で連作した一つの可成《かな》り長い「小説」を、お知らせしたいのである。入江の家の兄妹たちは、みんな、多少ずつ文芸の趣味を持っている事は前にも言って置いた。かれらは時々、物語の連作をはじめる事がある。たいてい、曇天の日曜などに、兄妹五人、客間に集っておそろしく退屈して来ると、長兄の発案で、はじめるのである。ひとりが、思いつくままに勝手な人物を登場させて、それから順々に、その人物の運命やら何やらを捏造《ねつぞう》していって、ついに一篇の物語を創造するという遊戯である。簡単にすみそうな物語なら、その場で順々に口で言って片附《かたづ》けてしまうのであるが、発端から大いに面白そうな時には、大事をとって、順々に原稿用紙に書いて廻すことにしている。そのような、かれら五人の合作の「小説」が、すでに四、五篇も、たまっている筈である。たまには、祖父、祖母、母もお手伝いする事になっている。このたびの、やや長い物語にも、やはり、祖父、祖母、母のお手伝いが在るようである。

その二

たいてい末弟が、よく出来もしない癖に、まず、まっさきに物語る。そうして、たいてい失敗する。けれども末弟は、絶望しない。こんどこそと意気込む。お正月五日間のお休みの時、かれらは、少し退屈して、れいの物語の遊戯をはじめた。その時も、末弟は、僕にやらせて下さい僕に、と先陣を志願した。まいどの事ではあり、兄姉たちは笑ってゆるした。このたびは、としのはじめの物語でもあり、大事をとって、原稿用紙にきちんと書いて順々に廻すことにした。締切は翌日の朝。めいめいが一日たっぷり考えて書く事が出来る。五日目の夜か、六日目の朝には、一篇の物語が完成する。それまでの五日間、かれら五人の兄妹たちは、幽《かす》かに緊張し、ほのかに生き甲斐《がい》を感じている。

末弟は、れいに依《よ》って先陣を志願し、ゆるされて発端を説き起す事になったが、さて、何の腹案も無い。スランプなのかも知れない。ひき受けなければよかったと思った。一月一日、他の兄姉たちは、それぞれ、よそへ遊びに出てしまった。祖父は勿論《もちろん》、早朝から燕尾服《えんびふく》を着て姿を消したのである。家に残っているのは、祖母と母だけである。末弟は、自分の勉強室で、鉛筆をけずり直してばかりいた。泣きたくなって来た。万事窮して、とうとう悪事をたくらんだ。剽窃《ひょうせつ》である。これより他は、無いと思った。胸をどきどきさせて、アンデルセン童話集、グリム物語、ホオムズの冒険などを読み漁《あさ》った。あちこちから盗んで、どうやら、まとめた。

――むかし北の国の森の中に、おそろしい魔法使いの婆《ばあ》さんが住んでいました。実に、悪い醜い婆さんでありましたが、一人娘のラプンツェルにだけは優しく、毎日、金の櫛《くし》で髪をすいてやって可愛がっていました。ラプンツェルは、美しい子でした。そうして、たいへん活潑《かっぱつ》な子でした。十四になったら、もう、婆さんの言う事をきかなくなりました。婆さんを逆に時々、叱《しか》る事さえありました。それでも、婆さんはラプンツェルを可愛くてたまらないので、笑って負けていました。森の樹々が、木枯しに吹かれて一日一日、素肌をあらわし、魔法使いの家でも、そろそろ冬籠《ふゆご》もりの仕度に取りかかりはじめた頃、素張らしい獲物がこの魔法の森の中に迷い込みました。馬に乗った綺麗な王子が、たそがれの森の中に迷い込んで来たのです。それは、この国の十六歳の王子でした。狩に夢中になり、家来たちにはぐれてしまい、帰りの道を見失ってしまったのでした。王子の金《きん》の鎧《よろい》は、薄暗い森の中で松明《たいまつ》のように光っていました。婆さんは、これを見のがす筈は、ありません。風のように家を飛び出し、たちまち王子を、馬からひきずり落してしまいました。

「この坊ちゃんは、肥えているわい。この肌の白さは、どうじゃ。胡桃《くるみ》の実で肥やしたんじゃな！」と喉《のど》を鳴らして言いました。婆さんは長い剛《こわ》い髭《ひげ》を生やしていて、眉《まゆ》毛《げ》は目の上までかぶさっているのです。「まるで、ふとらした小羊そっくりじゃ。さて、味はどんなもんじゃろ。冬籠りには、こいつの塩漬けが一ばんいい。」とにたにた笑いながら短刀を引き抜き、王子の白い喉にねらいをつけた瞬間、

「あっ！」と婆さんは叫びました。婆さんは娘のラプンツェルに、耳を噛《か》まれてしまったからです。ラプンツェルは婆さんの脊中《せなか》に飛びついて、婆さんの左の耳朶《みみたぶ》を、いやというほど噛んで放さないのでした。

「ラプンツェルや、ゆるしておくれ。」と婆さんは、娘を可愛がって甘やかしていますから、ちっとも怒らず、無理に笑ってあやまりました。ラプンツェルは、婆さんの脊中をゆすぶって、

「この子は、あたしと遊ぶんだよ。この綺麗な子を、あたしにおくれ。」と、だだを

こねました。可愛がられ、わがままに育てられていますから、とても強情で、一度言い出したら、もう後へは引きません。婆さんは、王子を殺して塩漬けにするのを一晩だけ、がまんしてやろうと思いました。

「よし、よし。おまえにあげるわよ。今晩は、おまえのお客様に、うんと御馳走してやろう。その代り、あしたになったら、婆さんにかえして下され。」

ラプンツェルは、首肯《うなず》きました。その夜、王子は魔法の家で、たいへん優しくされましたが、生きた心地もありませんでした。晩の御馳走は、蛙《かえる》の焼串《やきぐし》、小さい子供の指を詰めた蝮《まむし》の皮、天狗茸《てんぐだけ》と二十日鼠《はつかねずみ》のしめった鼻と青虫の五臓とで作ったサラダ、飲み物は、沼の女の作った青みどろのお酒と、墓穴から出来る硝酸酒とでした。錆《さ》びた釘《くぎ》と教会の窓ガラスとが食後のお菓子でした。王子は、見ただけで胸が悪くなり、どれにも手を附けませんでしたが、婆さんと、ラプンツェルは、おいしいおいしいと言って飲み食いしました。いずれも、この家の、とって置きの料理なのでありました。

食事がすむと、ラプンツェルは、王子の手をとって自分の部屋へ連れて行きました。ラプンツェルは、王子と同じくらいの脊丈でした。部屋へはいってから、王子の肩を抱いて、王子の顔を覗《のぞ》き、小さい声で言いました。

「お前があたしを嫌いにならないうちは、お前を殺させはしないよ。お前、王子さまなんだろ？」

ラプンツェルの髪の毛は、婆さんに毎日すいてもらっているお蔭《かげ》で、まるで黄金をつむいだように美事に光り、脚の辺まで伸びていました。顔は天使のように、ふっくりして、黄色い薔薇《ばら》の感じでありました。唇は小さく苺《いちご》のように真赤でした。目は黒く澄んで、どこか悲しみをたたえていました。王子は、いままで、こんな美しい女の子を見た事がない、と思いました。

「ええ。」と王子は低く答えて、少し気もゆるんで、涙をぽたぽた落しました。

ラプンツェルは、黒く澄んだ目で、じっと王子を見つめていましたが、ちょっと首肯いて、

「お前があたしを嫌いになっても、人に殺させはしないよ。そうなったら、あたしが自分で殺してやる。」と言って、自分も泣いてしまいました。それから急に大声で笑い出して、涙を手の甲で拭《ぬぐ》い、王子の目をも同様に拭《ふ》いてやって、「さあ、今夜はあたしと一緒に、あたしの小さな動物のところに寝るんだよ。」と元気そうに言って隣りの寝室に案内しました。そこには、藁《わら》と毛布が敷いてありました。上を見ますと、梁《はり》や止り木に、およそ百羽ほどの鳩《はと》がとまっていました。みんな、眠っているように見えましたが、二人が近づくと、少しからだを動かしました。

「これは、みんな、あたしのだよ。」とラプンツェルは教えて、すばやく手近の一羽をつかまえ、足を持ってゆすぶりました。鳩は驚いて羽根をばたばたさせました。

「キスしてやっておくれ！」とラプンツェルは鋭く叫んで、その鳩で王子の頬を打ちました。

「あっちの烏《からす》は、森のやくざ者だよ。」と部屋の隅の大きい竹籠《たけかご》を顎《あご》でしゃくって見せて、「十羽いるんだが、何しろみんな、やくざ者でね、ちゃんと竹籠に閉じこめて置かないと、すぐ飛んでいってしまうのだよ。それから、ここにいるのは、あたしの古い友達のベエだよ。」と言いながら一疋《ぴき》の鹿を、角をつかんで部屋の隅から引きずり出して来ました。鹿の頸《くび》には銅の頸輪がはまっていて、それに鉄の太い鎖がつながれていました。「こいつも、しっかり鎖でつないで置かないと、あたし達のところから逃げ出してしまうのだよ。どうしてみんな、あたし達のところに、いつかないのだろう。どうでもいいや。あたしは毎晩、ナイフでもって、このベエの頸をくすぐってやるんだ。するとこいつは、とてもこわがって、じたばたするんだよ。」そう言いながらラプンツェルは壁の裂け目からぴかぴか光る長いナイフを取り出して、それでもって鹿の頸をなで廻しました。可哀《かわい》そうに、鹿は、せつながって身をくねらせ、油汗を流しました。ラプンツェルは、その様を見て大声で笑いました。

「君は寝る時も、そのナイフを傍に置いとくのかね？」と王子は少しこわくなって、そっと聞いてみました。

「そうさ。いつだってナイフを抱いて寝るんだよ。」とラプンツェルは平気な顔で答えました。「何が起るかわからないもの。それはいいから、さあもう寝よう。お前が、どうしてこの森へ迷い込んだか、それをこれから聞かせておくれ。」ふたりは藁の上に並んで寝ました。王子は、きょう森へ迷い込むまでの事の次第を、どもりどもり申しました。

「お前は、その家来たちとわかれて、淋しいのかい？」

「淋しいさ。」

「お城へ帰りたいのかい？」

「ああ、帰りたいな。」

「そんな泣きべそをかく子は、いやだよ！」と言ってラプンツェルは急に跳ね起き、「それよりか、嬉《うれ》しそうな顔をするのが本当じゃないか。ここに、パンが二つと、ハムが一つあるからね、途中でおなかがすいたら、食べるがいいや。何を愚図愚図しているんだね。」

王子は、あまりの嬉しさに思わず飛び上りました。ラプンツェルは母さんのように

落ちついて、

「ああ、この毛の長靴をおはき。お前にあげるよ。途中、寒いだろうからね。お前には寒い思いをさせやしないよ。これ、お婆さんの大きな指なし手袋さ。さあ、はめてごらん。ほら、手だけ見ると、まるであたしの汚いお婆さんそっくりだ。」

王子は、感謝の涙を流しました。ラプンツェルは次に鹿を引きずり出し、その鎖をほどいてやって、

「ベエや、あたしは出来ればお前を、もっとナイフでくすぐってやりたいんだよ。とても面白いんだもの。でも、もう、どうだっていいや。お前を、逃がしてやるからね、この子をお城まで連れていっておくれ。この子は、お城へ帰りたいんだってさ。どうだって、いいや。うちのお婆さんより早く走れるのは、お前の他に無いんだからね。しっかり頼むよ。」

王子は鹿の脊に乗り、

「ありがとう、ラプンツェル。君を忘れやしないよ。」

「そんな事、どうだっていいや。ベエや、さあ、走れ！　脊中のお客さまを振り落したら承知しないよ。」

「さようなら。」

「ああ、さようなら。」泣き出したのは、ラプンツェルのほうでした。

鹿は闇《やみ》の中を矢のように疾駆しました。藪《やぶ》を飛び越え森を突き抜け一直線に湖水を渡り、狼《おおかみ》が吠《ほ》え、鳥が叫ぶ荒野を一目散、背後に、しゅっしゅっと花火の燃えて走るような音が聞えました。

「振り向いては、いけません。魔法使いのお婆さんが追い駆けているのです。」と鹿は走りながら教えました。「大丈夫です。私より早いものは、流れ星だけです。でも、あなたはラプンツェルの親切を忘れちゃいけませんよ。気象は強いけれども、淋しい子です。さあ、もうお城につきました。」

王子は、夢みるような気持で、お城の門の前に立っていました。

可哀そうなラプンツェル。魔法使いの婆さんは、こんどは怒ってしまったのです。大事な大事な獲物を逃がしてしまった。わがままにも程があります。と言ってラプンツェルを森の奥の真暗い塔の中に閉じこめてしまいました。その塔には、戸口も無ければ階段も無く、ただ頂上の部屋に、小さい窓が一つあるだけで、ラプンツェルは、その頂上の部屋にあけくれ寝起きする身のうえになったのでした。可哀そうなラプンツェル。一年経《た》ち二年経ち、薄暗い部屋の中で誰にも知られず、むなしく美しさを増していました。もうすっかり大人になって考え深い娘になっていました。いつも王子の事を忘れません。淋しさのあまり、月や星にむかって歌をうたう事もありました。淋しさが歌声の底にこもっているので、森の鳥や樹々もそれを聞いて泣き、お月さまも、うるみました。月に一度ずつ、魔法使いの婆さんが見廻りに来ました。そうして食べ物や着物を置いて行きました。婆さんは、ラプンツェルを、やっぱり可愛くて、塔の中で飢え死させるのが、つらいのです。婆さんには魔法の翼があるので、自由に塔の頂上の部屋に出入りする事が出来るのでした。三年経ち、四年経ち、ラプンツェルも、自然に十八歳になりました。薄暗い部屋の中で、自分で気が附かずに美しく輝いていました。自分の花の香気は、自分では気がつきません。そのとしの秋に、王子は狩に出かけ、またもや魔の森に迷い込み、ふと悲しい歌を耳にしました。何とも言えず胸にしみ入るので、魂を奪われ、ふらふら塔の下まで来てしまいました。ラプンツェルではないかしら。王子は、四年前の美しい娘を決して忘れてはいませんでした。「顔を見せておくれ！」と王子は精一ぱいの大声で叫びました。「悲しい歌は、やめて下さい。」

塔の上の小さい窓から、ラプンツェルは顔を出して答えました。「そうおっしゃるあなたは誰です。悲しい者には悲しい歌が救いなのです。ひとの悲しさもおわかりにならない癖に。」

「ああ、ラプンツェル！」王子は、狂喜しました。「私を思い出しておくれ！」ラプンツェルの頬は一瞬さっと蒼白《あおじろ》くなり、それからほのぼの赤くなりました。けれども、幼い頃の強い気象がまだ少し残っていたので、

「ラプンツェル？　その子は、四年前に死んじゃった！」と出来るだけ冷い口調で答えました。けれども、それから大声で笑おうとして、すっと息を吸い込んだら急に泣きたくなって、笑い声のかわりに烈《はげ》しい嗚咽《おえつ》が出てしまいました。

あの子の髪は、金《きん》の橋。

あの子の髪は、虹《にじ》の橋。

森の小鳥たちは、一斉に奇妙な歌をうたいはじめました。ラプンツェルは泣きながらも、その歌を小耳にはさみ、ふっと素張らしい霊感に打たれました。ラプンツェルは、自分の美しい髪の毛を、二まき三まき左の手に捲《ま》きつけて、右の手に鋏《はさみ》を握りました。もう今では、ラプンツェルの美事な黄金の髪の毛は床にとどくほど長く伸びていたのです。じょきり、じょきり、惜しげも無く切って、それから髪の毛を結び合せ、長い一本の綱を作りました。それは太陽《ひ》のもとで最も美しい綱でした。窓の縁にその端を固く結えて、自分はその美しい金《きん》の綱を伝って、するする下へ降りて行きました。

「ラプンツェル。」王子は小声で呟《つぶや》いて、ただ、うっとりと見惚《みと》れていました。

地上に降り立ったラプンツェルは、急に気弱くなって、何も言えず、ただそっと王子の手の上に、自分の白い手をかさねました。

「ラプンツェル、こんどは私が君を助ける番だ。いや一生、君を助けさせておくれ。」王子は、もはや二十歳です。とても、たのもしげに見えました。ラプンツェルは、幽《かす》かに笑って首肯《うなず》きました。

二人は、森を抜け出し、婆さんの気づかぬうちにと急ぎに急いで荒野を横切り、目出度く無事にお城にたどりつく事が出来たのです。お城では二人を、大喜びで迎えました。」

末弟が苦心の揚句、やっとここまで書いて、それから、たいへん不機嫌になった。失敗である。これでは、何も物語の発端にならない。おしまいまで、自分ひとりで書いてしまった。またしても兄や、姉たちに笑われるのは火を見るよりも明らかである。末弟は、ひそかに苦慮した。もう、日が暮れて来た。よそへ遊びに出掛けた兄や、姉たちも、そろそろ帰宅した様子で、茶の間から大勢の陽気な笑い声が聞える。僕は孤独だ、と末弟は言い知れぬ寂寥《せきりょう》の感に襲われた。その時、救い主があらわれた。祖母である。祖母は、さっきから勉強室にひとり閉じこもっている末弟を、可哀そうでならない。

「また、はじめたのかね。うまく書けたかい？」と言って、その時、祖母は末弟の勉強室にはいって来たのである。

「あっちへ行って！」末弟は不機嫌である。

「また、しくじったね。お前は、よく出来もしない癖に、こんな馬鹿げた競争にはいるからいけないよ。お見せ。」

「わかるもんか！」

「泣かなくてもいいじゃないか。馬鹿だね。どれどれ。」と祖母は帯の間から老眼鏡を取り出し、末弟のお伽噺《とぎばなし》を小さい声を出して読みはじめた。くつくつ笑い出して、「おやおや、この子は、まあ、ませた事を知っているじゃないか。面白い。よく書けていますよ。でも、これじゃ、あとが続かないね。」

「あたりまえさ。」

「困ったね？　私ならば、こう書くね。お城では、二人を大喜びで迎えました。けれども、これから不仕合せが続きます、と書きます。どうだろうね。こんな魔法使いの娘と、王子さまでは身分がちがいすぎますよ。どんなに好き合っていたって、末は、うまく行かないね。こんな縁談は、不仕合せのもとさ。どうだね？」と言って、末弟の肩を人指ゆびで、とんと突いた。

「知っていますよ、そんな事ぐらい。あっちへ行って！　僕には、僕の考えがあるんですからね。」

「おや、そうかい。」祖母は落ちついたものである。たいてい、末弟の考えというものがわかっているのである。「大急ぎで、あとを書いて、茶の間へおいで。おなかが、すいたろう。おぞうにを食べて、それから、かるたでもして遊んだらいいじゃないか。そんな、競争なんて、つまらない。あとは、大きい姉さんに頼んでおしまい。あれは、とても上手だから。」

祖母を追い出してから、末弟は、おもむろに所謂《いわゆる》、自分の考えなるものを書き加えた。

「けれども、これから不仕合せが続きます。魔法使いの娘と、王子とでは、身分があまりに違いすぎます。ここから不仕合せが起るのです。あとは大姉さんに、お願いいたします。ラプンツェルを大事にしてやって下さい。」と祖母の言ったとおりに書いて、ほっと溜息《ためいき》をついた。

その三

きょうは二日である。一家そろって、お雑煮を食べてそれから長女ひとりは、すぐに自分の書斎へしりぞいた。純白の毛糸のセエタアの、胸には、黄色い小さな薔薇《ばら》の造花をつけている。机の前に少し膝《ひざ》を崩して坐り、それから眼鏡をはずして、にやにや笑いながらハンケチで眼鏡の玉を、せっせと拭いた。それが終ってから、また眼鏡をかけ、眼を大袈裟《おおげさ》にぱちくりとさせた。急に真面目《まじめ》な顔になり、坐り直して机に頬《ほお》杖《づえ》をつき、しばらく思いに沈んだ。やがて、万年筆を執って書きはじめた。

――恋愛の舞踏の終ったところから、つねに、真の物語がはじまります。めでたく結ばれたところで、たいていの映画は、the end になるようでありますが、私たちの知りたいのは、さて、それからどんな生活をはじめたかという一事であります。人生は、決して興奮の舞踏の連続ではありません。白々しく興覚めの宿命の中に寝起きしているばかりであります。私たちの王子と、ラプンツェルも、お互い子供の時にちらと顔を見合せただけで、離れ難い愛着を感じ、たちまちわかれて共に片時も忘れられず、苦労の末に、再び成人の姿で相逢《あいあ》う事が出来たのですが、この物語は決してこれだけでは終りませぬ。お知らせしなければならぬ事は、むしろその後の生活に在るのです。王子とラプンツェルは、手を握り合って魔の森から遁《のが》れ、広い荒野を飲まず食わず終始無言で夜ひる歩いて、やっとお城にたどり着く事が出来たものの、さて、それからが大変です。

王子も、ラプンツェルも、死ぬほど疲れていましたが、ゆっくり休んでいるひまもありませんでした。王さまも、王妃も、また家来の衆も、ひとしく王子の無事を喜び矢継早に、此《こ》の度の冒険に就いて質問を集中し、王子の背後に頸垂《うなだ》れて立っている異様に美しい娘こそ四年前、王子を救ってくれた恩人であるという事もやがて判明いたしましたので、城中の喜びも二倍になったわけでした。ラプンツェルは香水の風呂にいれられ、美しい軽いドレスを着せられ、それから、全身が埋ってしまうほど厚く、ふんわりした蒲団《ふとん》に寝かされ、寝息も立てぬくらいの深い眠りに落ちました。ずいぶん永いこと眠り、やがて熟し切った無花果《いちじく》が自然にぽたりと枝から離れて落ちるように、眠り足りてぽっかり眼を醒《さ》ましましたが、枕《まくら》もとには、正装し、すっかり元気を恢復《かいふく》した王子が笑って立って居《お》りました。ラプンツェルは、ひどく恥ずかしく思いました。

「あたし、帰ります。あたしの着物は、どこ？」と少し起きかけて、言いました。

「ばかだなあ。」王子は、のんびりした声で、「着物は、君が着てるじゃないか。」

「いいえ、あたしが塔で着ていた着物よ。かえして頂戴《ちょうだい》。あれは、お婆さんが一等いい布ばかり寄せ集めて縫って下さった着物なのよ。」

「ばかだなあ。」王子は再び、のんびりした声で言いました。「もう、淋しくなったのかい？」

ラプンツェルは、思わずこっくり首肯き、急に胸がふさがって、たまらなくなり、声を放って泣きました。お婆さんから離れて、他人ばかりのお城に居るのを淋しく思ったのではありません。それは、まえから覚悟して来た事でございます。それに、あの婆さんは決していい婆さんで無いし、また、たとい佳《よ》いお婆さんであっても、娘というものは、好きなひとさえ傍にいて下さったら、肉親全部と離れたとて、ちっとも淋しがらず、まるで平気なものでございます。ラプンツェルの泣いたのは、淋しかったからではありませぬ。それはきっと恥ずかしく、くやしかったからでありましょう。お城へ夢中で逃げて来て、こんな上等の着物を着せられ、こんな柔かい蒲団に寝かされ、前後不覚に眠ってしまって、さて醒めて落ちついて考えてみると、あたしは、こんな身分じゃ無かった、あたしは卑《いや》しい魔法使いの娘だったという事が、はっきり判《わか》って、それでいたたまらない気持になり、恥ずかしいばかりか、ひどい屈辱さえ感ぜられ、帰ります等と唐突なことを言い出したのではないでしょうか。ラプンツェルには、やっぱり小さい頃の、勝気な片意地の性質が、まだ少し残っているようでありま す。苦労を知らない王子には、そんな事の判ろう筈《はず》がありませぬ。ラプンツェルが突然、泣き出したので、頗《すこぶ》る当惑して、

「君は、まだ、疲れているんだ。」と勝手な判断を下し、「おなかも、すいているんだ。とにかく食事の仕度をさせよう。」と低く呟《つぶや》きながら、あたふたと部屋を出て行きました。

やがて五人の侍女がやって来て、ラプンツェルを再び香水の風呂にいれ、こんどは前の着物よりもっと重い、真紅の着物を着せました。顔と手に、薄く化粧を施しました。少し短い金髪をも上手にたばねてくれました。真珠の頸飾《くびかざり》をゆったり掛けて、ラプンツェルがすっくと立ち上った時には、五人の侍女がそろって、深い溜息をもらしました。こんなに気高く美しい姫をいままで見た事も無し、また、これからも此の世で見る事は無いだろうと思いました。

ラプンツェルは、食事の部屋に通されました。そこには王さまと、王妃と王子の三人が、晴れやかに笑って立っていました。

「おう綺麗《きれい》じゃ。」王さまは両手をひろげてラプンツェルを迎えました。

「ほんとうに。」と王妃も満足げに首肯きました。王さまも王妃も、慈悲深く、少しも高ぶる事の無い、とても優しい人でした。

ラプンツェルは、少し淋しそうに微笑《ほほえ》んで挨拶《あいさつ》しました。

「お坐り。ここへお坐り。」王子は、すぐにラプンツェルの手を執って食卓につかせ、自分もその隣りにぴったりくっついて坐りました。可笑《おか》しいくらいに得意な顔でした。

王さまも王妃も軽く笑いながら着席し、やがてなごやかな食事がはじめられたのでしたが、ラプンツェルひとりは、ただ、まごついて居りました。つぎつぎと食卓に運ばれて来るお料理を、どうして食べたらいいのやら、まるで見当が附かないのです。いちいち隣りの王子のほうを盗み見て、こっそりその手つきを真似《まね》て、どうやら口に入れる事が出来ても、青虫の五臓のサラダや蛆《うじ》のつくだ煮などの婆さんのお料理ばかり食べつけているラプンツェルには、その王さまの最上級の御馳走も、何だか変な味で胸が悪くなるばかりでありました。鶏卵の料理だけは流石《さすが》においしいと思いましたが、でも、やっぱり森の烏《からす》の卵ほどには、おいしくないと思いました。

食卓の話題は豊富でした。王子は、四年前の恐怖を語り、また此度の冒険を誇り、王さまはその一語一語に感動し、深く首肯いてその度毎《たびごと》に祝盃《しゅくはい》を傾けるので、ついには、ひどく酔いを発し、王妃に背負われて別室に退きました。王子と二人きりになってから、ラプンツェルは小さい声で言いました。

「あたし、おもてへ出てみたいの。なんだか胸が苦しくて。」顔が真蒼《まつさお》でした。

王子は、あまりに上機嫌だったので、ラプンツェルの苦痛に同情する事を忘れていました。人は、自分で幸福な時には、他人の苦しみに気が附かないものなのでしょう。ラプンツェルの蒼い顔を見ても、少しも心配せず、

「たべすぎたのさ。庭を歩いたら、すぐなおるさ。」と軽く言って立ち上りました。

外は、よいお天気でした。もう秋も、なかばなのに、この庭ばかりは様々の草花が一ぱい咲いて居りました。ラプンツェルは、やっと、にっこり笑いました。

「せいせいしたわ。お城の中は暗いので、私は夜かと思っていました。」

「夜なものか。君は、きのうの昼から、けさまで、ぐっすり眠っていたんだ。寝息も無いくらいに深く眠っていたので、私は、死んだのじゃないかと心配していた。」

「森の娘が、その時に死んでしまって、目が醒めてみると、上品なお姫さまになっていたらよかったのだけれど、目が醒めても、やっぱり、あたしはお婆さんの娘だったわ。」ラプンツェルは本気に残念がって、そう言ったのでしたが、王子はそれをラプンツェルのお道化と解して、大いに笑い興じ、

「そうかね。そうであったかね。それはお気の毒だったねえ。」と言って、また大声

を挙げて笑うのでした。

なんという花か、たいへん匂《にお》いの強い純白の小さい花が見事に咲き競っている茨《いばら》の陰にさしかかった時、王子は、ふいと立ちどまり一瞬まじめな眼つきをして、それからラプンツェルの骨もくだけよとばかり抱きしめて、それから狂った人のような意外の動作をいたしました。ラプンツェルは堪え忍びました。はじめての事でもなかったのでした。森から遁れて荒野を夜ひる眠らず歩いている途中に於《お》いても、これに似た事が三度あったのでした。

「もう、どこへも行かないね？」と王子は少し落ちついて、ラプンツェルと並んでまた歩き出し、低い声で言いました。二人は白い花の茨の陰から出て、水蓮の咲いている小さい沼のほうへ歩いて行きます。ラプンツェルは、なぜだか急に可笑しくなって、ぷっと噴き出しました。

「何。どうしたの？」と王子は、ラプンツェルの顔を覗《のぞ》き込んで尋ねました。「何が可笑しいの？」

「ごめんなさい。あなたが、へんに真面目なので、つい笑っちゃったの。あたしが今さら、どこへ行けるの？　あたしが、あなたを塔の中で四年も待っていたのです。」

沼のほとりに着きました。ラプンツェルは、こんどは泣きたくなって、岸の青草の上に崩れるように坐りました。王子の顔を見上げて、「王さまも、王妃さまも、おゆるし下さったの？」

「もちろんさ。」王子は再び以前の、こだわらぬ笑顔にかえってラプンツェルの傍に腰をおろし、「君は、私の命の恩人じゃないか。」

ラプンツェルは、王子の膝に顔を押しつけて泣きました。

それから数日後、お城では豪華な婚礼の式が挙げられました。その夜の花嫁は、翼を失った天使のように可憐《かれん》に震えて居りました。王子には、この育ちの違った野性の薔薇が、ただもう珍らしく、ひとつき、ふたつき暮してみると、いよいよラプンツェルの突飛な思考や、残忍なほどの活潑《かっぱつ》な動作、何ものをも恐れぬ勇気、幼児のような無智な質問などに、たまらない魅力を感じ、溺《おぼ》れるほどに愛しました。寒い冬も過ぎ、日一日と暖かになり、庭の早咲きの花が、そろそろ開きかけて来た頃、二人は並んで庭をゆっくり歩きまわって居りました。ラプンツェルは、みごもっていました。

「不思議だわ。ほんとうに、不思議。」

「また、疑問が生じたようだね。」王子は二十一歳になったので少し大人びて来たようです。「こんどは、どんな疑問が生じたのか、聞きたいものだね。先日は、神様が、どこにいるのかという偉い御質問だったね。」

ラプンツェルは、うつむいて、くすくす笑い、

「あたしは、女でしょうか。」と言いました。

王子は、この質問には、まごつきました。

「少くとも、男ではない。」と、もったいぶった言いかたをしました。

「あたしも、やはり、子供を産んで、それからお婆さんになるのでしょうか。」

「美しいお婆さんになるだろう。」

「あたし、いやよ。」ラプンツェルは、幽《かす》かに笑いました。とても淋しい笑いでした。

「あたしは、子供を産みません。」

「そりゃ、また、どういうわけかね。」王子は余裕のある口調で尋ねます。

「ゆうべも眠らずに考えました。子供が生れると、あたしは急にお婆さんになるし、あなたは子供ばかりを可愛《かわい》がって、きっと、あたしを邪魔になさるでしょう。誰も、あたしを可愛がってくれません。あたしには、よくわかります。あたしは、育ちの卑しい馬鹿な女ですから、お婆さんになって汚くなってしまったら、何の取りどころも無くなるのです。また森へ帰って、魔法使いにでもなるより他《ほか》はありませぬ。」

王子は不機嫌になりました。

「君は、まだ、あのいまわしい森の事を忘れないのか。君のいまの御身分を考えなさ

い。」

「ごめんなさい。もう綺麗に忘れているつもりだったのに、ゆうべの様な淋しい夜には、ふっと思い出してしまうのです。あたしの婆さんは、こわい魔法使いですが、でも、あたしをずいぶん甘やかして育てて下さいました。誰もあたしを可愛がらないようになっても、森の婆さんだけは、いつでも、きっと、あたしを小さい子供のように抱いて下さるような気がするのです。」

「私が傍《そば》にいるじゃないか。」王子は、にがり切って言いました。

「いいえ、あなたは駄目。あなたは、あたしを、ずいぶん可愛がって下さいましたが、ただ、あたしを珍らしがってお笑いになるばかりで、あたしは何だか淋しかったのです。いまに、あたしが子供を産んだら、あなたは今度は子供のほうを珍らしがって、あたしを忘れてしまうでしょう。あたしはつまらない女ですから。」

「君は、ご自分の美しさに気が附かない。」王子は、ひどく口をとがらせて唸《うな》るように言いました。「つまらない事ばかり言っている。きょうの質問は実にくだらぬ。」

「あなたは、なんにも御存じ無いのです。あたしは、このごろ、とても苦しいのですよ。あたし、やっぱり、魔法使いの悪い血を受けた野蛮な女です。生れる子供が、憎くてなりません。殺してやりたいくらいです。」と声を震わせて言って、下唇を嚙《か》みました。

気弱い王子は戦慄《せんりつ》しました。こいつは本当に殺すかも知れぬと思ったのです。あきらめを知らぬ、本能的な女性は、つねに悲劇を起します。」

長女は、自信たっぷりの顔つきで、とどこおる事なく書き流し、ここまで書いて静かに筆を擱《お》いた。はじめから読み直してみて、時々、顔をあからめ、口をゆがめて苦笑した。少し好色すぎたと思われる描写が処々《ところどころ》に散見されたからである。口の悪い次男に、あとで冷笑されるに違いないと思ったが、それも仕方がないと諦《あきら》めた。自分の今の心境が、そのまま素直にあらわれたのであろう、悲しいことだと思ったりした。でもまた、これだけでも女性の心のデリカシイを描けるのは兄妹中で、私の他には無いのだと、幽かに誇る気持もどこかにあった。書斎には火の気が無かった。いま急に、それに気附いて、おう寒い、と小声で呟き、肩をすぼめて立ち上り、書き上げた原稿を持って廊下へ出たら、そこに意味ありげに立っている末弟と危く鉢合せしかけた。

「失敬、失敬。」末弟は、ひどく狼狽《ろうばい》している。

「和ちゃん、偵察しに来たのね。」

「いやいや、さにあらず。」末弟は顔を真赤にして、いよいよへどもどした。

「知っていますよ。私が、うまく続けたかどうか心配だったんでしょう？」

「実は、そうなんだよ。」末弟は小声であっさり白状した。「僕のは下手だったろうね。どうせ下手なんだからね。」ひとりで、さかんに自嘲《じちよう》をはじめた。

「そうでもないわよ。今回だけは、大出来よ。」

「そうかね。」末弟の小さい眼は喜びに輝いた。「ねえさん、うまく続けてくれたかね。ラプンツェルを、うまく書いてくれた？」

「ええ、まあ、どうやらね。」

「ありがたい！」末弟は、長女に向って合掌した。

その四

三日目。

元日に、次男は郊外の私の家に遊びに来て、近代の日本の小説を片っ端からこきおろし、ひとりで興奮して、日の暮れる頃、「こりゃ、いけない。熱が出たようだ。」と呟《つぶや》き、大急ぎで帰っていった。果せるかな、その夜から微熱が出て、きのうは寝たり起きたり、けさになっても全快せず、まだ少し頭が重いそうで蒲団《ふとん》の中で鬱々《うつうつ》としている。あまり、人の作品の悪口を言うと、こんな具合いに風邪をひくものである。

「いかがです、お加減は。」と言って母が部屋へはいって来て、枕元《まくらもと》に坐り、病人の額にそっと手を載せてみて、「まだ少し、熱があるようだね。大事にして下さいよ。きのうは、お雑煮を食べたり、お屠蘇《とそ》を飲んだり、ちょいちょい起きて不養生をしていましたね。無理をしては、いけません。熱のある時には、じっとして寝ているのが一ばんいいのです。あなたは、からだの弱い癖に、気ばかり強くていけません。」

さかんに叱《しか》られている。次男は、意気銷沈《いきしょうちん》の態《てい》である。かえす言葉も無く、ただ、幽かに苦笑して母のことを聞いている。この次男は、兄妹中で最も冷静な現実主義者で、したがって、かなり辛辣《しんらつ》な毒舌家でもあるのだが、どういうものか、母に対してだけは、蔓草《つるくさ》のように従順である。ちっとも意気があがらない。いつも病気をして、母にお手数をかけているという意識が胸の奥に、しみ込んでいるせいでもあろう。

「きょうは一日、寝ていなさい。むやみに起きて歩いてはいけませんよ。ごはんも、ここでおあがり。おかゆを、こしらえて置きました。さと（女中の名）が、いま持って来ますから。」

「お母さん。お願いがあるんだけど。」すこぶる弱い口調である。「きょうはね、僕の番なのです。書いてもいい？」

「なんです。」母には一向わからない。「なんの事です。」

「ほら、あの、連作を、またはじめているんですよ。きのう、僕は退屈だったものだから、姉さんに頼んで無理に原稿を見せてもらって、ゆうべ一晩、そのつづきを考えていたのです。今度のは、ちょっと、むずかしい。」

「いけません、いけません。」母は笑いながら、「文豪も、風邪をひいている時には、いい考えが浮びません。兄さんに代ってもらったらどう？」

「だめだよ。兄さんなんか、だめだよ。兄さんにはね、才能が、無いんですよ。兄さんが書くと、いつでも、演説みたいになってしまう。」

「そんな悪口を言っては、いけません。兄さんの書くものは、いつも、男らしくて立派じゃありませんか。お母さんなら、いつも兄さんのが一ばん好きなんだけどねえ。」

「わからん。お母さんには、わからん。どうしたって、今度は僕が書かなくちゃいけないんだ。あの続きは、僕でなくちゃ書けないんだ。お母さんお願い。書いてもいいね？」

「困りますね。あなたは、きょうは、寝ていなくちゃいけませんよ。兄さんに代ってもらいなさい。あなたは、明日でも、あさってでも、からだの調子が本当によくなってから書く事にしたらいいじゃありませんか。」

「だめだ。お母さんは、僕たちの遊びを馬鹿にしているんだからなあ。」大袈裟《おおげさ》に溜《ため》息《いき》を吐《つ》いて、蒲団を頭から、かぶってしまった。

「わかりました。」母は笑って、「お母さんが悪かったね。それじゃね、こうしたらどう？　あなたが寝ながら、ゆっくり言うのを私が、そのまま書いてあげる。ね、そうしましょう。去年の春に、あなたがやはり熱を出して寝ていた時、何やらむずかしい学校の論文を、あなたの言うとおりに、お母さんが筆記できたじゃないの。あの時も、お母さんは、案外上手だったでしょう？」

病人は、蒲団をかぶったまま、返事もしない。母は、途方に暮れた。女中のさとが、朝食のお膳《ぜん》を捧《ささ》げて部屋へはいって来た。さとは、十三の時から、この入江の家に奉公している。沼津辺の漁村の生れである。ここへ来て、もう四年にもなるので、家族のロマンチックの気風にすっかり同化している。令嬢たちから婦人雑誌を借りて、仕事のひまひまに読んでいる。昔の仇討《あだう》ち物語を、最も興奮して読んでいる。女は操《みさお》が第一、という言葉も、たまらなく好きである。命をかけても守って見せると、ひとりでこっそり緊張している。柳行李《やなぎごうり》の中に、長女からもらった銀のペーパーナイフを蔵《かく》してある。懐剣のつもりなのである。色は浅黒いけれど、小さく引きしまった顔である。身なりも清潔に、きちんとしている。左の足が少し悪く、こころもち引きずって歩く様子も、かえって可憐《かれん》である。入江の家族全部を、神さまか何かのように尊敬している。れいの祖父の銀貨勲章をも、眼がくらむ程に、もったいなく感じている。長女ほどの学者は世界中にいない、次女ほどの美人も世界中にいない、と固く信じている。けれども、とりわけ、病身の次男を、死ぬほど好いている。あんな綺麗《きれい》な御主人のお伴《とも》をして仇討ちに出かけたら、どんなに楽しいだろう。今は、昔のように仇討ちの旅というものが無いから、つまらない、などと馬鹿な事を考えている。

いま、さとは次男の枕元に、お膳をうやうやしく置いて、少し淋しい。次男は蒲団を引きかぶったままである。母堂は、それを、ただ静かに眺めて笑っている。さとは、誰にも相手にされない。ひっそり、そこに坐って、暫《しばら》く待ってみたが、何という事も無い。おそるおそる母堂に尋ねた。

「よほど、お悪いのでしょうか。」

「さあ、どうでしょうかねえ。」母は、笑っている。

突然、次男は蒲団をはねのけ、くるりと腹這《はらば》いになり、お膳を引き寄せて箸《はし》をとり、寝たまま、むしゃむしゃと食事をはじめた。さとはびっくりしたが、すぐに落ちついて給仕した。次男の意外な元気の様子に、ほっと安心したのである。次男は、ものも言わず、猛烈な勢いで粥《かゆ》を啜《すす》り、憤然と梅干を頰張り、食慾《しょくよく》は十分に旺盛《おうせい》のようである。

「さとは、どう思うかねえ。」半熟卵を割りながら、ふいと言い出した。「たとえば、だね、僕がお前と結婚したら、お前は、どんな気がすると思うかね。」実に、意外の質問である。

さとよりも、母のほうが十倍も狼狽した。

「ま！　なんという、ばかな事を言うのです。乱暴な、冗談にも、そんな、ねえ、さとや、お前をからかっているのです。そんな、冗談にも、そんな。」

「たとえば、ですよ。」次男は、落ちついている。先刻から、もっぱら小説の筋書ばかり考えているのである。その譬《たとえ》が、さとの小さい胸を、どんなに痛く刺したか、てんで気附かないでいるのである。勝手な子である。「さとは、どんな気がするだろうなあ。言ってごらん。小説の参考になるんだよ。実に、むずかしいところなんだ。」

「そんな、突拍子ない事を言ったって、」母は、ひそかにほっとして、「さとには、わかりませんよ、ねえ、さとや。猛《たけし》（次男の名）は、ばかげた事ばかり言っています。」

「わたくしならば、」さとは、次男の役に立つ事なら、なんでも言おうと思った。母堂の当惑そうな眼くばせをも無視して、ここぞと、こぶしを固くして答えた。「わたくしならば、死にます。」

「なあんだ。」次男は、がっかりした様子である。「つまらない。死んじゃったんでは、つまらないんだよ。ラプンツェルが死んじゃったら、物語も、おしまいだよ。だめだねえ。ああ、むずかしい。どんな事にしたらいいかなあ。」しきりに小説の筋書ばかり考えている。さとの必死の答弁も、一向に、役に立たなかった様子である。

さとは大いにしょげて、こそこそとお膳を片附け、てれ隠しにわざと、おほほほと笑いながら、またお膳を捧げて部屋から逃げて出て、廊下を歩きながら、泣いてみたいと思ったが、べつに悲しくなかったので、こんどは心から笑ってしまった。

母は、若い者の無心な淡泊さに、そっとお礼を言いたいような気がしていた。自分の濁った狼狽振りを恥ずかしく思った。信頼していていいのだと思った。

「どう？　考えがまとまりましたか？　おやすみになったままで、どんどん言ったらいい。お母さんが、筆記してあげますからね。」

次男は、また仰向《あおむけ》に寝て蒲団を胸まで掛けて眼をつぶり、あれこれ考え、くるしんでいる態である。やがて、ひどくもったい振ったおごそかな声で、

「まとまったようです。お願い致します。」と言った。母は、ついふき出した。

以下は、その日の、母子協力の口述筆記全文である。

――玉のような子が生れました。男の子でした。城中は喜びに沸きかえりました。

けれども産後のラプンツェルは、日一日と衰弱しました。国中の名医が寄り集り、さまざまに手をつくしてみましたが愈々《いよいよ》はかなく、命のほども危く見えました。

「だから、だから、」ラプンツェルは、寝床の中で静かに涙を流しながら王子に言いました。「だから、あたしは、子供を産むのは、いやですと申し上げたじゃありませんか。あたしは魔法使いの娘ですから、自分の運命をぼんやり予感する事が出来るのです。あたしが子供を産むと、きっと何か、わるい事が起るような気がしてならなかった。あたしの予感は、いつでも必ず当ります。あたしが、いま死んで、それだけで、わざわいが済むといいのですけれど、なんだか、それだけでは済まないような恐ろしい予感もするのです。神さまというものが、あなたのお教え下さったように、もしいらっしゃるならば、あたしは、その神さまにお祈りしたい気持です。あたしたちは、きっと誰かに憎まれています。あたしたちは、ひどくいけない間違いをして来たのではないでしょうか。」

「そんな事は無い。そんな事は無い。」と王子は病床の枕もとを、うろうろ歩き廻って、矢鱈《やたら》に反対しましたが、内心は、途方にくれていたのです。男子誕生の喜びも束《つか》の間《ま》、いまはラプンツェルの意味不明の衰弱に、魂も動転し、夜も眠れず、ただ、うろうろ病床のまわりを、まごついているのです。王子は、やっぱり、しんからラプンツェルを愛していました。ラプンツェルの顔や姿の美しさ、または、ちがう環境に育った花の、もの珍らしさ、或いは、どこやら憐憫《れんびん》を誘うような、あわれな盲目の無智、それらの事がらにのみ魅《ひ》かれて王子が夢中で愛撫《あいぶ》しているだけの話で、精神的な高い共鳴と信頼から生れた愛情でもなし、また、お互い同じ祖先の血筋を感じ合い、同じ宿命に殉じましょうという深い諦念《ていねん》と理解に結ばれた愛情でもないという理由から、この王子の愛情の本質を矢鱈に狐疑《こぎ》するのも、いけない事です。王子は、心からラプンツェルを可愛《かわい》いと思っているのです。仕様の無いほど好きなのです。ただ、好きなのです。それで、いいではありませんか。純粋な愛情とは、そんなものです。女性が、心の底で、こっそり求めているものも、そのような、ひたむきな正直な好意以外のものでは無いと思います。精神的な高い信頼だの、同じ宿命に殉じるだのと言っても、お互い、きらいだったら滅茶滅茶です。なんにも、なりやしません。何だか好きなところがあるからこそ、精神的だの、宿命だのという気障《きざ》な言葉も、本当らしく聞えて来るだけの話です。そんな言葉は、互いの好意の氾濫《はんらん》を整理する為《ため》か、或いは、情熱の行いの反省、弁解の為に用いられているだけなのです。わかい男女の恋愛に於いて、そんな弁解ほど、胸くその悪いものはありません。ことに、「女を救うため」などという男の偽善には、がまん出来ない。好きなら、好きと、なぜ明朗に言えないのか。

おととい、作家のDさんのところへ遊びに行った時にも、そんな話が出たけれどDさんは、その時、僕を俗物だと言いやがった。そういうDさんだって、僕があの人の日常生活を親しくちょいちょい覗《のぞ》いてみたところに依《よ》ると、なあに御自分の好き嫌いを基準にしてちゃっかり生活しているんだ。あの人は、嘘《うそ》つきだ。僕は俗物だって何だってかまわない。事実を、そのままはっきり言うのは、僕の好むところだ。人間は、好むところのものを行うのが一ばんいいのさ。脱線を致しました。僕は、精神的だの、理解だのの恋愛を考えられないだけの事です。王子の恋愛は正直です。王子のラプンツェルに対する愛情こそ、純粋なものだと思います。王子は、心からラプンツェルを愛していました。

「死ぬなんてばかな事を言ってはいけない。」と大いに不満そうに口を尖《とが》らせて言いました。

「私は君を、どんなに愛しているのか、わからないのか。」とも言いました。王子は、正直な人でした。でも、正直の美徳だけでは、ラプンツェルの重い病気をなおす事は出来ません。

「生きていてくれ！」と呻《うめ》きました。「死んでは、いかん！」と叫びました。他に何も、言うべき言葉が無いのです。

「ただ、生きて、生きてだけ、いてくれ。」と声を落して呟《つぶや》いた時、その時、「ほんとうかね。生きてさえ居れば、いいのじゃな？」という嗄《しわが》れた声を、耳元に囁《ささや》かれ、愕然《がくぜん》として振り向くと、ああ、王子の髪は逆立ちました。全身に冷水を浴びせられた気持でした。老婆《ろうば》が、魔法使いの老婆が、すぐ背後に、ひっそり立っていたのです。

「何しに来た！」王子は勇気の故《ゆえ》ではなく、あまりの恐怖の故に、思わず大声で叫びました。

「娘を助けに来たのじゃないか。」老婆は、平気な口調で答え、それから、にやりと笑いました。「知っていたのだよ。婆《ばあ》さんには、此《こ》の世で、わからない事は無いのだよ。みんな知っていましたよ。お前さまが、わしの娘を此の城に連れて来て、可愛いがっていなさる事は、とうから知っていましたよ。ただ、一時の、もて遊びものになさる気だったら、わしだって黙ってはいなかったのだが、そうでもないらしいので、わしは今まで我慢してやっていたのだよ。わしだって、娘が仕合せに暮していると、少しは嬉《うれ》しいさ。けれども、もう、だめなようだね。お前さまは知るまいが魔法使いの家に生れた女の子は、男に可愛がられて子供を産むと、死ぬか、でもなければ、世の中で一ばん醜い顔になってしまうか、どちらかに、きまっているのだよ。ラプンツエルは、その事を、はっきりは知っていなかったようだが、でも、何かしら勘でわかっていた筈《はず》だね。子供を産むのを、いやがっていたろうに。可哀《かわい》そうな事になったわい。お前さまは、一体、ラプンツェルを、どうなさるつもりだね。見殺しにするか、それとも、わしのような醜い顔になっても、生かして置きたいか。お前さまは、さっき、どんな事があっても、生きてだけいておくれ、と念じていなさったが、どうかね、わしのような顔になっても、生きていたほうがよいのかね。わしだって、若い頃には、ラプンツェルに決して負けない綺麗な娘だったが、旅の猟師に可愛がられラプンツェルを産んで、わしの母から死ぬか、生きていたいかと訊《たず》ねられ、わしは何としても生きていたかったから、生かして置いてくれとたのんだら、母は、まじないをして、わしの命を助けてくれたが、おかげで、わしはごらんのとおりの美事な顔になりましたよ。どうだね、さっきのお前さまの念願には、嘘が無いかね？」

「死なせて下さい。」ラプンツェルは、病床で幽《かす》かに身悶《みもだ》えして、言いました。「あたしさえ死ねば、もう、みなさん無事にお暮し出来るのです。王子さま、ラプンツェルは、いままでお世話になって、もう何の不足もございません。生きて、つらい目に遭うのは、いやです。」

「生かしてやってくれ！」王子は、こんどは本当の勇気を以《もっ》て、きっぱりと言いました。額には苦悶《くもん》の油汗が浮いていました。「ラプンツェルは、この婆のような醜い顔になる筈が無い。」
「わしが、なんで嘘など言うものか。よろしい。そんならば、ラプンツェルを末永く生かして置いてあげよう。どんなに醜い顔になっても、お前さまは、変らずラプンツェルを可愛がってあげますか？」

その五

次男の病床の口述筆記は、短い割に、多少の飛躍があったようである。けれども、さすがに病床の粥腹《かゆばら》では、日頃、日本のあらゆる現代作家を冷笑している高慢無礼の驕児《きょうじ》も、その特異の才能の片鱗《へんりん》を、ちらと見せただけで、思案してまとめて置いたプランの三分の一も言い現わす事が出来ず、へたばってしまった。あたら才能も、風邪の微熱には勝てぬと見える。飛躍が少しはじまりかけたままの姿で、むなしくバトンは次の選手に委《ゆだ》ねられた。次の選手は、これまた生意気な次女である。あっと一驚させずば止《や》まぬ態《てい》の功名心に燃えて、四日目、朝からそわそわしていた。家族そろって朝ごはんの食卓についた時にも、自分だけは、特に、パンと牛乳だけで軽くすませた。

家族のひとたちの様に味噌汁、お沢庵《たくあん》などの現実的なるものを摂取するならば胃腑《いふ》も濁って、空想も萎靡《いび》するに違いないという思惑からでもあろうか。食事をすませてから応接室に行き、つッ立ったまま、ピアノのキイを矢鱈にたたいた。ショパン、リスト、モオツアルト、メンデルスゾオン、ラベル、滅茶滅茶に思いつき次第、弾いてみた。霊感を天降《あまくだ》らせようと思っているのだ。この子は、なかなか大袈裟《おおげさ》である。霊感を得た、と思った。すました顔をして応接室を出て、それから湯殿に行き靴下を脱いで足を洗った。不思議な行為である。けれども次女は、此《こ》の行為に依ってみずからを浄《きよ》くしているつもりなのである。変態のバプテスマである。これでもう、身も心も清浄になったと、次女は充分に満足しておもむろに自分の書斎に引き上げた。書斎の椅《い》子《す》に腰をおろし、アアメン、と呟《つぶや》いた。これは、いかにも突飛である。この次女に、信仰などある筈はない。ただ、自分のいまの緊張を言いあらわすのに、ちょっと手頃な言葉だと思って、臨時に拝借してみたものらしい。アアメン、なるほど心が落ちつく。次女はもったい振り、足の下の小さい瀬戸の火鉢に、「梅花」という香《こう》を一つ焚《く》べて、すうと深く呼吸して眼を細めた。古代の閨秀作家《けいしゅうさっか》、紫式部の心境がわかるような気がした。春はあけぼの、という文章をちらと思い浮べていい気持であったが、それは清少納言の文章であった事に気附いて少し興覚めた。あわてて机の本立から引き出した本は、「ギリシャ神話」である。すなわち異教の神話である。ここに於いて次女のアアメンは、真赤なにせものであったという事は完全に説明される。この本は、彼女の空想の源泉であるという。空想力が枯渇すれば、この本をひらく。たちまち花、森、泉、恋、白鳥、王子、妖精《ようせい》が眼前に氾濫するのだそうであるが、あまりあてにならない。この次女の、する事、為《な》す事、どうも信用し難い。ショパン、霊感、足のバプテスマ、アアメン、「梅花」、紫式部、春はあけぼの、ギリシャ神話、なんの連関も無いではないか。支離滅裂である。そうして、ただもう気取っている。ギリシャ神話をぱらぱらめくって、全裸のアポロの挿絵《さしえ》を眺め、気味のわるい薄笑いをもらした。ぽんと本を投げ出して、それから机の引き出しをあけ、チョコレートの箱と、ドロップの罐《かん》を取りだし、実にどうにも気障な手つきで、――つまり、人さし指と親指と二本だけ使い、あとの三本の指は、ぴんと上に反らせたままの、あの、くすぐったい手つきでチョコレートをつまみ、口に入れるより早く嚥下《えんげ》し、間髪をいれずドロップを口中に投げ込み、ばりばり嚙《か》み砕いて次は又、チョコレート、瞬時にしてドロップ、飢餓の魔物の如《ごと》くむさぼり食うのである。朝食の時、胃腑を軽快になさんがため、特にパンと牛乳だけですませて置いた事も、これでは、なんにもならない。この次女は、もともと、よほどの大食いなのである。上品ぶってパンと牛乳で軽くすませてはみたが、それでは足りない。とても、足りるものではない。すなわち、書斎に引《ひ》き籠《こも》り、人目を避けてたちまち大食いの本性を発揮したというわけなのである。とかく、いつわりの多い子である。チョコレート二十、ドロップ十個を嚥下し、けろりとしてトラビヤタの鼻唄をはじめた。唄いながら、原稿用紙の塵《ちり》を吹き払い、Gペンにたっぷりインクを含ませて、だらだらと書きはじめた。頗《すこぶ》る態度が悪いのである。

――あきらめを知らぬ、本能的な女性は、つねに悲劇を起します。という初枝（長女の名）女史の暗示も、ここに於いて多少の混乱に逢着《ほうちゃく》したようでございます。ラプンツェルは魔の森に生れ、蛙《かえる》の焼串《やきぐし》や毒茸《どくきのこ》などを食べて成長し、老婆の盲目的な愛撫の中でわがまま一ぱいに育てられ、森の烏《からす》や鹿を相手に遊んで来た、謂《い》わば野育ちの野蛮子でありますから、その趣味に於いても、また感覚に於いても、やはり本能的な野蛮なものが在るだろうという事は首肯できます。また、その本能的な言動が、かえって王子を熱狂させる程の魅力になっていたのだというのも容易に推察できる事でございます。けれども、果してラプンツェルは、あきらめを知らぬ女性であろうか。本能的な、野蛮な女性であった事は首肯出来ますが、いまの此のいのちの瀬戸際《せとぎわ》に於けるラプンツェルは、すべてを諦《あきら》めているように見えるではないか。死にます、とラプンツェルは言っているのです。死んだほうがよい、と言っているのです。すべてを諦めたひとの言葉ではないでしょうか。けれども初枝女史は、ラプンツェルをあきらめを知らぬ女性として指摘して居ります。軽率にそれに反対したら、叱《しか》られます。叱られるのは、いやな事ゆえ、筆者も、とにかく初枝女史の断案に賛意を表することに致します。ラプンツェルは、たしかに、あきらめを知らぬ女性であります。死なせて下さい、等という言葉は、たいへんいじらしい謙虚な響きを持って居りますが、なおよく、考えてみると、之《これ》は非常に自分勝手な、自惚《うぬぼ》れの強い言葉であります。ひとに可愛がられる事ばかり考えているのです。自分が、まだ、ひとに可愛がられる資格があると自惚れることの出来る間は、生き甲斐《がい》もあり、この世も楽しい。それは当り前の事であります。けれども、もう自分には、ひとに可愛がられる資格が無いという、はっきりした自覚を持っていながらも、ひとは、生きて行かなければならぬものであります。ひとに「愛される資格」が無くっても、ひとを「愛する資格」は、永遠に残されている筈であります。ひとの真の謙虚とは、その、愛するよろこびを知ることだと思います。愛されるよろこびだけを求めているのは、それこそ野蛮な、無智な仕業だと思います。ラプンツェルはいままで王子に、可愛がられる事ばかり考えていました。王子を愛する事を忘れていました。生れ出たわが子を愛する事をさえ、忘れていました。いやいや、わが子に嫉妬《しっと》をさえ感じていたのです。そうして、自分が、もはや誰にも愛され得ないという事を知った時には、死にたい、いっそひと思いに殺して下さい、等と願うのです。なんという、わがまま者。王子を、もっと愛してあげなければいけません。王子だって、淋しいお子です。ラプンツェルに死なれたら、どんなに力を落すでしょう。ラプンツェルは、王子の愛情に報いなければいけません。生きていたい、なんとかして生きたい。自分が、どんなにつらい目に遭っても、子供のために生きたい。その子を愛して、まるまると丈夫に育てたいと一すじに願う事こそ、まさしく、諦めを知った人間の謙虚な態度ではないでしょうか。自分は醜いから、ひとに愛される事は出来ないが、せめて人を、かげながら、こっそり愛して行こう、誰に知られずともよい、愛する事ほど大いなるよろこびは無いのだと、素直に諦めている女性こそ、まことに神の寵児《ちょうじ》です。そのひとは、よし誰にも愛されずとも、神さまの大きい愛に包まれている筈です。幸福なる哉《かな》、なんて、筆者は、おそろしく神妙な事を弁じ立てましたけれども、筆者の本心は、必ずしも以上の陳述のとおりでもないのであります。筆者は、やはり人間は、美しくて、皆に夢中で愛されたら、それに越した事は無いとも思っているのでございますが、でも、以上のように神妙に言い立てなければ、或いは初枝女史の御不興を蒙《こう》むるやも計り難いので、おっかな、びっくり、心にも無い悠遠な事どものみを申し述べました。そもそも初枝女史は、実に筆者の実姉にあたり、かつまた、筆者のフランス語の教師なのでありますから、筆者は、つねにその御識見にそむかざるよう、鞠躬如《きっきゅうじょ》として、もっぱらお追従《ついしょう》に之努めなければなりませぬ。長幼、序ありとは言いながら、幼者たるもの、また、つらい哉。さて、ラプンツェルは、以上述べてまいりましたように、あきらめを知らぬ無智な女性でありますから、自分が、もはや、ひとから愛撫される資格を失ったと思うより早く、いっそ死にたいと願っています。生きる事は、王子に愛撫される一事だと思い込んでいる様子なので手がつけられません。

けれども王子は、いまや懸命であります。人は苦しくなると、神においのりするものでありますが、もっと、ぎゅうぎゅう苦しくなると、悪魔にさえ狂乱の姿で取り縋《とすが》りたくなるものです。王子は、いま、せっぱ詰まって、魔法使いの汚い老婆に、手を合せんばかりにして頼み込んでいるのであります。

「生かしてやってくれ！」と油汗を流して叫びました。悪魔に膝《ひざ》を屈して頼み込んでしまったのであります。しんから愛している人のいのちを取りとめる為《ため》には、自分のプライドも何も、全部捨て売りにしても悔いない王子さま。けなげでもあり、また純真可憐《かれん》な王子さま。老婆は、にやりと笑いました。

「よろしい。ラプンツェルを、末永く生かして置いてあげましょう。わしのような顔になっても、お前さまは、やっぱりラプンツェルを今までどおりに可愛がってあげるのだね？」

王子は、額の油汗を手のひらで乱暴に拭《ぬぐ》って、

「顔。私には、いまそんな事を考えている余裕がない。丈夫なラプンツェルを、いま一度見たいだけだ。ラプンツェルは、まだ若いのだ。若くて丈夫でさえあったら、どんな顔でも醜い筈は無い。さあ、早くラプンツェルを、もとのように丈夫にしてやっておくれ。」と、堂々と言ってのけたが、眼には涙が光っていました。美しいままで死なせるのが、本当の深い愛情なのかも知れぬ、けれども、ああ、死なせたくはない、ラプンツェルのいない世界は真暗闇だ、呪《のろ》われた宿命を背負っている女の子ほど可愛いものは無いのだ、生かして置きたい、生かして、いつまでも自分の傍にいさせたい、どんなに醜い顔になってもかまわぬ、私はラプンツェルを好きなのだ、不思議な花、森の精、嵐気《らんき》から生れた女体、いつまでも消えずにいてくれ、と哀愁やら愛撫やら、堪えられぬばかりに苦しくて、目前の老婆《ろうば》さえいなかったら、ラプンツェルの痩《や》せた胸にしがみつき声を惜しまずに泣いてみたい気持でした。

老婆は、王子の苦しみの表情を、美しいものでも見るように、うっとり眼を細めて、気持よさそうに眺めていました。やがて、「よいお子じゃ。」と嗄れた声で呟きました。

「なかなか正直なよいお子じゃ。ラプンツェル、お前は仕合せな女だね。」

「いいえ、あたしは不幸な女です。」と病床のラプンツェルは、老婆の呟きの言葉を聞きとって応《こた》えました。「あたしは魔法使いの娘です。王子さまに可愛《かわい》がられると、それだけ一そう強く、あたしは自分の卑《いや》しい生れを思い知らされ、恥ずかしく、つらくって、いつも、ふるさとが懐《なつ》かしく森の、あの塔で、星や小鳥と話していた時のほうが、いっそ気楽だったように思われるのです。あたしは、此のお城から逃げ出して、あの森の、お婆《ばあ》さんのところへ帰ってしまおうと、これまで幾度、考えたかわかりません。けれども、あたしは王子さまと離れるのが、つらかった。あたしは、王子さまを好きなのです。いのちを十でも差し上げたい。王子さまは、とても優しい佳いお方です。あたしは、どうしても王子さまとお別れする事が出来ず、きょうまで愚図愚図、このお城にとどまっていたのです。あたしは、仕合せではなかった。毎日毎日が、あたしにとって地獄でした。お婆さん。女は、しんから好きなおかたと連れ添うものじゃないわ。ちっとも、仕合せではありません。ああ、死なせて下さい。あたしは王子さまと生きておわかれする事は、とても出来そうもありませんから、死んでおわかれするのです。あたしがいま死ぬと、あたしも王子さまも、みんな幸福になれるのです。」

「それは、お前のわがままだよ。」と老婆は、にやにや笑って言いました。その口調には情の深い母の響きがこもっていました。「王子さまは、お前がどんなに醜い顔になっても、お前を可愛がってあげると約束したのだ。たいへんな熱のあげかたさ。えらいものさ。こんな案配じゃ、王子さまは、お前に死なれたら後を追って死ぬかも知れんよ。まあ、とにかく、王子さまの為にも、もう一度、丈夫になってみるがよい。それからの事は、またその時の事さ。ラプンツェル、お前は、もう赤ちゃんを産んだのだよ。お母ちゃんになったのだよ。」

ラプンツェルは、かすかな溜息《ためいき》をもらして、静かに眼をつぶりました。王子は激情の果、いまはもう、すべての表情を失い、化石のように、ぼんやり立ったままでした。

眼前に、魔法の祭壇が築かれます。老婆は風のように素早く病室から出たかと思うと、何かをひっさげてまた現れ、現れるかと思うと消えて、さまざまの品が病室に持ち込まれるのでした。祭壇は、四本のけものの脚に拠《よ》って支えられ、真紅の布で覆《おお》われているのですが、その布は、五百種類の、蛇の舌を鞣《なめ》して作ったもので、その真紅の色も、舌からにじみ出た血の色でした。祭壇の上には、黒牛の皮で作られたおそろしく大きな釜《かま》が置かれて、その釜の中には熱湯が、火の気も無いのに、沸々と煮えたぎって吹きこぼれるばかりの勢いでありました。老婆は髪を振り乱しその大釜の周囲を何やら呪文《じゆもん》をとなえながら駈《か》けめぐり駈けめぐり、駈けめぐりながら、数々の薬草、あるいは世にめずらしい品々をその大釜の熱湯の中に投げ込むのでした。たとえば、太古より消える事のなかった高峯《たかみね》の根雪、きらと光って消えかけた一瞬まえの笹の葉の霜、一万年生きた亀の甲、月光の中で一粒ずつ拾い集めた砂金、竜の鱗《うろこ》、生れて一度も日光に当った事のないどぶ鼠の眼玉、ほととぎすの吐出した水銀、蛍《ほたる》の尻《しり》の真珠、鸚鵡《おうむ》の青い舌、永遠に散らぬ芥子《けし》の花、梟《ふくろう》の耳朶《みみたぶ》、てんとう虫の爪《つめ》、きりぎりすの奥歯、海底に咲いた梅の花一輪、その他、とても此の世で入手でき難いような貴重な品々を、次から次と投げ込んで、およそ三百回ほど釜の周囲を駈けめぐり、釜から立ち昇る湯気が虹《にじ》のように七いろの色彩を呈して来た時、老婆は、ぴたりと足をとどめ、「ラプンツェル！」と人が変ったような威厳のある口調で病床のラプンツェルに呼びかけました。「母が一生に一度の、難儀の魔法を行います。お前も、しばらく辛抱して！」と言うより早くラプンツェルに躍りかかり、細長いナイフで、ぐさとラプンツェルの胸を突き刺し、王子が、「あ！」と叫ぶ間もなく、痩せ衰えて紙ほど軽いラプンツェルのからだを両手で抱きとって眼より高く差し挙げ、どぶんと大釜の中に投げ込みました。一声かすかに、鷗《かもめ》の泣き声に似た声が、釜の中から聞えた切りで、あとは又、お湯の煮えたぎる音と、老婆の低い呪文の声ばかりでありました。

あまりの事に、王子は声もすぐには出ませんでした。ほとんど呟くような低い声でようやく、

「何をするのだ！　殺せとは、たのまなかった。釜で煮よとは、いいつけなかった。かえしてくれ。私のラプンツェルを返してくれ。おまえは、悪魔だ！」とだけは言ってみたものの、それ以上、老婆に食ってかかる気力もなく、ラプンツェルの空のベッドにからだを投げて、わあ！　と大声で、子供のように泣き出しました。

老婆は、それにおかまいなく、血走った眼で釜を見つめ、額から頬から頸《くび》から、だらだら汗を流して一心に呪文をとなえているのでした。ふっと呪文が、とぎれた、と同時に釜の中の沸騰《ふっとう》の音も、ぴたりと止みましたので、王子は涙を流しながら少し頭を挙げて、不審そうに祭壇を見た時、嗚呼《ああ》、「ラプンツェル、出ておいで。」という老婆の勝ち誇ったような澄んだ呼び声に応えて、やがて現われた、ラプンツェルの顔。

その六

――美人であった。その顔は、輝くばかりに美しかった。――と長兄は、大いに興奮して書きつづけた。長兄の万年筆は、実に太い。ソーセージくらいの大きさである。

その堂々たる万年筆を、しかと右手に握って胸を張り、きゅっと口を引き締め、まことに立派な態度で一字一字、はっきり大きく書いてはいるが、惜しい事には、この長兄には、弟妹ほどの物語の才能が無いようである。弟妹たちは、それゆえ此の長兄を少しく、なめているようなふうがあるけれども、それは弟妹たちの不遜《ふそん》な悪徳であって、長兄には長兄としての無類のよさもあるのである。嘘《うそ》を、つかない。正直である。そうして所謂《いわゆる》人情には、もろい。いまも、ラプンツェルが、釜から出て来て、そうして魔法使いの婆さんの顔のように醜く恐ろしい顔をしていた等とは、どうしても書けないのである。それでは、あまりにラプンツェルが可哀想《かわいそう》だ。王子に気の毒だ、と義憤をさえ感じて、美人であった、その顔は輝くばかりに美しかった、と勢い込んで書いたのであるが、さて、そのあとがつづかない。どうも長兄は、真面目《まじめ》すぎて、それゆえ空想力も甚《はなは》だ貧弱のようである。物語の才能というものは、出鱈目《でたらめ》の狡猾《こうかつ》な人間ほど豊富に持っているようだ。長兄は、謂《い》わば立派な人格者なのであって、胸には高潔の理想の火が燃えて、愛情も深く、そこに何の駈引も打算も無いのであるから、どうも物語を虚構する事に於《お》いては不得手なのである。遠慮無く申せば、物語は、下手くそである。何を書いても、すぐ論文のようになってしまう。いまも、やはり、どうも、演説口調のようである。ただ、まじめ一方である。その顔は輝くばかりに美しかった、と書いて、おごそかに眼をつぶり暫《しばら》く考えてから、こんどは、ゆっくり次のように書きつづけた。物語にも、なんにもなっていないが、長兄の誠実と愛情だけは、さすがに行間に滲《にじ》み出ている。

――その顔は、ラプンツェルの顔ではなかった。いや、やっぱりラプンツェルの顔である。しかしながら、病気以前のラプンツェルの、うぶ毛の多い、野薔薇《のばら》のような可憐な顔ではなく、（女性の顔を、とやかく批評するのは失礼な事であるが）いま生き返って、幽《かす》かに笑っている顔は、之《これ》は草花にたとえるならば、（万物の霊長たる人間の面貌《めんぼう》を、植物にたとえるのは無謀の事であるが）まず桔梗《ききよう》であろうか。月見草であろうか。とにかく秋の草花である。魔法の祭壇から降りて、淋しく笑った。品位。以前に無かった、しとやかな品位が、その身にそなわって来ているのだ。王子は、その気高い女王さまに思わず軽くお辞儀をした。

「不思議な事もあるものだ。」と魔法使いの老婆は、首をかしげて呟いた。「こんな筈《はず》ではなかった。蝦蟇《がま》のような顔の娘が、釜の中から這《は》って出て来るものとばかり思っていたが、どうもこれは、わしの魔法の力より、もっと強い力のものが、じゃまをしたのに違いない。わしは負けた。もう、魔法も、いやになりました。森へ帰って、あたりまえの、つまらぬ婆として余生を送ろう。世の中には、わしにわからぬ事もあるわい。」そう言って、魔法の祭壇をどんと蹴飛《けと》ばし、煖炉《だんろ》にくべて燃やしてしまった。祭壇の諸道具は、それから七日七晩、蒼《あお》い火を挙げて燃えつづけていたという。老婆は、森へ帰り、ふつうの、おとなしい婆さんとして静かに余生を送ったのである。

これを要するに、王子の愛の力が、老婆の魔法の力に打ち勝ったという事になるのであるが、小生の観察に依《よ》れば、二人の真の結婚生活は、いよいよこれから、はじまるもののようである。王子の、今日までの愛情は、極言すれば、愛撫《あいぶ》という言葉と置きかえてもいいくらいのものであった。青春の頃は、それもまた、やむを得まい。しかしながら、必ずそれは行き詰まる。必ず危機が到来する。王子と、ラプンツェルの場合も、たしかに、その懐妊、出産を要因として、二人の間の愛情が齟齬《そご》を来《きた》した。たしかに、それは神の試みであったのである。けれども王子の、無邪気な懸命の祈りは、神のあわれみ給《たま》うところとなり、ラプンツェルは、肉感を洗い去った気高い精神の女性として蘇生《そせい》した。王子は、それに対して、思わずお辞儀をしたくらいである。相互ここだ。ここに、新しい第二の結婚生活がはじまる。曰《いわ》く、相互の尊敬である。相互の尊敬なくして、真の結婚は成立しない。ラプンツェルは、いまは、野蛮の娘ではない。ひとの玩弄物《がんろうぶつ》ではないのである。深い悲しみと、あきらめと、思いやりのこもった微笑を口元に浮べて、生れながらの女王のように落ちついている。王子は、ラプンツェルと、そっと微笑を交しただけで、心も、なごやかになって楽しいのである。夫と妻は、その生涯に於いて、幾度も結婚をし直さなければならぬ。お互いが、相手の真価を発見して行くためにも、次々の危機に打ち勝って、別離せずに結婚をし直し、進まなければならぬ。王子と、ラプンツェルも、此の五年後あるいは十年後に、またもや結婚をし直す事があるかも知れぬが、互いの一筋の信頼と尊敬を、もはや失う事もあるまいから、まずまず万々歳であろうと小生には思われるのである。」

長兄は、あまり真剣に力をいれすぎて書いたので、自分でも何を言っているのやら、わけがわからなくなって狼狽《ろうばい》した。物語にも何も、なっていない。ぶちこわしになったような気もする。長兄は、太い万年筆を握ったまま、実にむずかしい顔をした。思い余って立ち上り、本棚の本を、あれこれと取り出し、覗《のぞ》いてみた。いいものを見つけた。パウロの書翰集《しょかんしゅう》。テモテ前書の第二章。このラプンツェル物語の結びの言葉として、おあつらいむきであると長兄は、ひそかに首肯《うなず》き、大いにもったい振って書き写した。

――この故《ゆえ》に、われは望む。男は怒らず争わず、いずれの処《ところ》にても潔《きよ》き手をあげて祈らん事を。また女は、羞恥《しゅうち》を知り、慎みて宜しきに合《かな》う衣もて己を飾り、編みたる頭髪《かみのけ》と金と真珠と価たかき衣もては飾らず、善き業をもて飾とせん事を。これ神を敬わんと公言する女に適《かな》える事なり。女は凡《すべ》てのこと従順にして静かに道を学ぶべし。われ、女の、教うる事と、男の上に権を執る事を許さず、ただ静かにすべし。それアダムは前に造られ、エバは後に造られたり。アダムは惑わされず、女は惑わされて罪に陥りたるなり。されど女もし慎みて信仰と愛と潔きとに居らば、子を生む事により
て救わるべし。——

まずこれでよし、と長兄は、思わず莞爾《かんじ》と笑った。弟妹たちへの、よき戒しめにもなるであろう。このパウロの句でも無かった事には、僕の論旨は、しどろもどろで甘ったるく、甚だ月並みで、弟妹たちの嘲笑《ちょうしょう》の種にせられたかもわからない。危いところであった。パウロに感謝だ、と長兄は九死に一生を得た思いのようであった。長兄は、いつも弟妹たちへの教訓という事を忘れない。それゆえ、まじめになってしまって、物語も軽くはずまず、必ずお説教の口調になってしまう。長兄には、やはり長兄としての苦しさがあるものだ。いつも、真面目でいなければならぬ。弟妹たちと、ふざけ合う事は、長兄としての責任感がゆるさないのである。

さて、これで物語は、どうやら五日目に、長兄の道徳講義という何だか蛇足《だそく》に近いものに依って一応は完結した様子である。きょうは、正月の五日である。次男の風邪も、なおっていた。昼すこし過ぎに、長兄は書斎から意気揚々と出て来て、

「さあ、完成したぞ。完成したぞ。」と弟妹たちに報告して歩いて、皆を客間に集合させた。祖父も、にやにや笑いながら、やって来た。やがて祖母も、末弟に無理矢理、ひっぱられてやって来た。母と、さとは客間に火鉢を用意するやら、お茶、お菓子、昼食がわりのサンドイッチ、祖父のウイスキイなど運ぶのにいそがしい。まず末弟から、読みはじめた。祖母は、膝《ひざ》をすすめ、文章の切れめ切れめに、なるほどなるほどという賛成の言葉をさしはさむので、末弟は読みながら恥ずかしかった。祖父は、どさくさまぎれに、ウイスキイの瓶《びん》を自分の傍に引き寄せて、栓を抜き、勝手にひとりで飲みはじめている。長兄が小声で、おじいさん、量が過ぎやしませんかと注意を与えたら、祖父は、もっと小さい声で、ロオマンスは酔うて聞くのが通《つう》なものじゃ、と答えた。末弟、長女、次男、次女、おのおの工夫に富んだ朗読法でもって読み終り、最後に長兄は、憂国の熱弁のような悲痛な口調で読み上げた。次男は、噴き出したいのを怺《こら》えていたが、ついに怺えかねて、廊下へ逃げ出した。次女は、長男の文才を軽《けい》蔑《べつ》し果てたというような、おどけた表情をして、わざと拍手をしたりした。生意気なやつである。

全部、読み終った頃には、祖父は既に程度を越えて酔っていた。うまい、皆うまい、なかでもルミ（次女の名）がうまかった、とやはり次女を贔屓《ひいき》した。けれども、と酔眼を見ひらき意外の抗議を提出した。

「王子とラプンツェルの事ばかり書いて、王さまと、王妃さまの事には、誰もちっとも触れなかったのは残念じゃ。初枝が、ちょっと書いていたようだが、あれだけでは足りん。そもそも、王子がラプンツェルと結婚出来たのも、またそれから末永く幸福に暮せたのも、みなこれひとえに、王さまと王妃さまの御慈愛のたまものじゃ。王さまと王妃さまに、もし御理解が無かったら、王子とラプンツェルとが、どんなに深く愛し合っていたとしても滅茶苦茶じゃ。だからして、王さまと王妃さまの深き御寛容を無視しては、この物語は成立せぬ。お前たちは、まだ若い。そういう蔭《かげ》の御理解に気が附《つ》かず、ただもう王子さまやラプンツェルの恋慕の事ばかり問題にしている。まだ、いたらんようじゃ。わしは、ヴィクトル・ユーゴーの作品を、せがれにすすめられて愛読したものだが、あれはさすがに隅々まで眼がとどいている。かの、ヴィクトル・ユーゴーは、——」と一段と声を張り挙げた時、祖母に叱《しか》られた。子供たちが、せっかく楽しんでいるのに、あなたは何を言うのですか、と叱られ、おまけにウイスキイの瓶とグラスを取り上げられた。祖父の批評は、割合い正確なところもあったようだが、口調が甚だ、だらしなかったので、誰にも支持されず黙殺されてしまった。祖父は急にしょげた。その様子を見かねて母は、祖父に、れいの勲章を、そっと手渡した。去年の大晦日《おおみそか》に、母は祖父の秘密のわずかな借銭を、こっそり支払ってあげた功労に依って、その銀貨の勲章を授与されていたのである。

「一ばん出来のよかった人に、おじいさんが勲章を授与なさるそうですよ。」と母は、子供たちに笑いながら教えた。母は、祖父にそんな事で元気を恢復《かいふく》させてあげたかったのである。けれども祖父は、へんに真面目な顔になってしまって、

「いや、これは、やっぱり、みよ（母の名）にあげよう。永久に、あげましょう。孫たちを、よろしくたのみますよ。」と言った。

子供たちは、何だか感動した。実に立派な勲章のように思われた。


（「婦人画報」昭和十五年十二月号〜十六年六月号）

みみずく通信

無事、大任を果しました。どんな大任だか、君は、ご存じないでしょう。「これから、旅に出ます。」とだけ葉書にかいて教え、どこへ何しに行くのやら君には申し上げていなかった。てれくさかったのです。また、君がそれを知ったら、れいの如《ごと》く心配して何やらかやら忠告、教訓をはじめるのではないかと思い、それを恐れて、わざと目的は申し上げずに旅に出ました。先日、私の甘い短篇《たんぺん》小説が、ラジオで放送された時にも、私は誰にも知られないように祈っていました。ことにも、君に聞かれては、それこそ穴あらば這入《はい》らなければならぬ気持でした。なかなか、あまい小説でした。私はいつも、けちけちしている癖に、ざらざら使い崩すたちなので、どうしてもお金が残りません。一文おしみの百失いとでもいうものなのでしょうか。しかも、また、貧乏に堪える力も弱いので、つい無理な仕事も引受けます。お金が、ほしくなるのです。ラジオ放送用の小説なども、私のような野暮な田舎者には、とても、うまく書けないのが、わかっていながら、つい引受けてしまいます。田舎者の癖に、派手なものに憧《あこが》れる、あの哀れな弱点もあるのでしょう。先日のラジオは、君には聞かせたくないと思い、君に逢ってもその事に就いては一言も申し上げず、ひた隠しに隠していたのですが、なんという不運、君が上野のミルクホオルで偶然にそれを耳にしたという事で、翌日ながながと正面切った感想文を送ってよこしたので、私は、まことに赤面、閉口いたしました。こんどの旅行に就いても、私は誰にも知らせず、永遠に黙しているつもりでいたのですが、根が小心の私には、とても隠し切る事の出来そうもないので、かえって今は洗いざらい、この旅行の恥を君に申し上げてしまうのです。そのほうが、いいのだ。あとで私も、さっぱりするでしょう。隠していたって、いつかは必ずあらわれる。ラジオの時だって、そうでした。いさぎよい態度を執る事に致しましょう。私は、いま新潟の旅館に居ります。一流の旅館のようであります。いま私の居る此《こ》の部屋も、この旅館で一番いい部屋のようであります。私は、東京の名士の扱いを受けて居ります。私は、きょうの午後一時から、新潟の高等学校で、二時間ちかくの演説をしました。大任とは、その事でした。私は、どうやら、大任を果しました。そうしていま宿へ帰って、君へ詐《いつわ》らぬ報告をしたためているところなのです。けさ、新潟へ着いたのです。駅には、生徒が二人、迎えに来ていました。学芸部の委員なのかも知れません。私たちは駅から旅館まで歩きました。何丁くらいあったのでしょう。私は、ご存じのように距離の測定が下手なので、何丁程とも申し上げられませんが、なんでも二十分ちかく歩きました。新潟の街は、へんに埃《ほこり》っぽく乾いていました。捨てられた新聞紙が、風に吹かれて、広い道路の上を模型の軍艦のように、素早くちょろちょろ走っていました。道路は、川のように広いのです。電車のレエルが無いから、なおの事、白くだだっ広く見えるのでしょう。万代橋も渡りました。信濃川の河口です。別段、感慨もありませんでした。東京よりは、少し寒い感じです。マントを着て来ないのを、残念に思いました。私は久留米絣《くるめがすり》に袴《はかま》をはいて来ました。帽子は、かぶって来ませんでした。毛糸の襟巻《えりまき》と、厚いシャツ一枚は、かばんに容《い》れて持って来ました。旅館へ着いて、私は、すぐに寝てしまいました。けれども、少しも眠れませんでした。

ひる少し前に起きて、私は、ごはんを食べました。生鮭《なまざけ》を、おいしいと思いました。信濃川からとれるようです。味噌汁の豆腐が、ひどく柔かで上等だったので、新潟の豆腐は有名なのですか、と女中さんに尋ねたら、さあ、そんな話は聞いて居りません、はい、と答えました。はい、という言いかたに特徴があります。片仮名の、ハイという感じであります。一時ちかく、生徒たちが自動車で迎えに来ました。学校は、海岸の砂丘の上に建てられているのだそうです。自動車の中で、

「授業中にも、浪の音が聞えるだろうね。」

「そんな事は、ありません。」生徒たちは顔を見合せて、失笑しました。私の老いた

ロマンチシズムが可笑《おか》しかったのかも知れません。

正門前で自動車から降りて、見ると、学校は渋柿色の木造建築で、低く、砂丘の陰に潜んでいる兵舎のようでありました。玄関傍《わき》の窓から、女の人の笑顔が三つ四つ、こちらを覗《のぞ》いているのに気が附《つ》きました。事務の人たちなのでありましょう。私は、もっといい着物を着て来ればよかったと思いました。玄関に上る時にも、私の下駄の悪いのに、少し気がひけました。

校長室に案内されて、私は、ただ、きょろきょろしていました。案内して来た生徒たちは、むかし此の学校に芥川龍之介も講演しに来て、その時、講堂の彫刻を褒めて行きました、と私に教えました。私も、何か褒めなければいけないかと思って、あたりを見廻したのですが、褒めたいものもありませんでした。

やがて出て来た主任の先生と挨拶《あいさつ》して、それから会場へ出かけました。会場には生徒の他《ほか》に一般市民も集っていました。隅に、女の人も、五、六人かたまって腰かけていたようでした。私が、はいって行くと、拍手が起りました。私は、少し笑いました。「別に、用意もして参りませんでした。宿屋で寝ながら考えてみましたが、まとまりませんでした。こんな事になるかも知れぬと思って、私の創作集を二冊ふところに容れて、東京から持って参りました。やはり、之《これ》を、読むより他は、ありません。読んでいるうちに何か思いつくでしょうから、思いついたら、またその時には、申し上げます。」

私は、「思い出」という初期の作品を、一章だけ読みました。それから、私小説に就いて少し言いました。告白の限度という事にも言及しました。ふい、ふいと思いついた事を、てれくさい虫を押し殺し押し殺し、どもりながら言いました。自己暴露の底の愛情に就いても言ってみました。しばらく言っているうちに、だんだん言いたくなくなりました。話が、とぎれてしまいました。私は四、五はい水を飲んで、さらにもう一冊の創作集を取り上げ、「走れメロス」という近作を大声で読んでみました。するとまた言いたい事も出て来たので、水を飲み、こんどは友情に就いて話しました。「青春は、友情の葛藤《かっとう》であります。純粋性を友情に於《お》いて実証しようと努め、互いに痛み、ついには半狂乱の純粋ごっこに落ちいる事もあります。」と言いました。それから、素朴の信頼という事に就いて言いました。シルレルの詩を一つ教えました。理想を捨てるな、と言いました。精一ぱいのところでした。私の講演は、それで終りました。一時間半かかりました。つづいて座談会の筈《はず》でありましたが、委員は、お疲れのようですから、少し休憩なさい、と私にすすめてくれましたが、私は、

「いいえ、私のほうは大丈夫です。あなた達のほうがお疲れだったでしょう。」と言

いましたら、場内に笑声が湧《わ》きました。くたくたに疲れてから、それから私はたいへんねばる事が出来ます。君と、ご同様です。

十分間、皆その場に坐ったままで休憩しました。それから、私は生徒たちのまん中に席を移して、質問を待ちました。

「さっきの、幼年時代をお書きになる時、子供の心になり切る事も、むずかしいでしょうし、やはり作者としての大人の心も案配されていると思うのですが。」もっともな質問であります。

「いや、その事に就いては、僕は安心しています。なぜなら、僕は、いまでも子供ですから。」みんな笑いました。私は、笑わせるつもりで言ったのではないのでした。私の嘆きを真面目《まじめ》に答えたつもりなのでした。

質問は、あまりありませんでした。仕方が無いから、私は独白の調子でいろいろ言いました。ありがとう、すみません、等の挨拶の言葉を、なぜ人は言わなければならないか。それを感じた時、人は、必ずそれを言うべきである。言わなければわからぬという興覚めの事実。卑屈は、恥に非《あら》ず。被害妄想《ひがいもうそう》と一般に言われている心の状態は、必ずしも精神病でない。自己制御、謙譲も美しいが、のほほん顔の王さまも美しい。どちらが神に近いか、それは私にも、わからない。いろいろ思いつくままに、言いました。罪の意識という事に就いても言いました。やがて委員が立って、「それでは、之で座談会を終了いたします。」と言ったら、なあんだというような力ない安堵《あんど》に似た笑い声が聴衆の間にひろがりました。

これで、私の用事は、すんだのです。いや、それから生徒の有志たちと、まちのイタリヤ軒という洋食屋で一緒に晩ごはんをいただいて、それから、はじめて私は自由になれるわけなのです。会場からまた拍手に送られて退出し、薄暗い校長室へ行き、主任の先生と暫《しばら》く話をして、紅白の水引で綺麗《きれい》に結ばれた紙包をいただき、校門を出ました。門の傍では、五、六人の生徒たちがぼんやり佇《たたず》んでいました。「海を見に行こう。」と私のほうから言葉を掛けて、どんどん海岸のほうへ歩いて行きました。生徒たちは、黙ってついて来ました。

日本海。君は、日本海を見た事がありますか。黒い水。固い浪。佐渡が、臥牛《がぎゅう》のようにゆったり水平線に横《よこた》わって居ります。空も低い。風の無い静かな夕暮でありましたが、空には、きれぎれの真黒い雲が泳いでいて、陰鬱《いんうつ》でありました。荒海や佐渡に、と口ずさんだ芭蕉《ばしょう》の傷心もわかるような気が致しましたが、あのじいさん案外ずるい人だから、宿で寝ころんで気楽に歌っていたのかも知れない。うっかり信じられません。夕日が沈みかけています。

まだ朝日を見た事が無いんだ。」

「君たちは朝日を見た事があるかね。朝日もやっぱり、こんなに大きいかね。僕は、まだ朝日を見た事が無いんだ。」

「僕は富士山に登った時、朝日の昇るところを見ました。」ひとりの生徒が答えました。

「その時、どうだったね。やっぱり、こんなに大きかったかね。こんな工合いに、ぶるぶる煮えたぎって、血のような感じがあったかね。」

「いいえ、どこか違うようです。こんなに悲しくありませんでした。」

「そうかね、やっぱり、ちがうかね。朝日は、やっぱり偉いんだね。新鮮なんだね。夕日は、どうも、少しなまぐさいね。疲れた魚の匂《にお》いがあるね。」

砂丘が少しずつ暗くなりました。遠くに点々と、散歩者の姿も見えます。人の姿のようでは無く、鳥の姿のようでした。この砂丘は、年々すこしずつ海に呑《の》まれて、後退しているのだそうです。滅亡の風景であります。

「これあいい。忘れ得ぬ思い出の一つだ。」私は、きざな事を言いました。

私たちは海と別れて、新潟のまちのほうへ歩いて行きました。いつのまにやら、背後の生徒が十人以上になっていました。新潟のまちは、新開地の感じでありましたが、けれども、ところどころに古い廃屋が、取毀《とりこわ》すのも面倒といった工合いに置き残されていて、それを見ると、不思議に文化が感ぜられ、流石《さすが》に明治初年に栄えた港だということが、私のような鈍感な旅行者にもわかるのです。横丁にはいると、路《みち》の中央に一間半くらいの幅の川が流れています。たいていの横丁に、そんな川があるのです。どっちに流れているのか、わからぬほど、ゆっくりしています。どぶに似ています。水も濁って、不潔な感じであります。両岸には、必ず柳がならんで居ります。柳の木は、かなり大きく、銀座の柳よりは、ほんものに近い感じです。

「水清ければ魚住まずと言うが、」私は、次第にだらしない事をおしゃべりするようになりました。「こんなに水が汚くても、やっぱり住めないだろうね。」

「泥鰌《どじょう》がいるでしょう。」生徒の一人が答えました。

「泥鰌が？　なんだ、洒落《しゃれ》か。」柳の下の泥鰌という洒落のつもりだったのでしょうが、私は駄洒落を好まぬたちですし、それに若い生徒が、そんな駄洒落を多少でも得意になって言っているその心境を、腑甲斐《ふがい》なく思いました。

イタリヤ軒に着きました。ここは有名なところらしいのです。君も或いは、名前だけは聞いた事があるかも知れませんが、明治初年に何とかいうイタリヤ人が創《つく》った大きな店なのだそうです。二階のホオルに、そのイタリヤ人が日本の紋服を着て収った大きな写真が飾られてあります。モラエスさんに似ています。なんでも、外国のサアカスの一団員として日本に来て、そのサアカスから捨てられ、発奮して新潟で洋食屋を開き大成功したのだとかいう話でした。

生徒が十五、六人、それに先生が二人、一緒に晩ごはんを食べました。生徒たちも、だんだんわがままな事を言うようになりました。

「太宰さんを、もっと変った人かと思っていました。案外、常識家ですね。」

「生活は、常識的にしようと心掛けているんだ。青白い憂鬱なんてのは、かえって通俗なものだからね。」

「自分ひとり作家づらをして生きている事は、悪い事だと思いませんか。作家になりたくっても、がまんして他の仕事に埋れて行く人もあると思いますが。」

「それは逆だ。他に何をしても駄目だったから、作家になったとも言える。」

「じゃ僕なんか有望なわけです。何をしても駄目です。」

「君は、今まで何も失敗してやしないじゃないか。駄目だかどうだか、自分で実際やってみて転倒して傷ついて、それからでなければ言えない言葉だ。何もしないさきから、僕は駄目だときめてしまうのは、それあ怠惰だ。」

晩ごはんが済んで、私は生徒たちと、おわかれしました。

「大学へはいって、くるしい事が起ったら相談に来給《きたま》え。作家は、無用の長物かも知れんが、そんな時には、ほんの少しだろうが有りがたいところもあるものだよ。勉強し給え。おわかれに当って言いたいのは、それだけだ。諸君、勉強し給え、だ。」

生徒たちと、わかれてから、私は、ほんの少し酒を飲みに、或る家へはいりました。そこの女のひとが私の姿を見て、

「あなた、剣道の先生でしょう？」と無心に言いました。

剣道の先生は、真面目な顔をして、ただいま宿へ帰り、袴を脱ぎ、すぐ机に向って、この手紙に取りかかりました。雨が降って来ました。あしたお天気だったら、佐渡ケ島へ行ってみるつもりです。佐渡へは前から行ってみたいと思っていました。こんど新潟高校から招待せられ、出かけて来たのも、実は、佐渡へ、ついでに立ち寄ってみたい下心があったからでした。講演は、あまり修行にもなりません。剣道の先生も、一日限りでたくさん也《なり》。みみずくの、ひとり笑いや秋の暮。其角《きかく》だったと思います。

十一月十六日夜半。

（「知性」昭和十六年一月号）

服装に就いて

ほんの一時ひそかに凝った事がある。服装に凝ったのである。弘前《ひろさき》高等学校一年生の時である。縞《しま》の着物に角帯をしめて歩いたものである。そして義太夫《ぎだゆう》を習いに、女師匠のもとへ通ったのである。けれどもそれは、ほんの一年間だけの狂態であった。私は、そんな服装を、憤怒《ふんぬ》を以《もっ》てかなぐり捨てた。別段、高邁《こうまい》な動機からでもなかった。私が、その一年生の冬季休暇に、東京へ遊びに来て、一夜、その粋人の服装でもって、おでんやの縄のれんを、ぱっとはじいた。こう姉さん、熱いところを一本おくれでないか。熱いところを、といかにも鼻持ちならぬ謂《い》わば粋人の口調を、真似《まね》たつもりで澄ましていた。やがてその、熱いところを我慢して飲み、かねて習い覚えて置いた伝法の語彙《ごい》を、廻らぬ舌に鞭打《むちう》って余すところなく展開し、何を言っていやがるんでえ、と言い終った時に、おでんやの姉さんが明るい笑顔で、兄さん東北でしょう、と無心に言った。お世辞のつもりで言ってくれたのかも知れないが、私は実に興覚めたのである。私も、根からの馬鹿では無い。その夜かぎり、粋人の服装を、憤怒を以て放擲《ほうてき》したのである。それからは、普通の服装をしているように努力した。けれども私の身長は五尺六寸五分（五尺七寸以上と測定される事もあるが、私はそれを信用しない。）であるから、街を普通に歩いていても、少し目立つらしいのである。大学の頃にも、私は普通の服装のつもりでいたのに、それでも、友人に忠告された。ゴム長靴が、どうにも異様だと言うのである。ゴム長は、便利なものである。靴下が要らない。足袋のままで、はいても、また素足にはいても、人に見破られる心配がない。私は、たいてい、素足のままではいていた。ゴム靴の中は、あたたかい。家を出る時でも、編上靴のように、永いこと玄関にしゃがんで愚図愚図している必要がない。すぽり、すぽりと足を突込んで、そのまますぐに出発できる。脱ぎ捨てる時も、ズボンのポケットに両手をつっこんだままで、軽く虚空《こくう》を蹴《け》ると、すぽりと抜ける。水溜《みずたま》りでも泥路《どろみち》でも、平気で濶歩《かつぽ》できる。重宝なものである。なぜそれをはいて歩いては、いけないのか。けれどもその親切な友人は、どうにも、それは異様だから、やめたほうがいい、君は天気の佳い日でもはいて歩いている、奇を衒《てら》っているようにも見える、と言うのである。つまり、私がおしゃれの為《ため》にゴム長を、はいて歩いていると思っているらしいのである。ひどい誤解である。私は高等学校一年の時、既に粋人たらむ事の不可能を痛感し、以後は衣食住に就いては専ら簡便安価なるものをのみ愛し続けて来たつもりなのである。けれども私は、その身長に於《お》いても、また顔に於いても、あるいは鼻に於いても、確実に、人より大きいので、何かと目ざわりになるらしく、本当に何気なくハンチングをかぶっても、友人たちは、やあハンチングとは、思いつきだね、あまり似合わないね、変だよ、よした方がよい、と親切に忠告するので、私は、どうしていいか判《わか》らなくなってしまうのである。細工の大きい男は、それだけ、人一倍の修業が必要のようである。自分では、人生の片隅に、つつましく控えているつもりなのに、人は、なかなかそれを認めてくれない。やけくそで、いっそ林銑十郎閣下《と》のような大鬚《おおひげ》を生やしてみようかとさえ思う事もあるのだが、けれども、いまの此の、六畳四畳半三畳きりの小さい家の中で、鬚ばかり立派な大男が、うろうろしているのは、いかにも奇怪なものらしいから、それも断念せざるを得ない。いつか友人がまじめくさった顔をして、バアナアド・ショオが日本に生れたらとても作家生活が出来なかったろう、という述懐をもらしたので私も真面目《まじめ》に、日本のリアリズムの深さなどを考え、要するに心境の問題なのだからね、と言い、それからまた二つ三つ意見を述べようと気構えた時、友人は笑い出して、ちがう、ちがう、ショオは身の丈七尺あるそうじゃないか、七尺の小説家なんて日本じゃ生活できないよ、と言って、けろりとしていた。私は、まんまと、かつがれたわけであるが、けれども私には、この友人の無邪気な冗談を心から笑う事は出来なかった。何だか、ひやりとしたのである。もう一尺、高かったなら！　実に危いところだと思ったのである。

私は高等学校一年生の時に、早くもお洒落《しゃれ》の無常を察して、以後は、やぶれかぶれで、あり合せのものを選択せずに身にまとい、普通の服装のつもりで歩いていたのであるが、何かと友人たちの批評の対象になり、それ故《ゆえ》、臆《おく》して次第にまた、ひそかに服装にこだわるように、なってしまったようである。こだわるといっても、私は自分の野暮ったさを、事ある毎《ごと》に、いやになるほど知らされているのであるから、あれを着たい、この古代の布地で羽織を仕立させたい等の、粋《いき》な慾望《よくぼう》は一度も起した事が無い。与えられるものを、黙って着ている。また私は、どういうものだか、自分の衣服や、シャツや下駄に於いては極端に吝嗇《りんしょく》である。そんなものに金銭を費す時には、文字どおりに、身を切られるような苦痛を覚えるのである。五円を懐中して下駄を買いに出掛けても、下駄屋の前を徒《いたず》らに右往左往して思いが千々に乱れ、ついに意を決して下駄屋の隣りのビヤホオルに飛び込み、五円を全部費消してしまうのである。衣服や下駄は、自分のお金で買うものでないと思い込んでいるらしいのである。また現に、私は、三、四年まえまでは、季節季節に、故郷の母から衣服その他を送ってもらっていたのである。母は私と、もう十年も逢わずにいるので、私がもうこんなに分別くさい鬚男になっているのに気が附《つ》かない様子で、送って来る着物の柄《がら》模様は、実に派手である。その大きい絣《かすり》の単衣《ひとえ》を着ていると、私は角力《すもう》の取的《とりてき》のようである。或いはまた、桃の花を一ぱいに染めてある寝巻の浴衣《ゆかた》を着ていると、私は、ご難の楽屋で震えている新派の爺《じい》さん役者のようである。なっていないのである。けれども私は、与えられるものを黙って着ている主義であるから、内心少からず閉口していても、それを着て鬱然《うつぜん》と部屋のまん中にあぐらをかいて煙草《たばこ》をふかしているのであるが、時たま友人が訪れて来てこの私の姿を目撃し、笑いを嚙《か》み殺そうとしても出来ない様子である。私は鬱々として楽しまず、ついに立ってその着物を或る種の倉庫にあずけに行くのである。いまは、もう、一まいの着物も母から送ってもらえない。私は、私の原稿料で、然《しか》るべき衣服を買い整えなければならない。けれども私は、自分の衣服を買う事に於いては、極端に吝嗇なので、この三、四年間に、夏の白絣一枚と、久留米絣《くるめがすり》の単衣を一枚新調しただけである。あとは全部、むかし母から送られ、或る種の倉庫にあずけていたものを必要に応じて引き出して着ているのである。たとえばいま、夏から秋にかけての私の服装に就いて言うならば、真夏は、白絣いちまい、それから涼しくなるにつれて、久留米絣の単衣と、銘仙の絣の単衣とを交互に着て外出する。家に在る時は、もっぱら丹前下の浴衣である。銘仙の絣の単衣は、家内の亡父の遺品である。着て歩くと裾《すそ》がさらさらして、いい気持だ。この着物を着て、遊びに出掛けると、不思議に必ず雨が降るのである。亡父の戒めかも知れない。洪水にさえ見舞われた。一度は、南伊豆。もう一度は、富士吉田で、私は大水に遭い多少の難儀をした。南伊豆は七月上旬の事で、私の泊っていた小さい温泉宿は、濁流に呑《の》まれ、もう少しのところで、押し流されるところであった。富士吉田は、八月末の火祭りの日であった。その土地の友人から遊びに来いと言われ、私はいまは暑いからいやだ、もっと涼しくなってから参りますと返事したら、その友人から重ねて、吉田の火祭りは一年に一度しか無いのです、吉田は、もはや既に涼しい、来月になったら寒くなります、という手紙で、ひどく怒っているらしい様子だったので私は、あわてて吉田に出かけた。家を出る時、家内は、この着物を着ておいでになると、また洪水にお遭いになりますよ、といやな、けちを附けた。何だか不吉な予感を覚えた。八王子あたりまでは、よく晴れていたのだが、大月で、富士吉田行の電車に乗り換えてからは、もはや大豪雨であった。ぎっしり互いに身動きの出来ぬほどに乗り込んだ登山者あるいは遊覧の男女の客は、口々に、わあ、ひどい、これあ困ったと豪雨に対して不平を並べた。亡父の遺品の雨着物を着ている私は、この豪雨の張本人のような気がして、まことに、そら恐しい罪悪感を覚え、顔を挙げることが出来なかった。吉田に着いてからも篠《しの》つく雨は、いよいよさかんで、私は駅まで迎えに来てくれていた友人と共に、ころげこむようにして駅の近くの料亭に飛び込んだ。友人は私に対して気の毒がっていたが、私は、この豪雨の原因が、私の銘仙の着物に在るということを知っていたので、かえって友人にすまない気持で、けれどもそれは、あまりに恐ろしい罪なので、私は告白できなかった。火祭りも何も、滅茶滅茶になった様子であった。毎年、富士の山仕舞いの日に木花咲耶姫《このはなさくやひめ》へお礼のために、家々の門口に、丈余の高さに薪を積み上げ、それに火を点じて、おのおの負けず劣らず火焔《かえん》の猛烈を競うのだそうであるが、私は、未《ま》だ一度も見ていない。ことしは見れると思って来たのだが、この豪雨のためにお流れになってしまったらしいのである。私たちはその料亭で、いたずらに酒を飲んだりして、雨のはれるのを待った。夜になって、風さえ出て来た。給仕の女中さんが、雨戸を細めにあけて、

「ああ、ぼんやり赤い。」と呟《つぶや》いた。私たちは立っていって、外をのぞいて見たら、南の空が幽《かす》かに赤かった。この大暴風雨の中でも、せめて一つ、木花咲耶姫へのお礼の為に、誰かが苦心して、のろしを挙げているのであろう。私は、わびしくてならなかった。この憎い大暴風雨も、もとはと言えば、私の雨着物の為なのである。要らざる時に東京から、のこのこやって来て、この吉田の老若男女ひとしく指折り数えて待っていた楽しい夜を、滅茶滅茶にした雨男は、ここにいます、ということを、この女中さんにちょっとでも告白したならば、私は、たちまち吉田の町民に袋たたきにされ

るであろう。私は、やはり腹黒く、自分の罪をその友人にも女中さんにも、打ち明けることはしなかった。その夜おそく雨が小降りになったころ私たちはその料亭を出て、池のほとりの大きい旅館に一緒に泊り、翌《あく》る朝は、からりと晴れていたので、私は友人とわかれてバスに乗り御坂《みさか》峠を越えて甲府へ行こうとしたが、バスは河口湖を過ぎて二十分くらい峠をのぼりはじめたと思うと、既に恐ろしい山崩れの個所に逢着《ほうちゃく》し、乗客十五人が、おのおの尻端折《しりはしょ》りして、歩いて峠を越そうと覚悟をきめて三々五々、峠をのぼりはじめたが、行けども行けども甲府方面からの迎えのバスが来ていない。断念して、また引返し、むなしくもとのバスに再び乗って吉田町まで帰って来たわけであるが、すべては、私の魔の銘仙のせいである。こんど、どこか旱魃《かんばつ》の土地の噂《うわさ》でも聞いた時には、私はこの着物を着てその土地に出掛け、ぶらぶら矢鱈《やたら》に歩き廻って見ようと思っている。沛然《はいぜん》と大雨になり、無力な私も、思わぬところで御奉公できるかも知れない。私には、単衣はこの雨着物の他《ほか》に、久留米絣のが一枚ある。これは、私の原稿料で、はじめて買った着物である。私は、これを大事にしている。最も重要な外出の際にだけ、これを着て行くことにしているのである。自分では、これが一流の晴着のつもりなのであるが、人は、そんなに注目してはくれない。これを着て出掛けた時には、用談も、あまりうまく行かない。たいてい私は、軽《かろ》んぜられる。普段着のように見えるのかも知れない。そうして帰途は必ず、何くそ、と反骨をさすり、葛《か》西善蔵《さいぜんぞう》の事が、どういうわけだか、きっと思い出され、断乎《だんこ》としてこの着物を手放すまいと固執の念を深めるのである。

単衣から袷《あわせ》に移る期間はむずかしい。九月の末から十月のはじめにかけて、十日間ばかり、私は人知れぬ憂愁に閉ざされるのである。私には、袷は、二揃《そろ》いあるのだ。一つは久留米絣で、もう一つは何だか絹のものである。これは、いずれも以前に母から送ってもらったものなのであるが、この二つだけは柄もこまかく地味なので、私は、かの街の一隅の倉庫にあずけずに保存しているのである。私は絹のものを、ぞろりと着流してフェルト草履をはき、ステッキを振り廻して歩く事が出来ないたちなので、その絹のものも、いきおい敬遠の形で、この一、二年、友人の見合いに立ち合った時と、甲府の家内の里へ正月に遊びに行った時と、二度しか着ていない。それもまさか、フェルト草履にステッキという姿では無かった。袴《はかま》をはいて、新しい駒下駄《こまげた》をはいていた。私がフェルト草履を、きらうのは、何も自分の蛮風《ばんぷう》を衒っているわけではない。フェルト草履は、見た眼にも優雅で、それに劇場や図書館、その他のビルディングにはいる時でも、下駄の時のように下足係の厄介にならずにすむから、私も実は一度はいてみた事があるのであるが、どうも、足の裏が草履の表の茣蓙《ござ》の上で、つるつる滑っていけない。頗《すこぶ》る不安な焦躁《しょうそう》感を覚える。下駄よりも五倍も疲れるようである。私は、一度きりで、よしてしまった。またステッキも、あれを振り廻して歩くと何だか一見識があるように見えて、悪くないものであるが、私は人より少し脊《せ》が高いので、どのステッキも、私には短かすぎる。無理に地面を突いて歩こうとすると、私は腰を少し折曲げなければならぬ。いちいち腰をかがめてステッキをついて歩いていると、私は墓参の老婆《ろうば》のように見えるであろう。五、六年前に、登山用のピッケルの細長いのを見つけて、それをついて街を歩いていたら、やはり友人に悪趣味であると言って怒られ、あわてて中止したが、何も私は趣味でピッケルなどを持ち出したわけではなかったのである。どうも普通のステッキでは、短かすぎて、思い切り突いて歩く事が出来ない。すぐに、いらいらして来るのである。丈夫で、しかも細長いあのピッケルは、私には肉体的に必要であったのである。ステッキは突いて歩くものではない、持って歩くものであるという事も教えられたが、私は荷物を持って歩く事は大きらいである。旅行でも、出来れば手ぶらで汽車に乗れるように、実にさまざまに工夫するのである。旅行に限らず、人生すべて、たくさんの荷物をぶらさげて歩く事は、陰鬱の基のようにも思われる。荷物は、少いほどよい。生れて三十二年、そろそろ重い荷物ばかりを脊負《しょわ》されて来ている私は、この上、何を好んで散歩にまで、やっかいな荷物を持ち運ぶ必要があろう。私は、外に出る時には、たいていの持ち物は不恰好《ぶかっこう》でも何でも懐《ふところ》に押し込んでしまう事にしているのであるが、まさかステッキは、懐へぶち込む事は出来ない。肩にかつぐか、片手にぶらさげて持ち運ばなければならぬ。厄介なばかりである。おまけに犬が、それを胡乱《うろん》な武器と感ちがいして、さかんに吠《ほ》えたてるかも知れぬのだから、一つとして、いいところが無い。どう考えても、絹ものをぞろりと着流し、フェルト草履、ステッキ、おまけに白足袋という、あの恰好は私には出来そうもないのである。貧乏性という奴かも知れない。ついでだから言うが、私は学校をやめてから七、八年間、洋服というものを着た事がない。洋服をきらいなのではなく、いや、きらいどころか、さぞ便利で軽快なものだろうと、いつもあこがれてさえいるのであるが、私には一着も無いから着ないのである。洋服は、故郷の母も送って寄こさない。また私は、五尺六寸五分であるから、出来合いの洋服では、だめなのである。新調するとなると、同時に靴もシャツもその他いろいろの附属品が必要らしいから百円以上は、どうしてもかかるだろうと思われる。私は、衣食住に於いては吝嗇なので、百円以上も投じて洋服を整えるくらいなら、いっそわが身を断崖《だんがい》から怒濤《どとう》めがけて投じたほうが、ましなような気がするのである。いちど、N氏の出版記念会の時、その時には、私には着ている丹前の他には、一枚の着物も無かったので、友人のY君から洋服、シャツ、ネクタイ、靴、靴下など全部を借りて身体《からだ》に纏《まと》い、卑屈に笑いながら出席したのであるが、この時も、まことに評判が悪く、洋服とは珍らしいが、よくないね、似合わないよ、なんだって又、などと知人ことごとく感心しなかったようである。ついには洋服を貸してくれたY君が、どうも君のおかげで、僕の洋服まで評判が悪くなった、僕も、これから、その洋服を着て歩く気がしなくなった、と会場の隅で小声で私に不平をもらしたのである。たった一度の洋服姿も、このような始末であった。再び洋服を着る日は、いつの事であろうか、いまのところ百円を投じて新調する気もさらに無いし、甚《はなは》だ遠いことではなかろうかと思っている。私は当分、あり合せの和服を着て歩くより他は無いのであろう。前に言ったように袷は二揃いあるのだが、絹のものは、あまり好まない。久留米絣のが一揃いあるが、私は、このほうを愛している。私には野暮な、書生流の着物が、何だか気楽である。一生を、書生流に生きたいとも願っている。会などに出る前夜には、私は、この着物を畳んで蒲団の下に敷いて寝るのである。すると入学試験の前夜のような、ときめきを幽かに感ずるのである。この着物は、私にとって、謂《い》わば討入の晴着のようなものである。秋が深くなって、この着物を大威張りで着て歩けるような季節になると、私は、ほっとするのである。つまり、単衣から袷に移る、その過渡期に於いて、私には着て歩く適当な衣服が無いからでもあるのだ。過渡期は、つねに私のような無力者を、まごつかせるものだが、この、夏と秋との過渡期に於て、私の困惑は深刻である。袷には、まだ早い。あの久留米絣のお気に入りらしい袷を、早く着たいのだが、それでは日中暑くてたまらぬ。単衣を固執していると、いかにも貧寒の感じがする。どうせ貧寒なのだから、木枯しの中を猫背になってわななきつつ歩いているのも似つかわしいのであろうが、そうするとまた、人は私を、貧乏看板とか、乞食《こじき》の威嚇《いかく》、ふてくされ等と言って非難するであろうし、また、寒山拾得《かんざんじっとく》の如《ごと》く、あまり非凡な恰好をして人の神経を混乱させ圧倒するのも悪い事であるから、私は、なるべくならば普通の服装をしていたいのである。簡単に言ってしまうと、私には、セルがないのである。いいセルが、どうしても一枚ほしいのである。実は一枚、あることはあるのだが、これは私が高等学校の、おしゃれな時代に、こっそり買い入れたもので薄赤い縞《しま》が縦横に交錯されていて、おしゃれの迷いの夢から醒《さ》めてみると、これは、どうしたって、男子の着るものではなかった。あきらかに婦人のものである。あの一時期は、たしかに、私は、のぼせていたのにちがいない。何の意味も無く、こんな派手ともなんとも形容の出来ない着物を着て、からだを、くにゃくにゃさせて歩いていたのかと思えば、私は顔を覆《おお》って呻吟《しんぎん》するばかりである。とても着られるものでない。見るのさえ、いやである。

私は、これを、あの倉庫に永いこと預け放しにして置いたのである。ところが昨年の秋、私は、その倉庫の中の衣服やら毛布やら書籍やらを少し整理して、不要のものは売り払い、入用と思われるものだけを持ち帰った。家へ持ち帰って、その大風呂敷包を家内の前で、ほどく時には、私も流石《さすが》に平静でなかった。いくらか赤面していたのである。結婚以前の私のだらし無さが、いま眼前に、如実《にょじつ》に展開せられるわけだ。汚れた浴衣は、汚れたままで倉庫にぶち込んでいたのだし、尻《しり》の破れた丹前も、そのまま丸めて倉庫に持参していたのだし、満足な品物は一つとして無いのだ。よごれて、かび臭く、それに奇態に派手な模様のものばかりで、とても、まともな人間の遺品とは思われないしろものばかりである。私は風呂敷包を、ほどきながら、さかんに自嘲《じちょう》した。

「デカダンだよ。屑《くず》屋に売ってしまっても、いいんだけどもね。」

「もったいない。」家内は一枚一枚きたながらずに調べて、「これなどは、純毛ですよ。仕立直しましょう。」

見ると、それは、あのセルである。私は戸外に飛び出したい程に狼狽《ろうばい》した。たしかに倉庫に置いて来た筈《はず》なのに、どうして、そのセルが風呂敷包の中にはいっていたのか、私にはいまもって判《わか》らない。どこかに手違いがあったのだ。失敗である。

「それは、うんと若い時に着たのだよ。派手なようだね。」私は内心の狼狽をかくして、何気なさそうな口調で言った。

「着られますよ。セルが一枚も無いのですもの。ちょうどよかったわ。」

とても着られるものではない。十年間、倉庫に寝かせたままで置いているうちに、布地が奇怪に変色している。謂わば、羊羹《ようかん》色である。薄赤い縦横の縞は、不潔な渋柿色を呈して老婆の着物のようである。私は今更ながら、その着物の奇怪さに呆《あき》れて顔をそむけた。

ことしの秋、私は必ずその日のうちに書き結ばなければならぬ仕事があって、朝早く飛び起き、見ると枕元《まくらもと》に、見馴れぬ着物が、きちんと畳まれて置かれてある。れいのセルである。そろそろ秋冷の季節である。洗って縫い直したものらしく、いくぶん小綺麗《こぎれい》にはなっていたが、その布地の羊羹色と、縞の渋柿色とは、やはりまぎれもない。けれどもその朝は、仕事が気になって、衣服の事などめんどうくさく、何も言わずにさっさと着て朝ごはんも食べずに仕事をはじめた。昼すこし過ぎにやっと書き終えて、ほっとしていたところへ、実に久しぶりの友人が、ひょっこり訪ねて来た。ちょうどいいところであった。私は、その友人と一緒に、ごはんを食べ、よもやまの話をして、それから散歩に出たのである。家の近くの、井《い》の頭《かしら》公園の森にはいった時、私は、やっと自分の大変な姿に気が附いた。

「ああ、いけない。」と思わず呻《うめ》いた。「こりゃ、いけない。」立ちどまってしまった。

「どうしたのです。お腹《なか》でも、――」友人は心配そうに眉《まゆ》をひそめて、私の顔を見詰めた。

「いや、そうじゃないんだ。」私は苦笑して、「この着物は、へんじゃないかね。」

「そうですね。」友人は真面目《まじめ》に、「すこし派手なようですね。」

「十年前に買ったものなんだ。」また歩き出して、「女ものらしいんだ。それに、色が変っちゃったものだから、なおさら、――」歩く元気も無くなった。

「大丈夫ですよ。そんなに目立ちません。」

「そうかね。」やや元気が出て来て、森を通り抜け、石段を降り、池のほとりを歩いた。

どうにも気になる。私も今は三十二歳で、こんなに鬚《ひげ》もじゃの大男になって、多少は苦労して来たような気もしているのであるが、やはり、こんな悪洒落《わるじゃれ》みたいな、ふざけた着物を着て、ちびた下駄をはき、用も無いのに公園をのそのそ歩き廻っている。知らない人は、私をその辺の不潔な与太者と見るだろう。また私を知っている人でも、あいつ相変らずでいやがる、よせばいいのに、といよいよ軽蔑《けいべつ》するだろう。私はこれまで永い間、変人の誤解を受けて来たのだ。

「どうです。新宿の辺まで出てみませんか。」友人は誘った。

「冗談じゃない。」私は首を横に振った。「こんな恰好で新宿を歩いて、誰かに見られたら、いよいよ評判が悪くなるばかりだ。」

「そんな事もないでしょう。」

「いや、ごめんだ。」私は頑として応じなかった。「その辺の茶店で休もうじゃないか。」

「僕は、お酒を飲んでみたいな。ね、街へ出てみましょう。」

「そこの茶店には、ビールもあるんだ。」私は、街へ出たくなかった。着物の事もあるし、それに、きょう書き結んだ小説が甚だ不出来で、いらいらしていたのである。

「茶店は、よしましょう。寒くていけません。どこかで落ちついて飲んでみたいんです。」友人の身の上にも、最近、不愉快な事ばかり起っているのを私は聞いて知っていた。

「じゃ、阿佐ケ谷へ行ってみようかね。新宿は、どうも。」

「いいところが、ありますか。」

べつにいいところでも無いけれど、そこだったら、まえにもしばしば行っているのだから、私がこんな異様な風態《ふうてい》をしていても怪しまれる事は無いであろうし、少しはお勘定を足りなくしても、この次、という便利もあるし、それに女給もいない酒だけの店なのだから、身なりの顧慮も要らないだろうと思ったのである。

薄暮、阿佐ケ谷駅に降りて、その友人と一緒に阿佐ケ谷の街を歩き、私は、たまらない気持であった。寒山拾得の類の、私の姿が、商店の飾窓の硝子《ガラス》に写る。私の着物は、真赤に見えた。米寿の祝いに赤い胴着を着せられた老翁《ろうおう》の姿を思い出した。今の此《こ》のむずかしい世の中に、何一つ積極的なお手伝いも出来ず、文名さえも一向に挙らず、十年一日の如く、ちびた下駄をはいて、阿佐ケ谷を徘徊《はいかい》している。きょうはまた、念入りに、赤い着物などを召している。私は永遠に敗者なのかも知れない。

「いくつになっても、同じだね。自分では、ずいぶん努力しているつもりなのだけれど。」歩きながら、思わず愚痴が出た。「文学って、こんなものかしら。どうも僕は、いけないようだね。こんな、なりをして歩いて。」

「服装は、やはり、ちゃんとしていなければ、いけないものなのでしょうね。」友人は私を慰め顔に、「僕なんかでも、会社で、ずいぶん損をしますよ。」

友人は、深川の或る会社に勤めているのだが、やはり服装にはお金をかけたがらない性質のようである。

「いや、服装だけじゃないんだ。もっと、根本の精神だよ。悪い教育を受けて来たんだ。でも、やっぱり、ヴェルレエヌは、いいからね。」ヴェルレエヌと赤い着物とは、一体どんなつながりがあるのか、われながら甚だ唐突で、ひどくてれくさかったけれど、私は自分に零落を感じ、敗者を意識する時、必ずヴェルレエヌの泣きべその顔を思い出し、救われるのが常である。生きて行こうと思うのである。あの人の弱さが、かえって私に生きて行こうという希望を与える。気弱い内省の窮極からでなければ、真に崇厳な光明は発し得ないと私は頑固に信じている。とにかく私は、もっと生きてみたい。謂わば、最高の誇りと最低の生活で、とにかく生きてみたい。

「ヴェルレエヌは、大袈裟《おおげさ》だったかな？　どうも、この着物では何を言ったって救われないよ。」やり切れない気持であった。

「いや、大丈夫です。」友人は、ただ軽く笑っている。街に電燈がついた。

その夜、私は酒の店で、とんだ失敗をした。その佳い友人を殴ってしまったのである。罪は、たしかに着物にあった。私は、このごろは何事にも怺《こら》えて笑っている修業をしているのであるからいささかの乱暴も、絶無であったのであるが、その夜は、やってしまった。すべては、この赤い着物のせいであると、私は信じている。衣服が人心に及ぼす影響は恐ろしい。私は、その夜は、非常に卑屈な気持で酒を飲んでいた。

鬱々《うつうつ》として、楽しまなかった。店の主人にまで、いやしい遠慮をして、片隅のほの暗い場所に坐って酒を飲んでいたのである。ところが、友人のほうは、その夜はどうした事か、ひどく元気で、古今東西の芸術家を片端から罵倒《ばとう》し、勢いあまって店の主人にまで食ってかかった。私は、この主人のおそろしさを知っている。いつか、この店で、見知らぬ青年が、やはりこの友人のように酒に乱れ、他の客に食ってかかった時に、ここの主人は、急に人が変ったような厳粛な顔になり、いまはどんな時であるか、あなたは知らぬか、出て行ってもらいましょう、二度とおいでにならぬように、と宣告したのである。私は主人を、こわい人だと思った。いま、この友人が、こんなに乱れて主人に食ってかかっているが、今にきっと私たち二人、追放の恥辱を嘗《な》めるようになるだろうと、私は、はらはらしていた。いつもの私なら、そんな追放の恥辱など、さらに意に介せず、この友人と共に気焔を挙げるにきまっているのであるが、その夜は、私は自分の奇妙な衣服のために、いじけ切っていたので、ひたすら主人の顔色を伺い、これ、これ、と小声で友人を、たしなめてばかりいたのである。けれども友人の舌鋒《ぜっぽう》は、いよいよ鋭く、周囲の情勢は、ついに追放令の一歩手前まで来ていたのである。この時にあたり、私は窮余の一策として、かの安宅《あたか》の関《せき》の故智を思い浮べたのである。弁慶、情けの折檻《せっかん》である。私は意を決して、友人の頬をなるべく痛くないように、そうしてなるべく大きい音がするように、ぴしゃん、ぴしゃんと二つ殴って、「君、しっかりし給《たま》え。いつもの君は、こんな工合いでないじゃないか。今夜に限って、どうしたのだ。しっかりし給え。」と主人に聞えるように大きい声で言って、これでまず、追放はまぬかれたと、ほっとしたとたんに、義経は、立ち上って弁慶にかかって来た。

「やあ、殴りやがったな。このままでは、すまんぞ。」と喚《わめ》いたのである。こんな芝居は無い。弱い弁慶は狼狽して立ち上り、右に左に体を、かわしているうちに、とうとう待っているものが来た。主人はまっすぐに私のところへ来て、どうぞ外へ出て下さい、他のお客さんに迷惑です、と追放令を私に向って宣告したのである。考えてみると、さきに乱暴を働いたのは、たしかに私のほうであった。弁慶の苦肉の折檻であった等とは、他人には、わからないのが当然である。客観的に、乱暴の張本人は、たしかに私なのである。酔ってなお大声で喚いている友人をあとに残して、私は主人に追われて店を出た。つくづく、うらめしい、気持であった。服装が悪かったのである。ちゃんとした服装さえしていたならば、私は主人からも多少は人格を認められ、店から追い出されるなんて恥辱は受けずにすんだのであろうに、と赤い着物を着た弁慶は夜の阿佐ケ谷の街を猫背になって、とぼとぼと歩いた。私は今は、いいセルが一枚ほしい。何気なく着て歩ける衣服がほしい。けれども、衣服を買う事に於いては、極端に吝嗇な私は、これからもさまざまに衣服の事で苦労するのではないかと思う。宿題。国民服は、如何《いかが》。

（「文藝春秋」昭和十六年二月号）

令嬢アユ

佐野君は、私の友人である。私のほうが佐野君より十一も年上なのであるが、それでも友人である。佐野君は、いま、東京の或る大学の文科に籍を置いているのであるが、あまり出来ないようである。いまに落第するかも知れない。少し勉強したらどうか、と私は言いにくい忠告をした事もあったが、その時、佐野君は腕組みをして頸垂《うなだ》れ、もうこうなれば、小説家になるより他《ほか》は無い、と低い声で呟《つぶや》いたので、私は苦笑した。学問のきらいな頭のわるい人間だけが小説家になるものだと思い込んでいるらしい。それは、ともかくとして、佐野君は此《こ》の頃いよいよ本気に、小説家になるより他は無い、と覚悟を固めて来た様子である。日、一日と落第が確定的になって来たのかも知れない。もうこうなれば、小説家になるより他は無い、と今は冗談でなく腹をきめたせいか、此の頃の佐野君の日常生活は、実に悠々たるものである。かれは未《ま》だ二十二歳の筈《はず》であるが、その、本郷の下宿屋の一室に於《お》いて、端然と正座し、囲碁の独り稽古《げいこ》にふけっている有様を望見するに、どこやら雲中白鶴《うんちゅうはっかく》の趣さえ感ぜられる。時々、脊広服《せびろふく》を着て旅に出る。鞄《かばん》には原稿用紙とペン、インク、悪の華、新約聖書、戦争と平和第一巻、その他がいれられて在る。温泉宿の一室に於いて、床柱を脊負って泰然とおさまり、机の上には原稿用紙をひろげ、もの憂《う》げに煙草《たばこ》のけむりの行末を眺め、長髪を掻《か》き上《あ》げて、軽く咳《せき》ばらいするところなど、すでに一個の文人墨客の風《ふ》情《ぜい》がある。けれども、その、むだなポオズにも、すぐ疲れて来る様子で、立ち上って散歩に出かける。宿から釣竿《つりざお》を借りて、渓流の山女《やまめ》釣りを試みる時もある。一匹も釣れた事は無い。実は、そんなにも釣を好きでは無いのである。餌《えさ》を附《つ》けかえるのが、面倒くさくてかなわない。だから、たいてい蚊針を用いる。東京で上等の蚊針を数種買い求め、財布にいれて旅に出るのだ。そんなにも好きで無いのに、なぜ、わざわざ釣針を買い求め旅行先に持参してまで、釣を実行しなければならないのか。なんという事も無い、ただ、ただ、隠君子の心境を味わってみたいところからである。

ことしの六月、鮎《あゆ》の解禁の日にも、佐野君は原稿用紙やらペンやら、戦争と平和やらを鞄にいれ、財布には、数種の蚊針を秘めて伊豆の或る温泉場へ出かけた。四五日して、たくさんの鮎を、買って帰京した。柳の葉くらいの鮎を二匹、釣り上げて得意顔で宿に持って帰ったところ、宿の人たちに大いに笑われて、頗《すこぶ》るまごついたそうである。その二匹は、それでもフライにしてもらって晩ごはんの時に食べたが、大きいお皿に小指くらいの「かけら」が二つころがっている様を見たら、かれは余りの恥ずかしさに、立腹したそうである。私の家にも、美事な鮎を、お土産に持って来てくれた。伊豆のさかなやから買って来たという事を、かれは、卑怯《ひきょう》な言いかたで告白した。「これくらいの鮎を、わけなく釣っている人もあるにはあるが、僕は釣らなかった。これくらいの鮎は、てれくさくて釣れるものではない。僕は、わけを話してゆずってもらって来た。」と奇妙な告白のしかたをしたのである。

ところで、その時の旅行には、もう一つ、へんなお土産があった。かれが、結婚したいと言い出したのである。伊豆で、いいひとを見つけて来たというのであった。

「そうかね。」私は、くわしく聞きたくもなかった。私は、ひとの恋愛談を聞く事は、あまり好きでない。恋愛談には、かならず、どこかに言い繕いがあるからである。

私が気乗りのしない生返事をしていたのだが、佐野君はそれにはお構いなしに、かれの見つけて来たという、その、いいひとに就いて澱《よど》みなく語った。割に嘘《うそ》の無い、素直な語りかただったので、私も、おしまいまで、そんなにいらいらせずに聞く事が出来た。

かれが伊豆に出かけて行ったのは、五月三十一日の夜で、その夜は宿でビイルを一本飲んで寝て、翌朝は宿のひとに早く起してもらって、釣竿をかついで悠然と宿を出た。多少、ねむそうな顔をしているが、それでもどこかに、ひとかどの風騒の士の構えを示して、夏草を踏みわけ河原へ向った。草の露が冷たくて、いい気持。土堤《どて》にのぼる。松葉牡丹《まつばぼたん》が咲いている。姫百合《ひめゆり》が咲いている。ふと前方を見ると、緑いろの寝巻を着た令嬢が、白い長い両脚を膝《ひざ》よりも、もっと上まであらわして、素足で青草を踏んで歩いている。清潔な、ああ、綺麗《きれい》。十メエトルと離れていない。

「やあ！」佐野君は、無邪気である。思わず歓声を挙げて、しかもその透きとおるよ うな柔い脚を確実に指さしてしまった。令嬢は、そんなにも驚かぬ。少し笑いながら裾《すそ》をおろした。これは日課の、朝の散歩なのかも知れない。佐野君は、自分の、指さした右手の処置に、少し困った。初対面の令嬢の脚を、指さしたり等して、失礼であった、と後悔した。「だめですよ、そんな、――」と意味のはっきりしない言葉を、非難の口調で呟いて、颯《さ》っと令嬢の傍《そば》をすり抜けて、後を振り向かず、いそいで歩いた。躓《つまず》いた。こんどは、ゆっくり歩いた。

河原へ降りた。幹が一抱え以上もある柳の樹蔭《こかげ》に腰をおろして、釣糸を垂れた。釣れる場所か、釣れない場所か、それは問題じゃない。他の釣師が一人もいなくて、静かな場所ならそれでいいのだ。釣の妙趣は、魚を多量に釣り上げる事にあるのでは無くて、釣糸を垂れながら静かに四季の風物を眺め楽しむ事にあるのだ、と露伴《ろはん》先生も教えているそうであるが、佐野君も、それは全くそれに違いないと思っている。もともと佐野君は、文人としての魂魄《こんぱく》を練るために、釣をはじめたのだから、釣れる釣れないは、いよいよ問題でないのだ。静かに釣糸を垂れ、もっぱら四季の風物を眺め楽しんでいるのである。水は、囁《ささや》きながら流れている。鮎が、すっと泳ぎ寄って蚊針をつつき、ひらと身をひるがえして逃れ去る。素早いものだ、と佐野君は感心する。対岸には、紫陽花《あじさい》が咲いている。竹藪《たけやぶ》の中で、赤く咲いているのは夾竹桃《きょうちくとう》らしい。眠くなって来た。

「釣れますか？」女の声である。

もの憂げに振り向くと、先刻の令嬢が、白い簡単服を着て立っている。肩には釣竿をかついでいる。

「いや、釣れるものではありません。」へんな言いかたである。

「そうですか。」令嬢は笑った。二十歳にはなるまい。歯が綺麗だ。眼が綺麗だ。喉《のど》は、白くふっくらして溶けるようで、可愛《かわい》い。みんな綺麗だ。釣竿を肩から、おろして、「きょうは解禁の日ですから、子供にでも、わけなく釣れるのですけど。」

「釣れなくたっていいんです。」佐野君は、釣竿を河原の青草の上にそっと置いて、煙草をふかした。佐野君は、好色の青年ではない。迂濶《うかつ》なほうである。もう、その令嬢を問題にしていないという澄ました顔で、悠然と煙草のけむりを吐いて、そうして四季の風物を眺めている。

「ちょっと、拝見させて。」令嬢は、佐野君の釣竿を手に取り、糸を引き寄せて針をひとめ見て、「これじゃ、だめよ、鮠《はや》の蚊針じゃないの。」佐野君は、恥をかかされたと思った。ごろりと仰向《あおむけ》に河原に寝ころんだ。「同じ事ですよ。その針でも、一二匹釣れました。」嘘を言った。

「あたしの針を一つあげましょう。」令嬢は胸のポケットから小さい紙包をつまみ出して、佐野君の傍にしゃがみ、蚊針の仕掛けに取りかかった。佐野君は寝ころび、雲を眺めている。

「この蚊針はね、」と令嬢は、金色の小さい蚊針を佐野君の釣糸に結びつけてやりながら呟く。「この蚊針はね、おそめという名前です。いい蚊針には、いちいち名前があるのよ。これは、おそめ。可愛い名でしょう？」

「そうですか、ありがとう。」佐野君は、野暮である。何が、おそめだ。おせっかいは、もうやめて、早く向うへ行ってくれたらいい。気まぐれの御親切は、ありがた迷惑だ。

「さあ、出来ました。こんどは釣れますよ。ここは、とても釣れるところなのです。あたしは、いつも、あの岩の上で釣っているの。」

「あなたは、」佐野君は起き上って、「東京の人ですか？」

「あら、どうして?」

「いや、ただ、——」佐野君は狼狽《ろうばい》した。顔が赤くなった。

「あたしは、この土地のものよ。」令嬢の顔も、少し赤くなった。うつむいて、くすくす笑いながら岩のほうへ歩いて行った。

佐野君は、釣竿を手に取って、再び静かに釣糸を垂れ、四季の風物を眺めた。ジャボリという大きな音がした。たしかに、ジャボリという音であった。見ると令嬢は、見事に岩から落ちている。胸まで水に没している。釣竿を固く握って、「あら、あら。」と言いながら岸に這《は》い上《あが》って来た。まさしく濡《ぬ》れ鼠《ねずみ》のすがたである。白いドレスが両脚にぴったり吸いついている。

佐野君は、笑った。実に愉快そうに笑った。ざまを見ろという小気味のいい感じだけで、同情の心は起らなかった。ふと笑いを引っ込めて、叫んだ。

「血が!」

令嬢の胸を指さした。けさは脚を、こんどは胸を、指さした。令嬢の白い簡単服の胸のあたりに血が、薔薇《ばら》の花くらいの大きさでにじんでいる。

令嬢は、自分の胸を、うつむいてちらと見て、

「桑の実よ。」と平気な顔をして言った。「胸のポケットに、桑の実をいれて置いたの

よ。あとで食べようと思っていたら、損をした。」

岩から滑り落ちる時に、その桑の実が押しつぶされたのであろう。佐野君は再び、恥をかかされた、と思った。

令嬢は、「見ては、いやよ。」と言い残して川岸の、山吹の茂みの中に姿を消してそれっきり、翌日も、翌々日も河原へ出ては来なかった。佐野君だけは、相かわらず悠々と、あの柳の木の下で、釣糸を垂れ、四季の風物を眺め楽しんでいる。あの令嬢と、また逢いたいとも思っていない様子である。佐野君は、そんなに好色な青年ではない。迂濶すぎるほどである。

三日間、四季の風物を眺め楽しみ、二匹の鮎を釣り上げた。「おそめ」という蚊針のおかげと思うより他は無い。釣り上げた鮎は、柳の葉ほどの大きさであった。これは、宿でフライにしてもらって食べたそうだが、浮かぬ気持であったそうである。四日目に帰京したのであるが、その朝、お土産の鮎を買いに宿を出たら、あの令嬢に逢ったという。令嬢は黄色い絹のドレスを着て、自転車に乗っていた。

「やあ、おはよう。」佐野君は無邪気である。大声で、挨拶《あいさつ》した。

令嬢は軽く頭をさげただけで、走り去った。なんだか、まじめな顔つきをしていた。

自転車のうしろには、菖蒲《あやめ》の花束が載せられていた。白や紫の菖蒲の花が、ゆらゆら首を振っていた。

その日の昼すこし前に宿を引き上げて、れいの鞄を右手に、氷詰めの鮎の箱を左手に持って宿から、バスの停留場まで五丁ほどの途《みち》を歩いた。ほこりっぽい田舎道である。時々立ちどまり、荷物を下に置いて汗を拭《ふ》いた。それから溜息《ためいき》をついて、また歩いた。三丁ほど歩いたところに、

「おかえりですか。」と背後から声をかけられ、振り向くと、あの令嬢が笑っている。手に小さい国旗を持っている。黄色い絹のドレスも上品だし、髪につけているコスモスの造花も、いい趣味だ。田舎のじいさんと一緒である。じいさんは、木綿の縞《しま》の着物を着て、小柄《こがら》な実直そうな人である。ふしくれだった黒い大きい右手には、先刻の菖蒲の花束を持っている。さては此の、じいさんに差し上げる為《ため》に、けさ自転車で走りまわっていたのだな、と佐野君は、ひそかに合点した。

「どう？　釣れた？」からかうような口調である。

「いや、」佐野君は苦笑して、「あなたが落ちたので、鮎がおどろいていなくなったようです。」佐野君にしては上乗の応酬である。

「水が濁ったのかしら。」令嬢は笑わずに、低く呟いた。

じいさんは、幽《かす》かに笑って、歩いている。

「どうして旗を持っているのです。」佐野君は話題の転換をこころみた。

「出征したのよ。」

「誰が？」

「わしの甥《おい》ですよ。」じいさんが答えた。「きのう出発しました。わしは、飲みすぎて、ここへ泊ってしまいました。」まぶしそうな表情であった。

「それは、おめでとう。」佐野君は、こだわらずに言った。事変のはじまったばかりの頃は、佐野君は此の祝辞を、なんだか言いにくかった。でも、いまは、こだわりもなく祝辞を言える。だんだん、このように気持が統一されて行くのであろう。いいことだ、と佐野君は思った。

「可愛いがっていた甥御さんだったから、」令嬢は利巧そうな、落ちついた口調で説明した。「おじさんが、やっぱり、ゆうべは淋しがって、とうとう泊っちゃったの。わるい事じゃないわね。あたしは、おじさんに力をつけてやりたくて、けさは、お花を買ってあげたの。それから旗を持って送って来たの。」

「あなたのお家《うち》は、宿屋なの？」佐野君は、何も知らない。令嬢も、じいさんも笑った。

停留場についた。佐野君と、じいさんは、バスに乗った。令嬢は、窓のそとで、ひらひらと国旗を振った。

「おじさん、しょげちゃ駄目よ。誰でも、みんな行くんだわ。」

バスは出発した。佐野君は、なぜだか泣きたくなった。

いいひとだ、あの令嬢は、いいひとだ、結婚したいと、佐野君は、まじめな顔で言うのだが、私は閉口した。もう私には、わかっているのだ。

「馬鹿だね、君は。なんて馬鹿なんだろう。そのひとは、宿屋の令嬢なんかじゃないよ。考えてごらん。そのひとは六月一日に、朝から大威張りで散歩して、釣をしたりして遊んでいたようだが、他の日は、遊べないのだ。どこにも姿を見せなかったろう？　その筈《はず》だ。毎月、一日《ついたち》だけ休みなんだ。わかるかね。」

「そうかあ。カフェの女給か。」

「そうだといいんだけど、どうも、そうでもないようだ。おじいさんが君に、てれていたろう？　泊った事を、てれていたろう？」

「わあっ！　そうかあ。なあんだ。」佐野君は、こぶしをかためて、テーブルをどんとたたいた。もうこうなれば、小説家になるより他は無い、といよいよ覚悟のほどを固くした様子であった。

令嬢。よっぽど、いい家庭のお嬢さんよりも、その、鮎の娘さんのほうが、はるかにいいのだ、本当の令嬢だ、とも思うのだけれども、嗚呼《ああ》、やはり私は俗人なのかも知れぬ、そのような境遇の娘さんと、私の友人が結婚するというならば、私は、頑固に反対するのである。

（「新女苑」昭和十六年六月号）

誰

イエス其《そ》の弟子たちとピリポ・カイザリヤの村々に出《い》でゆき、途《みち》にて弟子たちに問いて言いたまう「人々は我を誰と言うか」答えて言う「バプテスマのヨハネ、或人はエリヤ、或人は預言者の一人」また問い給《たま》う「なんじらは我を誰と言うか」ペテロ答えて言う「なんじはキリスト、神の子なり」（マルコ八章二七）

たいへん危いところである。イエスは其の苦悩の果に、自己を見失い、不安のあまり無智文盲の弟子たちに向い「私は誰です」という異状な質問を発しているのである。無智文盲の弟子たちの答一つに頼ろうとしているのである。けれども、ペテロは信じていた。愚直に信じていた。イエスが神の子である事を信じていた。だから平気で答えた。イエスは、弟子に教えられ、いよいよ深く御自身の宿命を知った。

二十世紀のばかな作家の身の上に於《お》いても、これに似た思い出があるのだ。けれども、結果はまるで違っている。

かれ、秋の一夜、学生たちと井《い》の頭《かしら》公園に出でゆき、途にて学生たちに問いて言いたまう「人々は我を誰と言うか」答えて言う「にせもの。或人は、嘘《うそ》つき。また或人は、おっちょこちょい。或人は、酒乱者の一人」また問い給う「なんじらは我を誰と言うか」ひとりの落第生答えて言う「なんじはサタン、悪の子なり」かれ驚きたまい「さらば、これにて別れん」

私は学生たちと別れて家に帰り、ひどい事を言いやがる、と心中はなはだ穏かでなかった。けれども私には、かの落第生の恐るべき言葉を全く否定し去る事も出来なかった。その時期に於いて私は、自分を完全に見失ってしまっていたのだ。自分が誰だかわからなかった。何が何やら、まるでわからなくなってしまっていたのである。仕事をして、お金がはいると、遊ぶ。お金がなくなると、また仕事をして、すこしお金がはいると、遊ぶ。そんな事を繰り返して一夜ふと考えて、慄然《りつぜん》とするのだ。いったい私は、自分をなんだと思っているのか。之《これ》は、てんで人間の生活じゃない。私には、家庭さえ無い。三鷹《みたか》の此《こ》の小さい家は、私の仕事場である。ここに暫《しば》くとじこもって一つの仕事が出来あがると私は、そそくさと三鷹を引き上げる。逃げ出すのである。旅に出る。けれども、旅に出たって、私の家はどこにも無い。あちこちうろついて、そうしていつも三鷹の事ばかり考えている。三鷹に帰ると、またすぐ旅の空をあこがれる。仕事場は、窮屈である。けれども、旅も心細い。私はうろついてばかりいる。いったいどうなる事だろう。私は人間でないようだ。

「ひでえ事を言いやがる。」私は寝ころんで新聞をひろげて見ていたが、どうにも、いまいましいので、隣室で縫物をしている家の者に聞えるようにわざと大きい声で言ってみた。「ひでえ野郎だ。」

「なんですか。」家の者はつられた。「今夜は、お帰りが早いようですね。」

「早いさ。もう、あんな奴らとは附《つ》き合う事が出来ねえ。ひでえ事を言いやがる。伊村の奴がね、僕の事をサタンだなんて言いやがるんだ。なんだい、あいつは、もう二年もつづけて落第しているくせに。僕の事なんか言えた義理じゃないんだ。失敬だよ。」よそで殴られて、家へ帰って告げ口している弱虫の子供に似ているところがある。

「あなたが甘やかしてばかりいるからよ。」家の者は、たのしそうな口調で言った。「あなたはいつでも皆さんを甘やかして、いけなくしてしまうのです。」

「そうか。」意外な忠告である。「つまらん事を言ってはいけない。甘やかしているように見えるだろうが、僕には、ちゃんとした考えがあって、やっている事なんだ。そんな意見をお前から聞こうとは思わなかった。お前も、やっぱり僕をサタンだなんて思っているんじゃないのかね。」

「さあ、」ひっそりとなった。まじめに考えているようである。しばらく経《た》って、「あなたはね、」

「ああ言ってくれ。なんでも言ってくれ。考えたとおりを言ってくれ。」私は畳の上に、ほとんど大の字にちかい形で寝ころがっていた。

「不精者よ。それだけは、たしかよ。」

「そうか。」あまり、よくなかった。けれどもサタンよりは、少しましなようである。

「サタンでは無いわけだね。」

「でも、不精も程度が過ぎると悪魔みたいに見えて来ますよ。」

或る神学者の説に依《よ》ると、サタンの正体は天使であって、天使が堕落するとサタンというものになるのだという事であるが、なんだか話が、うますぎる。サタンと天使が同族であるというような事は、危険思想である。私には、サタンがそんな可愛らしい河童《かっぱ》みたいなものだとは、どうしても考えられない。

サタンは、神と戦っても、なかなか負けぬくらいの剛猛な大魔王である。私がサタンだなんて、伊村君も馬鹿な事を言ったものである。けれども伊村君からそう言われて、それから一箇月間くらいは、やっぱり何だか気になって、私はサタンに就いての諸家の説を、いろいろ調べてみた。私が決してサタンでないという反証をはっきり摑《つか》んで置きたかったのである。

サタンは普通、悪魔と訳されているが、ヘブライ語のサーターン、また、アラミ語のサーターン、サーターナーから起っているのだそうである。私は、ヘブライ語、アラミ語はおろか、英語さえ満足に読めない程の不勉強家であるから、こんな学術的な事を言うのは甚《はなは》だてれくさいのであるが、ギリシャ語では、デイヤボロスというのだそうだ。サーターンの原意は、はっきりしないが、たぶん「密告者」「反抗者」らしいという事だ。デイヤボロスは、そのギリシャ訳というわけである。どうも、辞書を引いてたったいま知ったような事を、自分の知識みたいにして得々として語るというのは、心苦しい事である。いやになる。けれども私は、自分がサタンでないという事を実証する為《ため》には、いやでも、もう少し言わなければならぬ。要するにサタンという言葉の最初の意味は、神と人との間に水を差し興覚めさせて両者を離間させる者、というところにあったらしい。もっとも旧約の時代に於いては、サタンは神と対立する強い力としては現われていない。旧約に於いては、サタンは神の一部分でさえあったのである。或る外国の神学者は、旧約以降のサタン思想の進展に就いて、次のように報告している。すなわち、「ユダヤ人は、長くペルシャに住んでいた間に、新らしい宗教組織を知るようになった。ペルシャの人たちは、其名をザラッストラ、或いはゾロアスターという偉大な教祖の説を信じていた。ザラッストラは、一切の人生を善と悪との間に起る不断の闘争であると考えた。これはユダヤ人にとって全く新しい思想であった。それまで彼等は、エホバと呼ばれた万物の唯一《ゆいいつ》の主だけを認めていた。物事が悪く行ったり戦いに敗れたり病気にかかったりすると、彼等はきまって、こういう不幸は何もかも自分たちの民族の信仰の不足のせいであると思い込んでいたのだ。ただ、エホバのみを恐れた。罪が悪霊の単独の誘惑の結果であるという考えは、嘗《かつ》て彼等に起った事が無かったのである。エデンの園の蛇でさえ彼等の眼には、勝手に神の命令にそむいたアダムやエバより悪くはなかったのだ。けれども、ザラッストラの教義の影響を受けて、ユダヤ人も今はエホバに依って完成せられた一切の善を、くつがえそうとしているもう一つの霊の存在を信じ始めた。

彼等はそれをエホバの敵、すなわち、サタンと名づけた。」というのであるが、簡明の説である。そろそろサタンは、剛猛の霊として登場の身仕度をはじめた。そうして新約の時代に到って、サタンは堂々、神と対立し、縦横無尽に荒れ狂うのである。サタンは新約聖書の各頁《ページ》に於いて、次のような、種々さまざまの名前で呼ばれている。二つ名のある、というのが日本の歌舞伎では悪党を形容する言葉になっているようだが、サタンは、二つや三つどころではない。デイアボロス、ベリアル、ベルゼブル、悪鬼の首《かしら》、この世の君、この世の神、訴うるもの、試むる者、悪《あ》しき者、人殺、虚偽の父、亡《ほろぼ》す者、敵、大なる竜《りゅう》、古き蛇、等である。以下は日本に於ける唯一の信ずべき神学者、塚本虎二氏の説であるが、「名称に依っても、ほぼ推察できるように、新約のサタンは或る意味に於いて神と対立している。即《すなわ》ち一つの王国をもって之を支配し、神と同じく召使たちをもっている。悪鬼どもが彼の手下である。その国が何処《どこ》にあるかは明瞭《めいりょう》でない。天と地との中間（エペソ二・二）のようでもあり、天の処《ところ》（同六・十二）という場所か、または、地の底（黙示九・十一、二〇・一以下）らしくもある。とにかく彼は此の地上を支配し、出来る限りの悪を人に加えようとしている。彼は人を支配し、人は生れながらにして彼の権力の下にある。この故《ゆえ》に『この世の君』であり、『この世の神』であって、彼は国々の凡《すべ》ての権威と栄華とをもっている。」

ここに於いて、かの落第生伊村君の説は、完膚無き迄《まで》に論破せられたわけである。伊村説は、徹頭徹尾誤謬《ごびゅう》であったという事が証明せられた。ウソであったのである。私は、サタンでなかったのである。へんな言いかたであるが、私は、サタンほど偉くはない。この世の君であり、この世の神であって、彼は国々の凡ての権威と栄華とをもっているのだそうであるが、とんでも無い事だ。私は、三鷹の薄汚いおでんやに於いても軽蔑《けいべつ》せられ、権威どころか、おでんやの女中さんに叱《しか》られてまごまごしている。私は、サタンほどの大物でなかった。

ほっと安堵《あんど》の吐息をもらした途端に、またもや別の変な不安が湧《わ》いて出た。なぜ伊村君は、私をサタンだなんて言ったのだろう。まさか私がたいへん善人であるという事を言おうとして、「あなたはサタンだ」なんて言い出したわけではなかろう。悪い人だという事を言おうとしたのに違いない。けれども私は、絶対にサタンでない。この世の権威も栄華も持っていない。伊村君は言い違いしたのだ。かれは落第生で、不勉強家であるから、サタンという言葉の真意を知らず、ただ、わるい人という意味でその言葉を使ったのに違いない。私は、わるい人であろうか、それを、きっぱり否定できるほど私には自信が無かった。サタンでは無くとも、その手下に悪鬼というものもあった筈《はず》だ。伊村君は、私を、その召使の悪鬼だと言おうとして、ものを知らぬ悲しさ、サタンだと言ってしまったのかも知れない。聖書辞典に拠《よ》ると、「悪鬼とは、サタンに追従して共に堕落《おち》し霊物《もの》にして、人を怨《うら》み之を汚さんとする心つよく、其数多し」とある。甚だ、いやらしいものである。わが名はレギオン、我ら多きが故なりなどと嘯《うそぶ》いて、キリストに叱られ、あわてて二千匹の豚の群に乗りうつり転げる如《ごと》く遁走《とんそう》し、崖《がけ》から落ちて海に溺《おぼ》れたのも、こいつらである。だらしの無い奴である。どうも似ている。似ているようだ。サタンにお追従を言うところなぞ、そっくりじゃないか。私の不安は極点にまで達した。私は自分の三十三年の生涯を、こまかに調べた。

残念ながら、あるのだ。サタンにへつらっていた一時期が、あるのだ。それに思い当った時、私はいたたまらず、或る先輩のお宅へ駈《か》けつけた。

「へんな事を言うようですけど、僕が五、六年前に、あなたへ借金申込みの手紙を差し上げた事があった筈ですが、あの手紙いまでもお持ちでしょうか。」

先輩は即座に答えた。

「持っている。」私の顔を、まっすぐに見て、笑った。「そろそろ、あんな手紙が気になって来たらしいね。僕は、君がお金持になったら、あの手紙を君のところへ持って行って恐喝しようと思っていた。ひどい手紙だぜ。ウソばっかり書いていた。」

「知っていますよ。そのウソが、どの程度に巧妙なウソか、それを調べてみたくなったのです。ちょっと見せて下さい。ちょっとでいいんです。大丈夫。鬼の腕みたいに持ち逃げしません。ちょっと見たら、すぐ返しますから。」

先輩は笑いながら手文庫を持ち出し、しばらく捜して一通、私に手渡した。

「恐喝は冗談だが。これからは気を附け給え。」

「わかっています。」

以下は、その手紙の全文である。

――〇〇兄。生涯にいちどのおねがいがございます。八方手をつくしたのですが、よい方法がなく、五六回、巻紙を出したり、ひっこめたりして、やっと書きます。この辺の気持ちお察し下さい。今月末まで必ず必ずお返しできるゆえ、××家あたりから二十円、やむを得ずば十円、借りて下さるまいか？　兄には、決してごめいわくをおかけしません。「太宰がちょっとした失敗をして、困っているから、」と申して借りて下さい。三月末には必ずお返しできます。お金、送るなり、又、兄御自身お遊びがてら御持参くだされたら、よろこび、これに過ぎたるは、ございません。図々《ずうずう》しい、わがままだ、勝手だ、なまいきだ、だらしない、いかなる叱正《しっせい》をも甘受いたす覚悟です。只今《ただいま》、仕事をして居《お》ります。この仕事ができれば、お金がはいります。一日早ければ一日早いだけ助かります。二十日に要るのですけれど。おそくだと、私のほうでも都合つくのですが。万事御了察のうえ、御願い申しあげます。何事も申し上げる力がございません。委細は拝眉《はいび》の日に。三月十九日。治拝。」

意外な事には、此の手紙のところどころに、先輩の朱筆の評が書き込まれていた。括弧の中が、その先輩の評である。

――〇〇兄。生涯にいちどの（人間のいかなる行為も、生涯にいちどきりのもの也《なり》）おねがいがございます。八方手をつくしたのですが（まず、三四人にも出したか）よい方法がなく、五六回、巻紙を出したり、ひっこめたりして（この辺は真実ならん）やっと書きます。この辺の気持ちお察し下さい（察しはつくが、すこし変である）今月末までに必ず必ずお返しできるゆえ、××家あたり（あたりとは、おかしき言葉なり）から二十円、やむを得ずば十円、借りて下さるまいか？　兄には、決してごめいわくをおかけしません（この辺は真実ならんも、また、あてにすべからず）「太宰がちょっとした失敗をして、困っているから、」と申して（申してとは、あやしき言葉なり、無礼なり）借りて下さい。三月末には必ずお返しできます。お金、送るなり、又、兄御自身お遊びがてら御持参くだされたら（かれ自身は更に動く気なきものの如し、かさねて無礼なり）よろこび（よろこびとは、真《まこと》らしきも、かれも落ちたるものなり）これに過ぎたるは、ございません。図々しい、わがままだ、勝手だ、なまいきだ、だらしない、いかなる叱正をも甘受いたす覚悟です（覚悟だけはいい。ちゃんと自分のことは知っている。けれども、知っているだけなり）只今、仕事をして居ります。この仕事ができれば（この辺同情す）お金がはいります。一日早ければ一日早いだけ助かります。二十日に要るのですけれど（日数に於いて掛値あるが如し、注意を要す）おそくだと、私のほうでも都合つくのですが（虚飾のみ。人を愚弄《ぐろう》すること甚しきものあり）万事御了察のうえ、お願い申しあげます。何事も申しあげる力がございません（新派悲劇のせりふの如し、人を喰ってる）委細は拝眉の日に。三月

十九日。治拝。（借金の手紙として全く拙劣を極むるものと認む。要するに、微塵《みじん》も誠意と認むるものなし。みなウソ文章なり）

「これはひどいですねえ。」私は思わず嘆声を発した。

「ひどいだろう？　呆《あき》れたろう。」

「いいえ、あなたの朱筆のほうがひどいですよ。僕の文章は、思っていた程でも無かった。狡智《こうち》の極を縦横に駆使した手紙のような気がしていたのですが、いま読んでみて案外まともなので拍子抜けがしたくらいです。だいいち、あなたにこんなに看破されて、こんな、こんな、」まぬけた悪鬼なんてあるもんじゃない、と言おうとしたのだが言えなかった。どこかで、まだ私がこの先輩をだましているのかも知れないと思ったからである。私が言《い》い澱《よど》んでいると、先輩は、どれどれと言って私の手から巻紙を取り上げて、

「むかしの事だから、どんな文句か忘れてしまった。」と呟《つぶや》いて読んでいるうちに、噴き出してしまった。「君も馬鹿だねえ。」と言った。

馬鹿。この言葉に依って私は救われた。私は、サタンではなかった。悪鬼でもなかった。馬鹿であった。バカというものであった。考えてみると、私の悪事は、たいてい片っ端から皆に見破られ、呆れられ笑われて来たようである。どうしても完璧《かんぺき》の瞞《まん》

着《ちゃく》が出来なかった。しっぽが出ていた。

「僕はね、或る学生からサタンと言われたんです。」私は少しくつろいで事情を打ち明けた。「いまいましくて仕様が無いから、いろいろ研究しているのですが、いったい、悪魔だの、悪鬼だのというものが此の世の中に居るんでしょうか。僕には、人がみんな善い弱いものに見えるだけです。人のあやまちを非難する事が出来ないのです。無理もないというような気がするのです。しんから悪い人なんて僕は見た事がない。みんな、似たようなものじゃないんですか？」

「君には悪魔の素質があるから、普通の悪には驚かないのさ。」先輩は平気な顔をして言った。「大悪漢から見れば、この世の人たちは、みんな甘くて弱虫だろうよ。」

私は再び暗澹《あんたん》たる気持ちになった。これは、いけない。「馬鹿」で救われて、いい気になっていたら、ひどい事になった。

「そうですか。」私は、うらめしかった。「それでは、あなたも、やっぱり私を信用していないのですね。そういうもんかなあ。」

先輩は笑い出した。

「怒るなよ。君は、すぐ怒るからいけない。君がいま人のあやまちを非難する事が出来ないとか何とか、キリストみたいに立派な事を言うもんだから、ちょっと、厭味《いやみ》を言ってみたんだ。しんから悪い人なんて見た事が無いと君は言うけれども、僕は見た事がある。二、三年前に新聞で読んだ事がある。ポストにマッチの火を投げ入れて、ポストの中の郵便物を燃やして喜んでいた男があった。狂人ではない。目的の無い遊戯なんだ。毎日、毎日、あちこちのポストの中の郵便物を焼いて歩いた。」

「それあ、ひどい。」そいつは、悪魔だ。みじんも同情の余地が無い。しんから悪いやつだ。そんな奴を見つけたら、私だって滅茶滅茶にぶん殴ってやる事が出来る。死刑以上の刑罰を与えよ。そいつは、悪魔だ。それに較《くら》べたら、私はやっぱり、ただの「馬鹿」であった。もう之で、解決がついた。私は此の世の悪魔を見た。そいつは、私と全然ちがうものであった。私は悪魔でも悪鬼でもない。ああ、先輩はいい事を知らせてくれた。感謝である、とその日から四、五日間は、胸の内もからりとしていたのであるが、また、いけなかった。つい先日、私は、またもや、悪魔！　と呼ばれた。

一生、私につきまとう思想であろうか。

私の小説には、女の読者が絶無であったのだが、ことしの九月以来、或るひとりの女のひとから、毎日のように手紙をもらうようになった。そのひとは病人である。永く入院している様子である。退屈しのぎに日記でも書くような気持ちで、私へ毎日、手紙を書いているのである。だんだん書く事が無くなったと見えて、こんどは私に逢いたいと言いはじめた。病院へ来て下さいと言うのであるが、私は考えた。私は自分の容貌《ようぼう》も身なりも、あまり女のひとに見せたくないのである。軽蔑されるにきまっている。ことに、会話の下手くそは、自分ながら呆れている。逢わないほうがよい。私は返辞を保留して置いた。すると今度は、私の家の者へ手紙を寄こした。相手が病人のせいか、家の者も寛大であった。行っておあげなさい、と言うのである。私は、二日も三日も考えた。その女の人は、きっと綺麗《きれい》な夢を見ているのに違いない。私の赤黒い変な顔を見ると、あまりの事に悶絶《もんぜつ》するかも知れない。悶絶しないまでも、病勢が亢進《こうしん》するのは、わかり切った事だ。できれば私は、マスクでも掛けて逢いたかった。

女のひとからは次々と手紙が来る。正直に言えば、私はいつのまにか、その人に愛情を感じていた。とうとう先日、私は一ばんいい着物を着て、病院をおとずれた。死ぬる程の緊張であった。病室の戸口に立って、お大事になさい、と一こと言って、あかるく笑って、そうして直ぐに別れよう。それが一ばん綺麗な印象を与えるだろう。私は、そのとおりに実行した。病室には菊の花が三つ。女のひとは、おやと思うほど美しかった。青いタオルの寝巻に、銘仙の羽織をひっかけて、ベッドに腰かけて笑っていた。病人の感じは少しも無かった。

「お大事に。」と言って、精一ぱい私も美しく笑ったつもりだ。これでよし、永くまごついていると、相手を無慙《むざん》に傷つける。私は素早く別れたのである。帰る途々、つまらない思いであった。相手の夢をいたわるという事は、淋しい事だと思った。

あくる日、手紙が来たのである。

「生れて、二十三年になりますけれども、今日ほどの恥辱を受けた事はございません。私がどんな思いであなたをお待ちしていたか、ご存じでしょうか。あなたは私の顔を見るなり、くるりと背を向けてお帰りになりました。私のまずしい病室と、よごれて醜い病人の姿に幻滅して、閉口してお帰りになりました。あなたは私を雑巾《ぞうきん》みたいに軽蔑なさった。（中略）あなたは、悪魔です。」

後日談は無い。

（「知性」昭和十六年十二月号）

恥

菊子さん。恥をかいちゃったわよ。ひどい恥をかきました。顔から火が出る、などの形容はなまぬるい。草原をころげ廻って、わあっと叫びたい、と言っても未《ま》だ足りない。サムエル後書にありました。「タマル、灰を其《そ》の首に蒙《かむ》り、着たる振袖《ふりそで》を裂き、手を首《こうべ》にのせて、呼《よば》わりつつ去《さ》りゆけり」可愛そうな妹タマル。わかい女は、恥ずかしくてどうにもならなくなった時には、本当に頭《こうべ》から灰でもかぶって泣いてみたい気持になるわねえ。タマルの気持がわかります。

菊子さん。やっぱり、あなたのおっしゃったとおりだったわ。小説家なんて、人の屑《くず》よ。いいえ、鬼です。ひどいんです。私は、大恥かいちゃった。菊子さん。私は今まであなたに秘密にしていたけれど、小説家の戸田さんに、こっそり手紙を出していたのよ。そうしてとうとう一度お目にかかって大恥かいてしまいました。つまらない。はじめから、ぜんぶお話申しましょう。九月のはじめ、私は戸田さんへ、こんな手紙を差し上げました。たいへん気取って書いたのです。

「ごめん下さい。非常識と知りつつ、お手紙をしたためます。おそらく貴下の小説には、女の読者がひとりも無かった事と存じます。女は、広告のさかんな本ばかりを読むのです。女には、自分の好みがありません。人が読むから、私も読もうという虚栄みたいなもので読んでいるのです。物知り振っている人を、矢鱈《やたら》に尊敬いたします。つまらぬ理窟《りくつ》を買いかぶります。貴下は、失礼ながら、理窟をちっとも知らない。学問も無いようです。貴下の小説を私は、去年の夏から読みはじめて、ほとんど全部を読んでしまったつもりでございます。それで、貴下にお逢いする迄《まで》もなく、貴下の身辺の事情、容貌《ようぼう》、風采《ふうさい》、ことごとくを存じて居ります。貴下に女の読者がひとりも無いのは、確定的の事だと思いました。貴下は御自分の貧寒の事や、吝嗇《りんしょく》の事や、さもしい夫婦《ふうふ》喧嘩《げんか》、下品な御病気、それから容貌のずいぶん醜い事や、身なりの汚い事、蛸《たこ》の脚なんかを齧《かじ》って焼酎《しょうちゅう》を飲んで、あばれて、地べたに寝る事、借金だらけ、その他たくさん不名誉な、きたならしい事ばかり、少しも飾らずに告白なさいます。あれでは、いけません。女は、本能として、清潔を尊びます。貴下の小説を読んで、ちょっと貴下をお気の毒とは思っても、頭のてっぺんが禿《は》げて来たとか、歯がぼろぼろに欠けて来たとか書いてあるのを読みますと、やっぱり、余りひどくて、苦笑してしまいます。ごめんなさい。軽蔑《けいべつ》したくなるのです。それに、貴下は、とても口で言えない不潔な場所の女のところへも出掛けて行くようではありませんか。あれでもう、決定的です。私でさえ、鼻をつまんで読んだ事があります。女のひとは、ひとりのこらず、貴下を軽蔑し、顰蹙《ひんしゅく》するのも当然です。私は、貴下の小説をお友だちに隠れて読んでいました。私が貴下のものを読んでいるという事が、もしお友達にわかったら、私は嘲笑《ちょうしょう》せられ、人格を疑われ、絶交される事でしょう。どうか、貴下に於《お》いても、ちょっと反省をして下さい。私は、貴下の無学あるいは文章の拙劣、あるいは人格の卑《いや》しさ、思慮の不足、頭の悪さ等、無数の欠点をみとめながらも、底に一すじの哀愁感のあるのを見つけたのです。私は、あの哀愁感を惜しみます。他の女の人には、わかりません。女のひとは、前にも申しましたように虚栄ばかりで読むのですから、やたらに上品ぶった避暑地の恋や、あるいは思想的な小説などを好みますが、私は、それればかりでなく、貴下の小説の底にある一種の哀愁感というものも尊いのだと信じました。どうか、貴下は、御自身の容貌の醜さや、過去の汚行や、または文章の悪さ等に絶望なさらず、貴下独特の哀愁感を大事になさって、同時に健康に留意し、哲学や語学をいま少し勉強なさって、もっと思想を深めて下さい。貴下の哀愁感が、もし将来に於いて哲学的に整理できたならば、貴下の小説も今日の如《ごと》く嘲笑せられず、貴下の人格も完成される事と存じます。その完成の日には、私も覆面をとって私の住所姓名を明らかにして、貴下とお逢《よ》いしたいと思いますが、ただ今は、はるかに声援をお送りするだけで止そうと思います。お断りして置きますが、これはファン・レタアではございませぬ。奥様なぞにお見せして、おれにも女のファンが出来たなんて下品にふざけ合うのは、やめていただきます。私はプライドを持っています。」

菊子さん。だいたい、こんな手紙を書いたのよ。貴下、貴下とお呼びするのは、何だか具合が悪かったけど「あなた」なんて呼ぶには、戸田さんと私とでは、としが違いすぎて、それに、なんだか親し過ぎて、いやだわ。戸田さんが年甲斐《としがい》も無く自惚《うぬぼ》れて、へんな気を起したら困るとも思ったの。「先生」とお呼びするほど尊敬もしてないし、それに戸田さんには何も学問がないんだから「先生」と呼ぶのは、とても不自然だと思ったの。だから貴下とお呼びする事にしたんだけど、「貴下」も、やっぱり少しへんね。でも私は、この手紙を投函《とうかん》しても、良心の呵責《かしやく》は無かった。よい事をしたと思った。お気の毒な人に、わずかでも力をかしてあげるのは、気持のよいものです。けれども私は此《こ》の手紙には、住所も名前も書かなかった。だって、こわいもの。汚い身なりで酔って私のお家へ訪ねて来たら、ママは、どんなに驚くでしょう。お金を貸せ、なんて脅迫するかも知れないし、とにかく癖の悪いおかただから、どんなこわい事をなさるかわからない。私は永遠に覆面の女性でいたかった。けれども、菊子さん、だめだった。とっても、ひどい事になりました。それから、ひとつき経《た》たぬうちに、私は、もう一度戸田さんへ、どうしても手紙を書かなければならぬ事情が起りました。しかも今度は、住所も名前も、はっきり知らせて。

菊子さん、私は可哀想な子だわ。その時の私の手紙の内容をお知らせすると、事情もだいたいおわかりの筈ですから、次に御紹介いたしますが、笑わないで下さい。

「戸田様。私は、おどろきました。どうして私の正体を捜し出す事が出来たのでしょう。そうです、本当に、私の名前は和子です。そうして教授の娘で、二十三歳です。あざやかに素破抜《すっぱ》かれてしまいました。今月の『文学世界』の新作を拝見して、私は呆然《ぼうぜん》としてしまいました。本当に、本当に、小説家というものは油断のならぬものだと思いました。どうして、お知りになったのでしょう。しかも、私の気持まで、すっかり見抜いて、『みだらな空想をするようにさえなりました。』などと辛辣《しんらつ》な一矢を放っているあたり、たしかに貴下の驚異的な進歩だと思いました。私のあの覆面の手紙が、ただちに貴下の制作慾《せいさくよく》をかき起したという事は、私にとってもよろこばしい事でした。女性の一支持が、作家をかく迄も、いちじるしく奮起させるとは、思いも及ばなかった事でした。人の話に依《よ》りますと、ユーゴー、バルザックほどの大家でも、すべて女性の保護と慰藉《いしゃ》のおかげで、数多い傑作をものしたのだそうです。私も貴下を、及ばずながらお助けする事に覚悟をきめました。どうか、しっかりやって下さい。時々お手紙を差し上げます。貴下の此の度の小説に於いて、わずかながら女性心理の解剖を行っているのはたしかに一進歩にて、ところどころ、あざやかであって感心も致しましたが、まだまだ到《いた》らないところもあるのです。私は若い女性ですから、これからいろいろ女性の心を教えてあげます。貴下は、将来有望の士だと思います。だんだん作品も、よくなって行くように思います。どうか、もっと御本を読んで哲学的教養も身につけるようにして下さい。教養が不足だと、どうしても大小説家にはなれません。お苦しい事が起ったら、遠慮なくお手紙を下さい。もう見破られましたから、覆面はやめましょう。私の住所と名前は表記のとおりです。偽名ではございませんから、御安心下さいませ。貴下が、他日、貴下の人格を完成なさった暁には、かならずお逢いしたいと思いますが、それまでは、文通のみにて、かんにんして下さいませ。本当に、このたびは、おどろきました。ちゃんと私の名前まで、お知りになっているのですもの。きっと、貴下は、あの私の手紙に興奮して大騒ぎしてお友達みんなに見せて、そうして手紙の消印などを手がかりに、新聞社のお友達あたりにたのんで、とうとう、私の名前を突きとめたというようなところだろうと思っていますが、違いますか？ 男のかたは、女からの手紙だと直ぐ大騒ぎをするんだから、いやだわ。どうして私の名前や、それから二十三歳だという事まで知ったか、手紙でお知らせ下さい。末永く文通いたしましょう。この次からは、もっと優しい手紙を差し上げましょうね。

御自重下さい。」

菊子さん、私はいま此の手紙を書き写しながら何度も何度も泣きべそをかきました。全身に油汗がにじみ出る感じ。お察し下さい。私、間違っていたのよ。私の事なんか書いたんじゃ無かったのよ。てんで問題にされていなかったのよ。ああ恥ずかしい、恥ずかしい。菊子さん、同情してね。おしまいまでお話するわ。

戸田さんが今月の『文学世界』に発表した『七草』という短篇《たんぺん》小説、お読みになりましたか。二十三の娘が、あんまり恋を恐れ、恍惚《こうこつ》を憎んで、とうとうお金持ちの六十の爺《じい》さんと結婚してしまって、それでもやっぱり、いやになり、自殺するという筋の小説。すこし露骨で暗いけれど、戸田さんの持味は出ていました。私はその小説を読んで、てっきり私をモデルにして書いたのだと思い込んでしまったの。なぜだか、二、三行読んだとたんにそう思い込んで、さっと蒼《あお》ざめました。だって、その女の子の名前は私と同じ、和子じゃないの。としも同じ、二十三じゃないの。父が大学の先生をしているところまで、そっくりじゃないの。あとは私の身の上と、てんで違うけれど、でも、之《これ》は私の手紙からヒントを得て創作したのにちがいないと、なぜだかそう思い込んでしまったのよ。それが大恥のもとでした。

四、五日して戸田さんから葉書をいただきましたが、それにはこう書かれて居りました。

「拝復。お手紙をいただきました。御支持をありがたく存じます。また、この前のお手紙も、たしかに拝誦《はいしょう》いたしました。私は今日まで人のお手紙を家の者に見せて笑うなどという失礼な事は一度も致しませんでした。また友達に見せて騒いだ事もございません。その点は、御放念下さい。なおまた、私の人格が完成してから逢って下さるのだそうですが、いったい人間は、自分で自分を完成できるものでしょうか。不一。」

やっぱり小説家というものは、うまい事を言うものだと思いました。一本やられたと、くやしく思いました。私は一日ぼんやりして、翌《あく》る朝、急に戸田さんに逢いたくなったのです。逢ってあげなければいけない。あの人は、いまきっとお苦しいのだ。私がいま逢ってあげなければ、あの人は堕落してしまうかも知れない。あの人は私の行くのを待っているのだ。お逢い致しましょう。私は早速、身仕度をはじめました。菊子さん、長屋の貧乏作家を訪問するのに、ぜいたくな身なりで行けると思って？とても出来ない。或る婦人団体の幹事さんたちが狐の襟巻《えりまき》をして、貧民窟の視察に行って問題を起した事があったでしょう？　気を附《つ》けなければいけません。小説に依ると戸田さんは、着る着物さえ無くて綿のはみ出たドテラ一枚きりなのです。そうして家の畳は破れて、新聞紙を部屋一ぱいに敷き詰めてその上に坐って居られるのです。

そんなにお困りの家へ、私がこないだ新調したピンクのドレスなど着て行ったら、いたずらに戸田さんの御家族を淋しがらせ、恐縮させるばかりで失礼な事だと思ったのです。私は女学校時代のつぎはぎだらけのスカートに、それからやはり昔スキーの時に着た黄色いジャケツ。此のジャケツは、もうすっかり小さくなって、両腕が肘《ひじ》ちかく迄にょっきり出るのです。袖口はほころびて、毛糸が垂れさがって、まず申し分《ぶん》のない代物《しろもの》なのです。戸田さんは毎年、秋になると脚気《かっけ》が起って苦しむという事も小説で知っていましたので、私のベッドの毛布を一枚、風呂敷に包んで持って行く事に致しました。毛布で脚をくるんで仕事をなさるように忠告したかったのです。私は、ママにかくれて裏口から、こっそり出ました。菊子さんもご存じでしょうが、私の前歯が一枚だけ義歯で取りはずし出来るので、私は電車の中でそれをそっと取りはずして、わざと醜い顔に作りました。戸田さんは、たしか歯がぼろぼろに欠けている筈《はず》ですから、戸田さんに恥をかかせないように、安心させるように、私も歯の悪いところを見せてあげるつもりだったのです。髪もくしゃくしゃに乱して、ずいぶん醜いまずしい女になりました。弱い無智な貧乏人を慰めるのには、たいへんこまかい心使いがなければいけないものです。

戸田さんの家は郊外です。省線電車から降りて、交番で聞いて、わりに簡単に戸田さんの家を見つけました。菊子さん、戸田さんのお家は、長屋ではありませんでした。小さいけれども、清潔な感じの、ちゃんとした一戸構えの家でした。お庭も綺麗《きれい》に手入れされて、秋の薔薇《ばら》が咲きそろっていました。すべて意外の事ばかりでした。玄関をあけると、下駄箱の上に菊の花を活《い》けた水盤が置かれていました。落ちついて、とても上品な奥様が出て来られて、私にお辞儀を致しました。私は家を間違ったのではないかと思いました。

「あの、小説を書いて居られる戸田さんは、こちらさまでございますか。」と、恐る恐るたずねてみました。

「はあ。」と優しく答える奥様の笑顔は、私にはまぶしかった。

「先生は、」思わず先生という言葉が出ました。「先生は、おいででしょうか。」

私は先生の書斎にとおされました。まじめな顔の男が、きちんと机の前に坐っていました。ドテラでは、ありませんでした。なんという布地か、私にはわかりませんけれど、濃い青色の厚い布地の給《あわせ》に、黒地に白い縞《しま》が一本はいっている角帯をしめていました。書斎は、お茶室の感じがしました。床の間には、漢詩の軸。私には、一字も読めませんでした。竹の籠《かご》には、蔦《つた》が美しく活けられていました。机の傍《そば》には、とてもたくさんの本がうず高く積まれていました。

まるで違うのです。歯も欠けていません。頭も禿げていません。きりっとした顔をしていました。不潔な感じは、どこにもありません。この人が焼酎を飲んで地べたに寝るのかと不思議でなりませんでした。

「小説の感じと、お逢いした感じとまるでちがいます。」私は気を取り直して言いました。

「そうですか。」軽く答えました。あまり私に関心を持っていない様子です。

「どうして私の事をご存じになったのでしょう。それを伺いにまいりましたの。」私は、そんな事を言って、体裁を取りつくろってみました。

「なんですか？」ちっとも反応がありません。

「私が名前も住所もかくしていたのに、先生は、見破ったじゃありませんか。先日お手紙を差し上げて、その事を第一におたずねした筈ですけど。」

「僕はあなたの事なんか知っていませんよ。へんですね。」澄んだ眼で私の顔を、まっすぐに見て薄く笑いました。

「まあ！」私は狼狽《ろうばい》しはじめました。「だって、そんなら、私のあの手紙の意味が、まるでわからなかったでしょうに、それを、黙っているなんて、ひどいわ。私を馬鹿だと思ったでしょうね。」

私は泣きたくなりました。私は何というひどい独り合点をしていたのでしょう。滅っ茶、滅茶。菊子さん。顔から火が出る、なんて形容はなまぬるい。草原をころげ廻って、わあっと叫びたい、と言っても未だ足りない。

「それでは、あの手紙を返して下さい。恥ずかしくていけません。返して下さい。」

戸田さんは、まじめな顔をしてうなずきました。怒ったのかも知れません。ひどい奴だ、と呆《あき》れたのでしょう。

「捜してみましょう。毎日の手紙をいちいち保存して置くわけにもいきませんから、もう、なくなっているかも知れませんが、あとで、家の者に捜させてみます。もし、見つかったら、お送りしましょう。二通でしたか？」

「二通です。」みじめな気持。

「何だか、僕の小説が、あなたの身の上に似ていたそうですが、僕は小説には絶対にモデルを使いません。全部フィクションです。だいいち、あなたの最初のお手紙なんか。」ふっと口を噤《つぐ》んで、うつむきました。

「失礼いたしました。」私は歯の欠けた、見すぼらしい乞食娘《こじきむすめ》だ。小さすぎるジャケツの袖口は、ほころびている。紺のスカートは、つぎはぎだらけだ。私は頭のてっぺんから足の爪先《つまさき》まで、軽蔑《けいべつ》されている。小説家は悪魔だ！　嘘《うそ》つきだ！　貧乏でもないのに極貧の振りをしている。立派な顔をしている癖に、醜貌《しゅうぼう》だなんて言って同情を集めている。うんと勉強している癖に、無学だなんて言ってとぼけている。奥様を愛している癖に、毎日、夫婦《ふうふ》喧嘩《げんか》だと吹聴《ふいちょう》している。くるしくもないのに、つらいような身振りをしてみせる。私は、だまされた。だまってお辞儀して、立ち上り、

「御病気は、いかがですか？　脚気だとか。」

「僕は健康です。」

私は此の人のために毛布を持って来たのだ。また、持って帰ろう。菊子さん、あまりの恥ずかしさに、私は毛布の包みを抱いて帰る途々《みちみち》、泣いたわよ。毛布の包みに顔を押しつけて泣いたわよ。自動車の運転手に、馬鹿野郎！　気をつけて歩けって怒鳴られた。

二、三日経ってから、私のあの二通の手紙が大きい封筒にいれられて書留郵便でとどけられました。私には、まだ、かすかに一縷《いちる》の望みがあったのでした。もしかしたら、私の恥を救ってくれるような佳い言葉を、先生から書き送られて来るのではあるまいか。此の大きい封筒には、私の二通の手紙の他《ほか》に、先生の優しい慰めの手紙もはいっているのではあるまいか。私は封筒を抱きしめて、それから祈って、それから開封したのですが、からっぽ。私の二通の手紙の他には、何もはいっていませんでした。

もしや、私の手紙のレターペーパーの裏にでも、いたずら書きのようにして、何か感想でもお書きになっていないかしらと、いちまい、いちまい、私は私の手紙のレターペーパーの裏も表も、ていねいに調べてみましたが、何も書いていなかった。この恥ずかしさ。おわかりでしょうか。頭から灰でもかぶりたい。私は十年も、としをとりました。小説家なんて、つまらない。人の屑《くず》だわ。嘘ばっかり書いている。ちっともロマンチックではないんだもの。普通の家庭に落ち附いて、そうして薄汚い身なりの、前歯の欠けた娘を、冷く軽蔑して見送りもせず、永遠に他人の顔をして澄ましていようというんだから、すさまじいや。あんなの、インチキというんじゃないかしら。

（「婦人画報」昭和十七年一月号）

新郎

一日一日を、たっぷりと生きて行くより他《ほか》は無い。明日のことを思い煩《わずら》うな。明日は明日みずから思い煩わん。きょう一日を、よろこび、努め、人には優しくして暮したい。青空もこのごろは、ばかに綺麗《きれい》だ。舟を浮べたいくらい綺麗だ。山茶花《さざんか》の花びらは、桜貝。音たてて散っている。こんなに見事な花びらだったかと、ことしはじめて驚いている。何もかも、なつかしいのだ。煙草《たばこ》一本吸うのにも、泣いてみたいくらいの感謝の念で吸っている。まさか、本当には泣かない。思わず微笑しているという程の意味である。

家の者達にも、めっきり優しくなっている。隣室で子供が泣いても、知らぬ振りをしていたものだが、このごろは、立って隣室へ行き不器用に抱き上げて軽くゆすぶったりなどする事がある。子供の寝顔を、忘れないように、こっそり見つめている夜もある。見納め、まさか、でも、それに似た気持もあるようだ。この子供は、かならず、丈夫に育つ。私は、それを信じている。なぜだか、そんな気がして、私には心残りが無い。外へ出ても、なるべく早く帰って、晩ごはんは家でたべる事にしている。食卓の上には、何も無い。私には、それが楽しみだ。何も無いのが、楽しみなのだ。しみじみするのだ。家の者は、面目ないような顔をしている。すみません、とおわびを言う。けれども私は、矢鱈《やたら》におかずを褒めるのだ。おいしい、と言うのだ。家の者は、淋しそうに笑っている。

「つくだ煮。わるくないね。海老《えび》のつくだ煮じゃないか。よく手にはいったね。」

「しなびてしまって。」家の者には自信が無い。

「しなびてしまっても海老は海老だ。僕の大好物なんだ。海老の髭《ひげ》には、カルシウムが含まれているんだ。」出鱈目である。

食卓には、つくだ煮と、白菜のおしんこと、烏賊《いか》の煮附《につ》けと、それだけである。私はただ矢鱈に褒めるのだ。

「おしんこ、おいしいねえ。ちょうど食べ頃だ。僕は小さい時から、白菜のおしんこが一ばん好きだった。白菜のおしんこさえあれば、他におかずは欲しくなかった。サクサクして、この歯ざわりが、こたえられねえや。」

「お塩もこのごろお店に無いので、」家の者には、やっぱり自信が無い。浮かぬ顔をしている。「おしんこを作るのにも思いきり塩を使う事が出来なくなりました。もっと塩をきかせると、おいしくなるんでしょうけど。」

「いや、これくらいが、ちょうどいい。塩からいのは、僕は、いやなんだ。」頑固に言い張るのだ。まずしいものを褒めるのは、いい気持だ。

けれども時々、失敗する事がある。

「今夜は？　そうか、何も無いか。こういう夜もまた一興だ。工夫しよう。そうだ、海苔《のり》茶漬《ちゃづけ》にしよう。粋《いき》なものなんだ。海苔を出してくれ。」最も簡略のおかずのつもりで海苔を所望したのだが、しくじった。

「無いのよ。」家の者は、間の悪そうな顔をしている。「このごろ海苔は、どこの店にも無いのです。へんですねえ。私は買物は、下手なほうではなかったのですけど、このごろは、肉もおさかなも、なんにも買えませんので、市場で買物籠《かご》さげて立ったまま泣きべそを搔《か》く事があります。」したたかに、しょげている。

私は自分の頓馬《とんま》を恥じた。海苔が無いとは知らなかった。おそるおそる、

「梅干があるかい？」

「ございます。」

二人とも、ほっとした。

「我慢するんだ。なんでもないじゃないか。米と野菜さえあれば、人間は結構生きていけるものだ。日本は、これからよくなるんだ。どんどんよくなるんだ。いま、僕たちがじっと我慢して居りさえすれば、日本は必ず成功するのだ。僕は信じているのだ。

新聞に出ている大臣たちの言葉を、そのまま全部、そっくり信じているのだ。思う存分にやってもらおうじゃないか。いまが大事な時なんだそうだ。我慢するんだ。」梅干を頬張りながら、まじめにそんなわかり切った事を言い聞かせていると、なぜだか、ひどく痛快なのである。

或る夜、よそで晩ごはんを食べて、山海の珍味がたくさんあったので驚いた。不思議な気がした。恥をしのんで、女中さんにこっそりたのんで、ビフテキを一つ包んでもらった。ここでおあがりになるのなら、かまわないのですが、お持ちになるのは違法なんですよ、と女中さんは当惑そうな顔をしていた。ビフテキの、ほの温い包みを持って家へ帰る。この楽しさも、ことしはじめて知らされた。私はいままで、家に手土産をぶらさげて帰るなど、絶無であった。実に不潔な、だらしない事だと思っていた。

「女中さんに三べんもお辞儀をした。苦心さんたんして持って来たんだぜ。久し振りだろう。牛の肉だ。」私は無邪気に誇った。

「くすりか何かのような気がして、」家の者は、おずおずと箸《はし》をつけた。「ちっとも食欲が起らないわ。」

「まあ、食べてみなさい。おいしいだろう？　みんな食べなさい。僕は、たくさん食べて来たのだ。」

「お顔にかかわりますよ。」家の者は、意外な事を小声で言った。「私はそんなに食べたくもないのですから、女中さんに頭をさげたりなど、これからは、なさらないで下さい。」

そう言われて私は、ちょっと具合がわるかったけれど、でも、安心の思いのほうが大きかった。たいへん安心したのである。大丈夫だ。もう家《うち》の食べものなど、全く心配しない事にしよう。「牛の肉だぞ」なんて、卑猥《ひわい》じゃないか。食べものに限らず、家の者の将来に就いても、全く安心していよう。これは、子供と一緒にかならず丈夫に育つ。ありがたいと思った。

家の者達に就いては、いまは少しも心配していないので、毎日、私は気軽である。青空を眺めて楽しみ、煙草を吸い、それから努めて世の中の人たちにも優しくしている。

三鷹の私の家には、大学生がたくさん遊びに来る。頭のいいのもあれば、頭のわるいのもある。けれども一様に正義派である。いまだかつて私に、金を貸せ、などと云った学生は一人も無い。かえって私に、金を貸そうとする素振りさえ見せる学生もある。一つの打算も無く、ただ私と談じ合いたいばかりに、遊びに来るのだ。私は未《ま》だいちども、此《こ》の年少の友人たちに対して、面会を拒絶した事が無い。どんなに仕事のいそがしい時でも、あがりたまえ、と言う。けれども、いままでの「あがりたまえ」は、多分に消極的な「あがりたまえ」であったという事も、否定できない。つまり、気の弱さから、仕方なく「あがりたまえ。僕の仕事なんか、どうだっていいさ。」と淋しく笑って言っていた事も、たしかにあったのである。私の仕事は、訪問客を断乎《だんこ》として追い返し得るほどの立派なものではない。その訪問客の苦悩と、私の苦悩と、どっちが深いか、それはわからぬ。私のほうが、まだしも楽なのかも知れない。「なんだい、あれは。趣味でキリストごっこなんかに、ふけっていやがって、鼻持ちならない深刻ぶった臭い言葉ばかり並べて、そうして本当は、ただちょっと気取ったエゴイストじゃないか。」などと言われる事の恥ずかしさに、私は、どんなに切迫した自分の仕事があっても、立って学生たちを迎えるような傾向が無いわけでもなかったらしい。そんなに誠意のあるウエルカムではなかったようだ。卑劣な自己防衛である。なんの責任感も無かった。学生たちを怒らせなければ、それでよかったのである。私は学生たちの話を聞きながら、他の事ばかり考えていた。あたりさわりの無い短い返辞をして、あいまいに笑っていた。私の立場ばかりを計算していたのである。学生たちは私を、はにかみの深い、おひとよしだと思っていたかも知れない。けれども、このごろは、めっきり私も優しくなって、思う事をそのまままきびしく言うようになってしまった。普通の優しさとは少し違うのである。私の優しさは、私の全貌《ぜんぼう》を加減せずに学生たちに見せてやる事なのだ。私は、いまは責任を感じている。私のところへ来る人を、ひとりでも堕落させてはならぬと念じている。私が最後の審判の台に立たされた時、たった一つ、「けれども私は、私と附き合った人をひとりも堕落させませんでした。」と言い切る事が出来たら、どんなに嬉《うれ》しいだろう。私はこのごろ学生たちには、思い切り苦言を呈する事にしている。呶鳴《どな》る事もある。それが私の優しさなのだ。そんな時には私は、この学生に殺されたっていいと思っている。殺す学生は永遠の馬鹿である。

――はなはだ、僕は、失礼なのだが、用談は、三十分くらいにして、くれないか。今月、すこし、まじめな仕事があるのだ。ゆるせ。太宰治。――

玄関の障子に、そんな貼紙《はりがみ》をした事もある。いい加減なごまかしの親切で逢ってやるのは、悪い事だと思ったからだ。自分の仕事も、だいじにしたいと思いはじめて来たからだ。自分のために。学生たちのために。一日の生活は、大事だ。

学生たちは、だんだん私の家へ来なくなった。そのほうがよいと思っている。学生たちは、私から離れて、まじめに努力しているだろう。

一日一日の時間が惜しい。私はきょう一日を、出来るだけたっぷり生きたい。私は学生たちばかりでなく、世の中の人たち皆に、精一ぱいの正直さで附き合いはじめた。

往復葉書で、こんな便りが来た。

――女の決闘、駈込み訴え。結局、先生の作品は変った小説だとしか私には消化出来ない。何か先生より啓示を得たいと思う。一つ御説明を願いたい。端的に。ダダイズムとは結局、何を意味するか。お願いします。草田舎の国民学校訓導より。――

私は返事を出した。

――拝復。貴翰《きかん》拝読いたしました。ひとにものを尋ねる時には、も少していねいな文章を書く事に致しましょう。小国民の教育をなさっている人が、これでは、いけないと思いました。

御質問に、まじめにお答え致します。私はいままで、ダダイズムを自称した事は一度もありませんでした。私は自分を、下手な作家だと思っています。なんとかして自分の胸の思いをわかってもらいたくて、さまざまのスタイルを試みているのですが、成功しているとも思えません。不器用な努力です。私は、ふざけていません。不一。

――

その国民学校の先生が、私の家へ呶鳴り込んで来てもいいと覚悟して書いたのであるが、四五日経《た》ってから、次のような、やや長い手紙が来た。

——十一月二十八日。昨夜の疲労で今朝は七時の時報を聞いても仲々起きられなかった。範画教材として描いた笹の墨絵を見ながら、入営（×月×日）のこと、文学のこと、花籠のこと等、漠然と考えはじめた。××県地図と笹の絵が、白い宿直室の壁に、何かさむざむとへばりついているのが、自分を暗示しているような気がしてならない。こんな気分の時には、きまって何か失敗が起るのだ。師範の寄宿舎で焚火《たきび》をして叱《しか》られた時の事が、ふいと思い出されて、顔をしかめてスリッパをはいて、背戸の井戸端に出た。だるい。頭が重い。私は首筋を平手で叩《たた》いてみた。屋外は、凄《すご》いどしゃ降りだ。菅笠《すげがさ》をかぶって洗面器をとりに風呂場へ行った。

「先生お早うす。」

学校に近い部落の児が二人、井戸端で足を洗っていた。

二時間目の授業を終えて、職員室で湯を呑《の》んで、ふと窓の外を見たら、ひどいあらしの中を黒合羽着た郵便配達が自転車でよろよろ難儀しながらやって来るのが見えた。私は、すぐに受け取りに出た。私の受け取ったものは、思いがけない人からの返書でした。先生、その時、私は、随分月並な言葉だけれど、（中略）

本当に、ありがとうございました。私は常に後悔しています。理由なき不遜《ふそん》の態度。私はいつでもこれあるが為《ため》に、第一印象が悪いのです。いけないことだ。知りつつも、ついうっかりして再び繰返します。

校長にも、お葉書を見せました。校長は言いました。「ほんとうにこれは、君の三思三省すべきところだ。」私も、そう思いました。

（中略）

私は先生にお願いします。

私が慚愧《ざんき》している事を信じて下さい。私は悪い男ではありません。

（中略）

私はいまペンを置いて「その火絶やすな」という歌を、この学校に一つしかない小さいオルガンで歌いたいと思います。敬具――

ところどころ私が勝手に省略したけれど、以上が、その国民学校訓導の手紙の内容である。うれしかった。こんどは私のほうから、お礼状を書いた。入営なさるも、せぬも、一日一日の義務に努力していて下さい、とも書き添えた。

本当にもう、このごろは、一日の義務は、そのまま生涯の義務だと思って厳粛に努めなければならぬ。ごまかしては、いけないのだ。好きな人には、一刻も早くいつわらぬ思いを飾らず打ちあけて置くがよい。きたない打算は、やめるがよい。率直な行動には、悔いが無い。あとは天意におまかせするばかりなのだ。

つい先日も私は、叔母から長い手紙をもらって、それに対して、次のような返事を出した。その文面は、そのまんま或る新聞の文芸欄に発表せられた。

――叔母さん。けさほどは、長いお手紙をいただきました。私の健康状態やら、また、将来の暮しに就いて、いろいろ御心配して下さってありがとうございます。けれども、私はこのごろ、私の将来の生活に就いて、少しも計画しなくなりました。虚無ではありません。あきらめでも、ありません。へたな見透《みとお》しなどをつけて、右すべきか左すべきか、秤《はかり》にかけて慎重に調べていたんでは、かえって悲惨な躓《つまず》きをするでしょう。

明日の事を思うな、とあの人も言って居られます。朝めざめて、きょう一日を、十分に生きる事、それだけを私はこのごろ心掛けて居ります。私は、嘘《うそ》を言わなくなりました。虚栄や打算で無い勉強が、少しずつ出来るようになりました。明日をたのんで、その場をごまかして置くような事も今は、なくなりました。一日一日だけが、とても大切になりました。

決して虚無では、ありません。いまの私にとって、一日一日の努力が、全生涯の努力であります。戦地の人々も、おそらくは同じ気持ちだと思います。叔母さんも、これからは買《か》い溜《だめ》などは、およしなさい。疑って失敗する事ほど醜い生きかたは、ありません。私たちは、信じているのです。一寸の虫にも五分の赤心がありました。苦笑なさっては、いけません。無邪気に信じている者だけが、のんきであります。私は文学を、やめません。私は信じて成功するのです。御安心下さい。

このごろ私は、毎朝かならず鬚《ひげ》を剃《そ》る。歯も綺麗《きれい》に磨く。足の爪も、手の爪も、ちゃんと切っている。毎日、風呂へはいって、髪を洗い、耳の中も、よく掃除して置く。鼻毛なんかは、一分も伸ばさぬ。眼の少し疲れた時には、眼薬を一滴、眼の中に落して、潤《うるお》いを持たせる。

純白のさらし木綿を一反、腹から胸にかけてきりりと巻いている。いつでも、純白である。パンツも純白のキャラコである。之《これ》も、いつでも純白である。そうして夜は、ひとり、純白のシイツに眠る。

書斎には、いつでも季節の花が、活《い》き活きと咲いている。けさは水仙を床の間の壺《つぼ》に投げ入れた。ああ、日本は、佳《よ》い国だ。パンが無くなっても、酒が足りなくなっても、花だけは、花だけは、どこの花屋さんの店頭を見ても、いっぱい、いっぱい、紅《あか》、黄、白、紫の色を競い咲き驕《おご》っているではないか。この美事さを、日本よ、世界に誇れ！

私はこのごろ、破れたドテラなんか着ていない。朝起きた時から、よごれの無い、縞目《しまめ》のあざやかな着物を着て、きっちり角帯をしめている。ちょっと近所の友人の家を訪れる時にも、かならず第一の正装をするのだ。ふところには、洗ったばかりのハンケチが、きちんと四つに畳まれてはいっている。

私は、このごろ、どうしてだか、紋服を着て歩きたくて仕様がない。けさ、花を買って帰る途中、三鷹駅前の広場に、古風な馬車が客を待っているのを見た。明治、鹿鳴館《ろくめいかん》のにおいがあった。私は、あまりの懐《なつか》しさに、馭者《ぎよしや》に尋ねた。

「この馬車は、どこへ行くのですか。」

「さあ、どこへでも。」老いた馭者は、あいそよく答えた。「タキシイだよ。」

「銀座へ行ってくれますか。」

「銀座は遠いよ。」笑い出した。「電車で行けよ。」

私は此の馬車に乗って銀座八丁を練りあるいてみたかったのだ。鶴の丸（私の家の紋は、鶴の丸だ）の紋服を着て、仙台平《せんだいひら》の袴《はかま》をはいて、白足袋、そんな姿でこの馬車にゆったり乗って銀座八丁を練りあるきたい。ああ、このごろ私は毎日、新郎《はなむこ》の心で生きている。


（昭和十六年十二月八日之を記せり。

この朝、英米と戦端ひらくの報を聞けり。）


（「新潮」昭和十七年一月号）

十二月八日

きょうの日記は特別に、ていねいに書いて置きましょう。昭和十六年の十二月八日には日本のまずしい家庭の主婦は、どんな一日を送ったか、ちょっと書いて置きましょう。もう百年ほど経《た》って日本が紀元二千七百年の美しいお祝いをしている頃に、私の此《こ》の日記帳が、どこかの土蔵の隅から発見せられて、百年前の大事な日に、わが日本の主婦が、こんな生活をしていたという事がわかったら、すこしは歴史の参考になるかも知れない。だから文章はたいへん下手でも、嘘《うそ》だけは書かないように気を附《つ》ける事だ。なにせ紀元二千七百年を考慮にいれて書かなければならぬのだから、たいへんんだ。でも、あんまり固くならない事にしよう。主人の批評に依《よ》れば、私の手紙やら日記やらの文章は、ただ真面目《まじめ》なばかりで、そうして感覚はひどく鈍いそうだ。センチメントというものが、まるで無いので、文章がちっとも美しくないそうだ。本当に私は、幼少の頃から礼儀にばかりこだわって、心はそんなに真面目でもないのだけれど、なんだかぎくしゃくして、無邪気にはしゃいで甘える事も出来ず、損ばかりしている。慾《よく》が深すぎるせいかも知れない。なおよく、反省をして見ましょう。

紀元二千七百年といえば、すぐに思い出す事がある。なんだか馬鹿らしくて、おかしい事だけれど、先日、主人のお友だちの伊馬さんが久し振りで遊びにいらっしゃって、その時、主人と客間で話合っているのを隣部屋で聞いて噴き出した。

「どうも、この、紀元二千七百年《しちひゃくねん》のお祭りの時には、二千七百年《ななひゃくねん》と言うか、あるいは二千七百年《しちひゃくねん》と言うか、心配なんだね、非常に気になるんだね。僕は煩悶《はんもん》しているのだ。君は、気にならんかね。」

と伊馬さん。

「ううむ。」と主人は真面目に考えて、「そう言われると、非常に気になる。」

「そうだろう、」と伊馬さんも、ひどく真面目だ。「どうもね、ななひゃくねん、というらしいんだ。なんだか、そんな気がするんだ。だけど僕の希望をいうなら、しちひゃくねん、と言ってもらいたいんだね。どうも、ななひゃく、では困る。いやらしいじゃないか。電話の番号じゃあるまいし、ちゃんと正しい読みかたをしてもらいたいものだ。何とかして、その時は、しちひゃく、と言ってもらいたいのだがねえ。」

と伊馬さんは本当に、心配そうな口調である。

「しかしまた、」主人は、ひどくもったい振って意見を述べる。「もう百年あとには、しちひゃくでもないし、ななひゃくでもないし、全く別な読みかたも出来ているかも知れない。たとえば、ぬぬひゃく、とでもいう――。」

私は噴き出した。本当に馬鹿らしい。主人は、いつでも、こんな、どうだっていいような事を、まじめにお客さまと話合っているのです。センチメントのあるおかたは、ちがったものだ。私の主人は、小説を書いて生活しているのです。なまけてばかりいるので収入も心細く、その日暮しの有様です。どんなものを書いているのか、私は、主人の書いた小説は読まない事にしているので、想像もつきません。あまり上手でないようです。

おや、脱線している。こんな出鱈目《でたらめ》な調子では、とても紀元二千七百年まで残るような佳《よ》い記録を書き綴《つづ》る事は出来ぬ。出直そう。

十二月八日。早朝、蒲団《ふとん》の中で、朝の仕度に気がせきながら、園子《そのこ》（今年六月生れの女児）に乳をやっていると、どこかのラジオが、はっきり聞えて来た。

「大本営陸海軍部発表。帝国陸海軍は今八日未明西太平洋において米英軍と戦闘状態に入れり。」

しめ切った雨戸のすきまから、まっくらな私の部屋に、光のさし込むように強くあざやかに聞えた。二度、朗々と繰り返した。それを、じっと聞いているうちに、私の人間は変ってしまった。強い光線を受けて、からだが透明になるような感じ。あるいは、聖霊の息吹きを受けて、つめたい花びらをいちまい胸の中に宿したような気持ち。

日本も、けさから、ちがう日本になったのだ。

隣室の主人にお知らせしようと思い、あなた、と言いかけると直ぐに、

「知ってるよ。知ってるよ。」

と答えた。語気がけわしく、さすがに緊張の御様子である。いつもの朝寝坊が、けさに限って、こんなに早くからお目覚めになっているとは、不思議である。芸術家というものは、勘の強いものだそうだから、何か虫の知らせとでもいうものがあったのかも知れない。すこし感心する。けれども、それからたいへんまずい事をおっしゃったので、マイナスになった。

「西太平洋って、どの辺だね？　サンフランシスコかね？」

私はがっかりした。主人は、どういうものだか地理の知識は皆無なのである。西も東も、わからないのではないか、とさえ思われる時がある。つい先日まで、南極が一ばん暑くて、北極が一ばん寒いと覚えていたのだそうで、その告白を聞いた時には、私は主人の人格を疑いさえしたのである。去年、佐渡へ御旅行なされて、その土産話に、佐渡の島影を汽船から望見して、満洲だと思ったそうで、実に滅茶苦茶だ。これでよく、大学なんかへ入学できたものだ。ただ、呆《あき》れるばかりである。

「西太平洋といえば、日本のほうの側の太平洋でしょう。」

と私が言うと、

「そうか。」と不機嫌そうに言い、しばらく考えて居られる御様子で、「しかし、それは初耳だった。アメリカが東で、日本が西というのは気持の悪い事じゃないか。日本は日出《ひい》ずる国と言われ、また東亜とも言われているのだ。太陽は日本からだけ昇るものだとばかり僕は思っていたのだが、それじゃ駄目だ。日本が東亜でなかったというのは、不愉快な話だ。なんとかして、日本が東で、アメリカが西と言う方法は無いものか。」

おっしゃる事みな変である。主人の愛国心は、どうも極端すぎる。先日も、毛唐がどんなに威張っても、この鰹《かつお》の塩辛ばかりは嘗《な》める事が出来まい、けれども僕なら、どんな洋食だって食べてみせる、と妙な自慢をして居られた。

主人の変な呟《つぶや》きの相手にはならず、さっさと起きて雨戸をあける。いいお天気。けれども寒さは、とてもきびしく感ぜられる。昨夜、軒端《のきば》に干して置いたおむつも凍り、庭には霜が降りている。山茶花《さざんか》が凛《りん》と咲いている。静かだ。太平洋でいま戦争がはじまっているのに、と不思議な気がした。日本の国の有難さが身にしみた。

井戸端へ出て顔を洗い、それから園子のおむつの洗濯にとりかかっていたら、お隣りの奥さんも出て来られた。朝の御挨拶《あいさつ》をして、それから私が、

「これからは大変ですわねえ。」

と戦争の事を言いかけたら、お隣りの奥さんは、つい先日から隣組長になられたので、その事かとお思いになったらしく、

「いいえ、何も出来ませんのでねえ。」

と恥ずかしそうにおっしゃったから、私はちょっと具合がわるかった。

お隣りの奥さんだって、戦争の事を思わぬわけではなかったろうけれど、それよりも隣組長の重い責任に緊張して居られるのにちがいない。なんだかお隣りの奥さんにすまないような気がして来た。本当に、之《これ》からは、隣組長もたいへんでしょう。演習の時と違うのだから、いざ空襲という時などには、その指揮の責任は重大だ。私は園子を背負って田舎に避難するような事になるかも知れない。すると主人は、あとひとり居残って、家を守るという事になるのだろうが、何も出来ない人なのだから心細い。ちっとも役に立たないかも知れない。本当に、前から私があんなに言っているのに、主人は国民服も何も、こしらえていないのだ。まさかの時には困るのじゃないかしら。不精なお方だから、私が黙って揃《そろ》えて置けば、なんだこんなもの、とおっしゃりながらも、心の中ではほっとして着て下さるのだろうが、どうも寸法が特大だから、出来合いのものを買って来ても駄目でしょう。むずかしい。

主人も今朝は、七時ごろに起きて、朝ごはんも早くすませて、それから直ぐにお仕事。今月は、こまかいお仕事が、たくさんあるらしい。朝ごはんの時、

「日本は、本当に大丈夫でしょうか。」

と私が思わず言ったら、

「大丈夫だから、やったんじゃないか。かならず勝ちます。」

と、よそゆきの言葉でお答えになった。主人の言う事は、いつも嘘ばかりで、ちっともあてにならないけれど、でも此のあらたまった言葉一つは、固く信じようと思った。

台所で後かたづけをしながら、いろいろ考えた。目色、毛色が違うという事が、之程までに敵愾心《てきがいしん》を起させるものか。滅茶苦茶に、ぶん殴りたい。支那を相手の時とは、まるで気持がちがうのだ。本当に、此の親しい美しい日本の土を、けだものみたいに無神経なアメリカの兵隊どもが、のそのそ歩き廻るなど、考えただけでも、たまらない。此の神聖な土を、一歩でも踏んだら、お前たちの足が腐るでしょう。お前たちには、その資格が無いのです。日本の綺麗《きれい》な兵隊さん、どうか、彼等を滅《め》っちゃくちゃに、やっつけて下さい。これからは私たちの家庭も、いろいろ物が足りなくて、ひどく困る事もあるでしょうが、御心配は要りません。私たちは平気です。いやだなあ、

という気持は、少しも起らない。こんな辛《つら》い時勢に生れて、などと悔やむ気がない。かえって、こういう世に生れて生甲斐《いきがい》をさえ感ぜられる。こういう世に生れて、よかった、と思う。ああ、誰かと、うんと戦争の話をしたい。やりましたわね、いよいよはじまったのねえ、なんて。

ラジオは、けさから軍歌の連続だ。一生懸命だ。つぎからつぎと、いろんな軍歌を放送して、とうとう種切れになったか、敵は幾万ありとても、などという古い古い軍歌まで飛び出して来る仕末なので、ひとりで噴き出した。放送局の無邪気さに好感を持った。私の家では、主人がひどくラジオをきらいなので、いちども設備した事はない。また私も、いままでは、そんなにラジオを欲しいと思った事は無かったのだが、でも、こんな時には、ラジオがあったらいいなあと思う。ニュウスをたくさん、たくさん聞きたい。主人に相談してみましょう。買ってもらえそうな気がする。

おひる近くなって、重大なニュウスが次々と聞えて来るので、たまらなくなって、園子を抱いて外に出て、お隣りの紅葉の木の下に立って、お隣りのラジオに耳をすました。マレー半島に奇襲上陸、香港《ホンコン》攻撃、宣戦の大詔、園子を抱きながら、涙が出て困った。家へ入って、お仕事最中の主人に、いま聞いて来たニュウスをみんなお伝えする。主人は全部、聞きとってから、

「そうか。」

と言って笑った。それから、立ち上って、また坐った。落ちつかない御様子である。お昼少しすぎた頃、主人は、どうやら一つお仕事をまとめたようで、その原稿をお持ちになって、そそくさと外出してしまった。雑誌社に原稿を届けに行ったのだが、あの御様子では、またお帰りがおそくなるかも知れない。どうも、あんなに、そそくさと逃げるように外出した時には、たいてい御帰宅がおそいようだ。どんなにおそくても、外泊さえなさらなかったら、私は平気なんだけど。

主人をお見送りしてから、目刺《めざし》を焼いて簡単な昼食をすませて、それから園子をおんぶして駅へ買い物に出かけた。途中、亀井さんのお宅に立ち寄る。主人の田舎から林檎《りんご》をたくさん送っていただいたので、亀井さんの悠乃《ゆの》ちゃん（五歳の可愛《かわい》いお嬢さん）に差し上げようと思って、少し包んで持って行ったのだ。門のところに悠乃ちゃんが立っていた。私を見つけると、すぐにばたばたと玄関に駈け込んで、園子ちゃんが来たわよう、お母ちゃま、と呼んで下さった。園子は私の背中で、奥様や御主人に向って大いに愛想笑いをしたらしい。奥様に、可愛い可愛いと、ひどくほめられた。御主人は、ジャンパーなど召して、何やらいさましい恰好《かっこう》で玄関に出て来られたが、いままで縁の下に蓆《むしろ》を敷いて居られたのだそうで、

「どうも、縁の下を這《は》いまわるのは敵前上陸に劣らぬ苦しみです。こんな汚い恰好で、失礼。」

とおっしゃる。縁の下に蓆などを敷いて一体、どうなさるのだろう。いざ空襲という時、這い込もうというのかしら。不思議だ。

でも亀井さんの御主人は、うちの主人と違って、本当に御家庭を愛していらっしゃるから、うらやましい。以前は、もっと愛していらっしゃったのだそうだけれど、うちの主人が近所に引越して来てからお酒を呑《の》む事を教えたりして、少しいけなくしたらしい。奥様も、きっと、うちの主人を恨んでいらっしゃる事だろう。すまないと思う。

亀井さんの門の前には、火《ひ》叩《たた》きやら、なんだか奇怪な熊手のようなものやら、すっかりととのえて用意されてある。私の家には何も無い。主人が不精だから仕様が無いのだ。

「まあ、よく御用意が出来て。」

と私が言うと、御主人は、

「ええ、なにせ隣組長ですから。」

と元気よくおっしゃる。

本当は副組長なのだけれど、組長のお方がお年寄りなので、組長の仕事を代りにやってあげているのです、と奥様が小声で訂正して下さった。亀井さんの御主人は、本当にまめで、うちの主人とは雲泥の差だ。お菓子をいただいて玄関先で失礼した。

それから郵便局に行き、「新潮」の原稿料六十五円を受け取って、市場に行ってみた。相変らず、品が乏しい。やっぱり、また、烏賊《いか》と目刺を買うより他《ほか》は無い。烏賊二はい、四十銭。目刺、二十銭。市場で、またラジオ。

重大なニュウスが続々と発表せられている。比島、グワム空襲。ハワイ大爆撃。米国艦隊全滅す。帝国政府声明。全身が震えて恥ずかしい程だった。みんなに感謝したかった。私が市場のラジオの前に、じっと立ちつくしていたら、二、三人の女のひとが、聞いて行きましょうと言いながら私のまわりに集って来た。二、三人が、四、五人になり、十人ちかくなった。

市場を出て主人の煙草《たばこ》を買いに駅の売店に行く。町の様子は、少しも変っていない。ただ、八百屋さんの前に、ラジオニュウスを書き上げた紙が貼《は》られているだけ。店先の様子も、人の会話も、平生とあまり変っていない。この静粛が、たのもしいのだ。きょうは、お金も、すこしあるから、思い切って私の履物を買う。こんなものにも、今月からは三円以上二割の税が附くという事、ちっとも知らなかった。先月末、買えばよかった。でも、買い溜《だ》めは、あさましくて、いやだ。履物、六円六十銭。ほかにクリイム、三十五銭。封筒、三十一銭などの買い物をして帰った。

帰って暫《しばら》くすると、早大の佐藤さんが、こんど卒業と同時に入営と決定したそうで、その挨拶においでになったが、生憎《あいにく》、主人がいないのでお気の毒だった。お大事に、と私は心の底からのお辞儀をした。佐藤さんが帰られてから、すぐ、帝大の堤さんも見えられた。堤さんも、めでたく卒業なさって、徴兵検査を受けられたのだそうだが、第三乙とやらで、残念でしたと言って居られた。佐藤さんも、堤さんも、いままで髪を長く伸ばして居られたのに、綺麗さっぱりと坊主頭になって、まあほんとに学生のお方も大変なのだ、と感慨が深かった。

夕方、久し振りで今《こん》さんも、ステッキを振りながらおいで下さったが、主人が不在なので、じつにお気の毒に思った。本当に、三鷹のこんな奥まで、わざわざおいで下さるのに、主人が不在なので、またそのままお帰りにならなければならないのだ。お帰りの途々《みちみち》、どんなに、いやなお気持だろう。それを思えば、私まで暗い気持になるのだ。

夕飯の仕度にとりかかっていたら、お隣りの奥さんがおいでになって、十二月の清酒の配給券が来ましたけど、隣組九軒で一升券六枚しか無い、どうしましょうという御相談であった。順番ではどうかしらとも思ったが、九軒みんな欲しいという事で、とうとう六升を九分する事にきめて、早速、瓶《びん》を集めて伊勢元に買いに行く。私はご飯を仕掛けていたので、ゆるしてもらった。でも、ひと片附きしたので、園子をおんぶして行ってみると、向うから、隣組のお方たちが、てんでに一本二本と瓶をかかえてお帰りのところであった。私も、さっそく一本、かかえさせてもらって一緒に帰った。それからお隣りの組長さんの玄関で、酒の九等分がはじまった。九本の一升瓶をずらりと一列に並べて、よくよく分量を見較《みくら》べ、同じ高さずつ分け合うのである。六升を九等分するのは、なかなか、むずかしい。

夕刊が来る。珍しく四ぺエジだった。「帝国・米英に宣戦を布告す」という活字の大きいこと。だいたい、きょう聞いたラジオニュウスのとおりの事が書かれていた。でも、また、隅々まで読んで、感激をあらたにした。

ひとりで夕飯をたべて、それから園子をおんぶして銭湯に行った。ああ、園子をお湯にいれるのが、私の生活で一ばん一ばん楽しい時だ。園子は、お湯が好きで、お湯にいれると、とてもおとなしい。お湯の中では、手足をちぢこめ、抱いている私の顔を、じっと見上げている。ちょっと、不安なような気もするのだろう。よその人も、ご自分の赤ちゃんが可愛くて可愛くて、たまらない様子で、お湯にいれる時は、みんなめいめいの赤ちゃんに頬ずりしている。園子のおなかは、ぶんまわしで画いたようにまんまるで、ゴム鞠《まり》のように白く柔く、この中に小さい胃だの腸だのが、本当にちゃんとそなわっているのかしらと不思議な気さえする。そしてそのおなかの真ん中より少し下に梅の花の様なおへそが附いている。足といい、手といい、その美しいこと、可愛いこと、どうしても夢中になってしまう。どんな着物を着せようが、裸身の可愛さには及ばない。お湯からあげて着物を着せる時には、とても惜しい気がする。もっと裸身を抱いていたい。

銭湯へ行く時には、道も明るかったのに、帰る時には、もう真っ暗だった。燈火管制なのだ。もうこれは、演習でないのだ。心の異様に引きしまるのを覚える。でも、これは少し暗すぎるのではあるまいか。こんな暗い道、今まで歩いた事がない。一歩一歩、さぐるようにして進んだけれど、道は遠いのだし、途方に暮れた。あの独活《うど》の畑から杉林にさしかかるところ、それこそ真の闇《やみ》で物凄《ものすご》かった。女学校四年生の時、野沢温泉から木島まで吹雪の中をスキイで突破した時のおそろしさを、ふいと思い出した。あの時のリュックサックの代りに、いまは背中に園子が眠っている。園子は何も知らずに眠っている。

背後から、我が大君に召されえたあるう、と実に調子のはずれた歌をうたいながら、乱暴な足どりで歩いて来る男がある。ゴホンゴホンと二つ、特徴のある咳《せき》をしたので、私には、はっきりわかった。

「園子が難儀していますよ。」

と私が言ったら、

「なあんだ。」と大きな声で言って、「お前たちには、信仰が無いから、こんな夜道にも難儀するのだ。僕には、信仰があるから、夜道もなお白昼の如《ごと》しだね。ついて来い。」

と、どんどん先に立って歩きました。

どこまで正気なのか、本当に、呆《あき》れた主人であります。

（「婦人公論」昭和十七年二月号）

小さいアルバム

せっかくおいで下さいましたのに、何もおかまい出来ず、お気の毒に存じます。文学論も、もう、あきました。なんの事はない、他人の悪口を言うだけの事じゃありませんか。文学も、いやになりました。こんな言いかたは、どうでしょう。「かれは、文学がきらいな余りに文士になった。」

本当ですよ。もともと戦いを好まぬ国民が、いまは忍ぶべからずと立ち上った時、こいつは強い。向うところ敵なしじゃないか。君たちも、も少し、文学ぎらいになったらどうだね。真に新しいものは、そんなところから生れて来るのですよ。

まあ私の文学論は、それだけで、あとは、鳴かぬ蛍《ほたる》、沈黙の海軍というところです。どうせ、せっかく遊びにおいで下さったのに、こんなに何も、あいそが無くては、私のほうでしょげてしまいます。お酒でもあるといいんだけど、二、三日前に配給されたお酒は、もう、その日のうちに飲んでしまって、まことに生憎《あいにく》でした。どこかへ飲みに出たいものですね。ところが、これも生憎で、あははは、——無いんだ。今月はお金を使いすぎて、蟄居《ちっきょ》の形なのです。本を売ってまで飲みたくはないし、まあ、がまんして、お茶でも飲んで、今夜これからどうして遊ぶか、ゆっくり考えてみましょうか。

君は遊びに来たのでしょう？　どこへ行っても軽蔑《けいべつ》されるし、懐中も心細いし、Dのところへでも行ったら、あるいは気が晴れるかも知れん、と思ってやって来たのでしょう？　光栄な事だ。そんなに、たよりにされて、何一つ期待に添わぬというのも、むごい話だ。

よろしい。今夜は一つ、私のアルバムをお見せしましょう。面白い写真も、あるかも知れない。お客の接待にアルバムを出すというのは、こいつあ、よっぽど情熱の無い証拠なのだ。いい加減にあしらって、ていよく追い帰そうとしている時に、このアルバムというやつが出るものだ。注意し給《たま》え。怒っちゃいけない。私の場合は、そうじゃないんだ。今夜は、生憎お酒も無ければ、お金も無い。文学論も、いやだ。けれども君を、このままむなしく帰らせるのも心苦しくて、謂《い》わば、窮余の一策として、こんな貧弱なアルバムを持ち出したというわけだ。元来、私は、自分の写真などを、人に見せるのは、実に、いや味な事だと思っている。失敬な事だ。よほど親しい間柄の人にでもなければ、見せるものではない。男が、いいとしをして、みっともない。私は、どうも、写真そのものに、どだい興味がないのです。撮影する事にも、撮影される事にも、ちっとも興味がない。写真というものを、まるで信用していないのです。

だから、自分の写真でも、ひとの写真でも、大事に保存しているというようなことは無い。たいてい、こんな、机の引出しなんかへ容《い》れっ放《ぱな》しにして置くので、大掃除や転居の度毎《たびごと》に少しずつ散逸して、残っているのは、ごくわずかになってしまいました。先日、家内が、その残っているわずかな写真を整理して、こんなアルバムを作って、はじめは私も、大袈裟《おおげさ》な事をする、と言って不賛成だったのですが、でも、こうして出来上ったのを、ゆっくり見ているうちに、ちょっとした感慨も湧《わ》いて来ました。けれどもそれは、私ひとりに限られたひそかな感慨で、よその人が見たって、こんなもの、ちっとも面白くもなんとも無いかも知れません。今夜は、どうも、他《ほか》に話題も無いし、せっかくおいで下さったのになんのおかまいも出来ず、これでは余り殺風景ですから、窮した揚句の果に、こんなものを持ち出したのですから、そこのところは貧者一燈の心意気にめんじて、面白くもないだろうけれど見てやって下さい。一つ、説明してあげましょうか。下手な紙芝居みたいになるかも知れませんが、笑わずに、まあ聞き給え。

あまり古い写真は無い。前にも言ったように、移転やら大掃除やらで、いつのまにか無くなってしまいました。アルバムの最初のペエジには、たいてい、その人の父母の写真が貼《は》られているものですが、私のアルバムにはそれも無い。父母の写真どころか、肉親の写真が一枚も無い。いや去年の秋、すぐ上の姉がその幼い長女と共に写した手札型の写真を一枚送ってよこしたが、本当に、その写真一枚きりで、他の肉親の写真は何も無いのだ。私がわざと肉親の写真を排除したわけではない。十数年前から、故郷の肉親たちと文通していないので、自然と、そんな結果になってしまったのだ。また、たいていのアルバムには、その持主の赤児の時の写真、あるいは小学生時代の写真などもあって興を添えているものだが、私のアルバムには、それも無い。故郷の家には、保存されているかも知れぬが、私の手許《てもと》には無い。だから、このアルバムを見ただけでは、人は私を、どこの馬の骨だか見当も何もつかぬ筈《はず》です。考えてみると、うすら寒いアルバムですね。開巻、第一ペエジ、もう主人公はこのとおり高等学校の生徒だ。実に、唐突な第一ペエジです。

これはH高等学校の講堂だ。生徒が四十人ばかり、行儀よくならんでいるが、これは皆、私の同級生です。主任の教授が、前列の中央に腰かけていますね。これは英語の先生で、私は時々、この先生にほめられた。笑っちゃいけない。本当ですよ。私だって、このころは、大いに勉強したものだ。この先生にばかりでなく、他の二、三の先生にもほめられた。本当ですよ。首席になってやろうと思って努力したが、到底だめだった。この、三列目の端に立っている小柄な生徒、この生徒だけには、どうしてもかなわなかった。こいつは、出来た。こんな、ぼんやりした顔をしていながら、実に、よく出来た。意気込んだところが一つも無くて、そうして堅実だった。あんなのを、ほんものというのかも知れない。いまは朝鮮の銀行に勤めているとかいう話だが、このひとに較《くら》べたら私なんかは、まず、おっちょこちょいの軽薄才士とでもいったところかね。見給え、私がこの写真のどこにいるか、わかるかね？　そうだ、その主任の教授にぴったり寄り添って腰かけて、いかにも、どうも、軽薄に、ニヤリと笑っている生徒が私だ。十九歳にして、既にこのように技巧的である。まったく、いやになるね。なぜ、笑ったりなんかしているのだろう。見給え、この約四十人の生徒の中で、笑っているのは、私ひとりじゃないか。とても厳粛な筈の記念撮影に、ニヤリと笑うなどとは、ふざけた話だ。不謹慎だよ。どうして、こうなんだろうね。撮影の前のドサクサにまぎれて、いつのまにやら、ちゃんと最前列の先生の隣席に坐ってニヤリと笑っている。呆《あき》れた奴だ。こんなのが大きくなって、掏摸《すり》の名人なんかになるものだ。けれども、案外にも、どこか一つ大きく抜けているところがあると見えて、掏摸の親方になれなかったばかりか、いやもう、みっともない失敗の連続で、以後十数年間、泣いたりわめいたり、きざに唸《うな》るやら呻《うめ》くやら大変な騒ぎでありました。

それ、ごらん。その次の写真に於《お》いて、既に間抜けの本性を暴露している。これもやはり高等学校時代の写真だが、下宿の私の部屋で、机に頬杖《ほおづえ》をつき、くつろいでいらっしゃるお姿だ。なんという気障《きざ》な形だろう。くにゃりと上体をねじ曲げて、歌舞伎のうたた寝の形の如《ごと》く右の掌を軽く頬にあて、口を小さくすぼめて、眼は上目使《うわめづか》いに遠いところを眺めているという馬鹿さ加減だ。紺絣《こんがすり》に角帯というのもまた珍妙な風俗ですね。これあいかん。襦袢《じゅばん》の襟《えり》を、あくまでも固くきっちり合せて、それこそ、われとわが襟でもって首をくくって死ぬつもり、とでもいったようなところだ。ひどいねえ。矢庭にこの写真を、破って棄てたい発作にとらわれるのだが、でも、それは卑怯《ひきよう》だ。私の過去には、こんな姿も、たしかにあったのだ。鏡花の悪影響かも知れない。笑って下さい。逃げもかくれもせずに、罰を受けます。いさぎよく御高覧に供する次第だ。それにしても、どうも、こいつは、ひどいねえ。そのころ高等学校では、硬派と軟派と対立していて、軟派の生徒が、時々、硬派の生徒に殴られたものですが、私が、このような大軟派の恰好《かっこう》で街を歩いても、ついに一度も殴られた事がない。忠告された事も無い。さすがの硬派たちも、私のこんな姿に接しては、あまりの事に、呆れて、敬遠したのかも知れませんね。私は今だってなかなかの馬鹿ですが、そのころは馬鹿より悪い。妖怪《ようかい》でした。贅沢三昧《ぜいたくざんまい》の生活をしていながら、生きているのがいやになって、自殺を計った事もありました。何が何やら、わからぬ時代でありました。

大軟派といっても、それは形ばかりで、女性には臆病《おくびょう》でした。ただ、むやみに、気取ってばかりいるのです。女の事で、実際に問題を起したのは、大学へはいってからです。

これは大学時代の写真ですが、この頃になると、多少、生活苦に似たものを嘗《な》めているので、顔の表情も、そんなに突飛では無いようですし、服装も、普通の制服制帽で、どこやら既に老い疲れている影さえ見えます。もう、この頃、私は或る女のひとと同棲《どうせい》をはじめていたのです。でも、こんな工合いに大袈裟に腕組みをしているところなど、やっぱり少し気取っていますね。もっとも、この写真を写す時には、私もちょっと気取らざるを得なかったのです。私の両側に立っている二人の美男子に、見覚えがあるでしょう？　そうです、映画俳優です。Yと、Tです。それから、前にしゃがんでいる二人の婦人にも、見覚えがあるでしょう？　そうです、女優のKとSです。おどろいたでしょう。これはね、私が大学へはいったとしの秋に、或るひとに連れられて松竹の蒲田《かまた》撮影所へ遊びに行って、その時の記念写真なのです。その頃、松竹の撮影所は、蒲田にありました。その時、私を連れて行ってくれた人というのは、映画界の余程の顔役らしく、私たちはその日たいへん歓迎されました。うしろに二人、でっぷり太った男が立っているでしょう？　眼鏡をかけているのが、その顔役の人で、もうひとりの、色の白いのが撮影所の所長です。この所長は、とても腰の低いひとで、一介の書生に過ぎぬ私を、それこそ下にも置かず、もてなしてくれました。商売人のようないや味もなく、まじめな、礼儀正しい人でした。本当に、感心な人でした。撮影所の中庭で、幹部の俳優たちと記念撮影をしたのですが、世の中から美男子と言われ騒がれているYもTも、私には、さほどの美男子とも思われず、三人ならぶと、私が一ばんいいのではなかろうかというような気がして、そこでこの大袈裟な腕組という事になったのですが、あとで、この写真がとどけられたのを見たら、やっぱり、だめでした。どうして私はこんなに、あか抜けないのだろう。YもTも、こうしてみると、さすがにスッキリしていますね。二匹の競馬の馬の間に、駱駝《らくだ》がのっそり立っているみたいですね。私は、どうしてこんなに、田舎くさいのだろう。これでも、たいへんいいつもりで腕組みしたのですがね。自惚《うぬぼ》れの強い男です。自分の鈍重な田舎っぺいを、明確に、思い知ったのは、つい最近の事なのですからね。もっとも今では、自分のこの野暮ったさを、そんなに恥じてもいませんけれど。

学生時代の写真は、この三枚だけです。この後の三、四年間の生活は滅茶苦茶で、写真をとってもらうような心の余裕も無かったし、また誰か物好きの人があって、当時の私の姿を撮影しようと企てたとしても、私は絶えずキョトキョト動き廻って一瞬もじっとしていないので、撮影の計画を放棄するより他は無かったでしょう。それでも、菜っ葉服を着て銀座裏のバアの前に立っている写真など、二、三枚あった筈ですが、いつのまにやら、無くなりました。ちっとも惜しい写真ではありません。すったもんだの揚句は大病になって、やっと病院から出て千葉県の船橋の町はずれに小さい家を一軒借りて半病人の生活をはじめた時の姿は、これです。ひどく瘦《や》せているでしょう？　それこそ、骨と皮です。私の顔のようでないでしょう？　自分ながら少し、気味が悪い。爬虫類《はちゅうるい》の感じですね。自分でも、もう命が永くないと思っていました。このころ第一創作集の「晩年」というのが出版せられて、その創作集の初版本に、この写真をいれました。それこそ「晩年の肖像」のつもりでしたが、未《いま》だに私は死にもせず、たとえば、昼の蛍みたいに、ぶざまにのそのそ歩きまわっているのです。めっきり、太った。この写真をごらんなさい。二年ほど船橋にいましたが、また東京へ出て来て、それまで六年間一緒に暮していた女のひととわかれて、独りで郊外の下宿でごろごろしているうちに、こんなに太ってしまいました。最近はまた少し瘦せましたけど、この下宿の時代は、私は、もぐらもちのように太っていました。この写真は、すなわち太りすぎて、てれて笑っているところです。「虚構の彷徨《ほうこう》」という私の第二創作集に、この写真を挿入《そうにゅう》しました。カモノハシという動物に酷似していると言った友人がありました。また、ある友人はなぐさめて、ダグラスという喜劇俳優に似ている、おどれ、と言いました。とにかく、ひどく太ったものです。こんなに太っていると、淋しい顔をしていても、ちっとも、引立たないものですね。そのころ私は、太っていながら、たいへん淋しかったのですけれど、淋しさが少しも顔にあらわれず、こんな、てれた笑いのような表情になってしまうので、誰にもあまり同情されませんでした。見給え、この湖水の岸にしゃがんで、うつむいて何か考えている写真、これはその頃、先輩たちに連れられて、三宅島へ遊びに行った時の写真ですが、私はたいへん淋しい気持で、こうしてひとりしゃがんでいたのですが、冷静に批判するならば、これはだらしなく居眠りをしているような姿です。少しも憂愁の影が無い。これは、島の王様のA氏が、私の知らぬまに、こっそり写して、そうしてこんなに大きく引伸しをして私に送って下さったものです。A氏は、島一ばんの長者で、そうして詩など作って、謂わば島の王様のようにゆったりと暮している人で、この旅行も、そのA氏の招待だったのです。私たち一行は、この時はずいぶんお世話になりました。筆不精の私は、未だにお礼状も何も差し上げていない仕末ですが、こないだの三宅島爆発では、さぞ難儀をなさったろうと思いながら、これまたれいの筆不精でお見舞い状も差し上げず、東京の作家というものは、ずいぶん義理知らずだと王様も呆れていらっしゃるだろうと思います。

次は甲府にいた頃の写真です。少しずつ、また痩せて来ました。東京の郊外の下宿から、鞄《かばん》一つ持って旅に出て、そのまま甲府に住みついてしまったのです。二箇年ほど甲府にいて、甲府で結婚して、それからいまの此《こ》の三鷹に移って来たのです。この写真は、甲府の武田神社で家内の弟が写してくれたものですが、さすがにもう、老《ふ》けた顔になっていますね。ちょうど三十歳だったと思います。けれども、この写真でみると、四十歳以上のおやじみたいですね。人並に苦労したのでしょう。ポーズも何も無く、ただ、ぼんやり立っていますね。いや、足もとの熊笹を珍らしそうに眺めていますね。まるで、ぼけて居ります。それから、この縁側に腰を掛けて、眼をショボショボさせている写真、これも甲府に住んでいた頃の写真ですが、颯爽《さっそう》としたところも無ければ、癇癖《かんぺき》らしい様子もなく、かぼちゃのように無神経ですね。三日も洗面しないような顔ですね。醜悪な感じさえあります。でも、作家の日常の顔は、これくらいでたくさんです。だんだん、ほんものになって来たのかも知れない。つまり、ほんものの俗人ですね。

あとは皆、三鷹へ来てからの写真です。写真をとってくれる人も多くなって、右むけ、はい、左むけ、はい、ちょっと笑って、はい、という工合いにその人たちの命令のままにポーズを作ったのです。つまらない写真ばかりです。二つ三つ、面白い写真もあります。いや、滑稽《こっけい》な写真と言ったほうが当っている。裸体写真が一枚あります。これは四万《しま》温泉にI君と一緒に行った時、I君は、私のお湯にはいっているところを、こっそりパチリと写してしまったのです。横向きの姿だから、たすかりました。正面だったらたまりません。あぶないところでした。でもこれはI君にたのんで、原板のフィルムも頂戴《ちょうだい》してしまいました。焼増しなどされては、たまりませんからね。I君には、ずいぶん写してもらいました。これはことしのお正月にK君と二人で、共に紋服を着て、井伏さんのお留守宅（作家井伏鱒二氏は、軍報道班員としてその前年の晩秋、南方に派遣せられたり）へ御年始にあがって、ちょうどI君も国民服を着て御年始に来ていましたが、その時、I君が私たち二人を庭先に立たせて撮影した物です。似合いませんね。へんですね。K君はともかく、私の紋服姿は、まるで、異様ですね。K君の批評に依ると、モーゼが紋服を着たみたいだそうですが、当っていますかね。どうせ、まともではありません。ひどく顔が骨ばって、そうして大きくなったようですね。ごらんなさい。これは或る友人の出版記念会の時の写真ですが、こんなにたくさんの顔が並んでいる中で、ずば抜けて一つ大きい顔があります。私の顔です。羽子板がずらりと並んでいて、その中で際立《きわだ》って大きいのを、三つになるお嬢さんが、あれほしい、あれ買って、とだだをこねて、店のあるじの答えて言うには、お嬢さん、あれはいけません、あれは看板です、という笑い話。こんなに顔が大きくなると、恋愛など、とても出来るものではありません。「汚な作り」の高麗屋です。もっとも、高麗屋に似ているそうですね。笑ってはいけません。「汚な作り」の高麗屋です。もっとも、これは、床屋へはいって、すっぱり綺麗になるというあの「実は」という場面は無くて、おしまいまで、「きたな作り」だそうです。「作り」でもなんでもない、ほんものの「きたな」だった。芝居に物も何もなりません。でも、どこか似ているそうですよ。つまり、立派なのですね。物好きな婦人の出現を待つより他は無い。

調子づいて、馬鹿な事ばかり言いました。あなたともあろうものが、あんな馬鹿話をなさるのはおよしなさい。お客様に軽蔑されるばかりです。もっと真面目なお話が出来ないのですか、まるで三流の戯作者みたいです、と家内から忠告を受けた事もあるのですが、くるしい時に、素直にくるしい表情の浮ぶ人は、さいわいです。緊張している時に、そのまま緊張の姿勢をとれる人は、さいわいです。私は、くるしい時に、ははんと馬鹿笑いしたくなるので困ります。内心大いに緊張している時でも、突然、馬鹿話などはじめたくなるので困ります。「笑いながら、厳粛な事を語れ！」ニイチェもいい事を言います。もっとも、私は、怒る時には、本気に怒ってしまいます。私の表情には、怒りと笑いと、二つしか無いようです。意外にも、表情の乏しい男ですね。このごろは、でも、怒るのも年に一回くらいにしようと思っています。たいてい忍んで、笑っているように心掛けて居ります。そのかわり怒った時には、いや、脅迫がましいような言いかたは、やめましょう。私自身でも不愉快です。怒った時には、怒った時です。この写真をごらんなさい。これは最近の写真です。ジャンパーに、半ズボンという軽装です。乳母車を押していますね。これは、私の小さい女の子を乳母車に乗せて、ちかくの井《い》の頭《かしら》、自然文化園の孔雀《くじゃく》を見せに連れて行くところです。幸福そうな風景ですね。いつまで続く事か。つぎのペエジには、どんな写真が貼《は》られるのでしょう。意外の写真が。

（「新潮」昭和十七年七月号）

禁酒の心

私は禁酒をしようと思っている。このごろの酒は、ひどく人間を卑屈にするようである。昔は、これに依《よ》って所謂浩然之気《いわゆるこうぜんのき》を養ったものだそうであるが、今は、ただ精神をあさはかにするばかりである。近来私は酒を憎むこと極度である。いやしくも、なすあるところの人物は、今日此際《このさい》、断じて酒杯を粉砕すべきである。

日頃酒を好む者、いかにその精神、吝嗇卑小《りんしょくひしょう》になりつつあるか、一升の配給酒の瓶《びん》に十五等分の目盛《めもり》を附し、毎日、きっちり一目盛ずつ飲み、たまに度を過して二目盛飲んだ時には、すなわち一目盛分の水を埋合せ、瓶を横ざまに抱えて震動を与え、酒と水、両者の化合醱酵《かごうはっこう》を企てるなど、まことに失笑を禁じ得ない。また配給の三合の焼酎《しょうちゅう》に、薬罐《やかん》一ぱいの番茶を加え、その褐色の液を小さいグラスに注いで飲んで、このウィスキイには茶柱が立っている、愉快だ、などと虚栄の負け惜しみを言って、豪放に笑ってみせるが、傍《そば》の女房はニコリともしないので、いっそうみじめな風景になる。また昔は、晩酌の最中にひょっこり遠来の友など見えると、やあ、これはいいところへ来て下さった、ちょうど相手が欲しくてならなかったところだ、何も無いが、まあどうです、一ぱい、というような事になって、とみに活気を呈したものであったが、今は、はなはだ陰気である。

「おい、それでは、そろそろ、あの一目盛をはじめるからな、玄関をしめて、錠をおろして、それから雨戸もしめてしまいなさい。人に見られて、羨《うら》やましがられても具合いが悪いからな。」なにも一目盛の晩酌を、うらやましがる人も無いのに、そこは精神、吝嗇卑小になっているものだから、それこそ風声鶴唳《ふうせいかくれい》にも心を驚かし、外の足音にもいちいち肝を冷やして、何かしら自分がひどい大罪でも犯しているような気持になり、世間の誰もかれもみんな自分を恨みに恨んでいるような言うべからざる恐怖と不安と絶望と忿満《ふんまん》と怨嗟《えんさ》と祈りと、実に複雑な心境で部屋の電気を暗くして背中を丸め、チビリチビリと酒をなめるようにして飲んでいる。

「ごめん下さい。」と玄関で声がする。

「来たな！」屹《き》っと身構えて、この酒飲まれてたまるものか。それ、この瓶は戸棚に隠せ、まだ二目盛残ってあるんだ、あすとあさってのぶんだ。この銚子《ちょうし》にもまだ三猪口《みちょこ》ぶんくらい残っているが、これは寝酒にするんだから、銚子はこのまま、このまま、さわってはいけない、風呂敷でもかぶせて置け、さて、手抜かりは無いか、と部屋中をぎょろりと見まわして、それから急に猫撫声《ねこなでごえ》で、

「どなた？」

ああ、書きながらも嘔吐《おうと》を催す。人間も、こうなっては、既にだめである。浩然之気もへったくれもあったものでない。「月の夜、雪の朝、花のもとにても、心のどかに物語して盃《さかづき》出したる、よろづの興を添ふるものなり。」などと言っている昔の人の典雅な心境をも少しは学んで、反省するように努めなければならぬ。それほどまでに酒を飲みたいものなのか。夕陽をあかあかと浴びて、汗は滝の如《ごと》く、髭《ひげ》をはやした立派な男たちが、ビヤホオルの前に行儀よく列を作って、そうして時々、そっと伸びあがってビヤホオルの丸い窓から内部を覗《のぞ》いて、首を振って溜息《ためいき》をついている。なかなか順番がまわって来ないものと見える。内部はまた、いもを洗うような混雑だ。肘《ひじ》と肘とをぶっつけ合い、互いに隣りの客を牽制《けんせい》し、負けず劣らず大声を挙げて、おういビイルを早く、おういビエルなどと東北訛《なま》りの者もあり、喧々囂々《けんけんごうごう》、やっと一ぱいのビイルにありつき、ほとんど無我夢中で飲み畢《おわ》るや否《いな》や、ごめん、とも言わずに、次のお客の色黒く眼の光のただならぬのが自分を椅子《いす》から押しのけて割り込んで来るのである。すなわち、呆然《ぼうぜん》として退場しなければならぬ。気を取りなおして、よし、もういちど、と更に戸外の長蛇《ちょうだ》の如き列の末尾について、順番を待つ。これを三度、四度ほど繰り返して、身心共に疲れてぐたりとなり、ああ酔った、と力無く呟《つぶや》いて帰途につくのである。国内に酒が決してそんなに極度に不足しているわけではないと思う。

飲む人が此頃多くなったのではないかと私には考えられる。少し不足になったという評判が立ったので、いままで酒を飲んだ事のない人まで、よろしい、いまのうちに一つ、その酒なるものを飲んで置こう、何事も、経験してみなくては損である、実行しよう、という変な如何《いか》にも小人のもの欲しげな精神から、配給の酒もとにかくいただく、ビヤホオルというところへも一度突撃して、もまれてみたい、何事にも負けてはならぬ、おでんやというものも一つ、試みたい、カフェというところも話には聞いているが、一たいどんな具合いか、いまのうちに是非実験をしてみたい、などというつまらぬ向上心から、いつのまにやら一ぱしの酒飲みになって、お金の無い時には、一目盛の酒を惜しみ、茶柱の立ったウィスキイを喜び、もう、やめられなくなっている人たちも、かなり多いのではないかと私には思われる。とかく小人は、度しがたいものである。

たまに酒の店などへ行ってみても、実に、いやな事が多い。お客のあさはかな虚栄と卑屈、店のおやじの傲慢貪慾《ごうまんどんよく》、ああもう酒はいやだ、と行く度毎《たびごと》に私は禁酒の決意をあらたにするのであるが、機が熟さぬとでもいうのか、いまだに断行の運びにいたらぬ。

店へはいる。「いらっしゃい」などと言われて店の者に笑顔で迎えられたのは、あれは昔の事だ。いまは客のほうで笑顔をつくるのである。「こんにちは」と客のほうから店のおやじ、女中などに、満面卑屈の笑をたたえて挨拶《あいさつ》して、そうして、黙殺されるのが通例になっているようである。念いりに帽子を取ってお辞儀をして、店のおやじを「旦那」と呼んで、生命保険の勧誘にでも来たのかと思わせる紳士もあるが、これもまさしく酒を飲みに来たお客であって、そうして、やはり黙殺されるのが通例のようになっている。更に念いりな奴は、はいるなりすぐ、店のカウンタアの上に飾られてある植木鉢をいじくりはじめる。「いけないねえ、少し水をやったほうがいい。」とおやじに聞えよがしに呟いて、自分で手洗いの水を両手で掬《すく》って来て、シャッシャと鉢にかける。身振りばかり大変で、鉢の木にかかる水はほんの二、三滴だ。ポケットから鋏《はさみ》を取り出して、チョンチョンと枝を剪《き》って、枝ぶりをととのえる。出入りの植木屋かと思うとそうではない。意外にも銀行の重役だったりする。店のおやじの機嫌をとりたい為《ため》に、わざわざポケットに鋏を忍び込ませてやって来るのであろうが、苦心の甲斐《かい》もなく、やっぱりおやじに黙殺されている。渋い芸も派手な芸も、あの手もこの手も、一つとして役に立たない。一様に冷く黙殺されている。けれどもお客も、その黙殺にひるまず、なんとかして一本でも多く飲ませてもらいたいと願う心のあまりに、ついには、自分が店の者でも何でも無いのに、店へ誰かはいって来ると、いちいち「いらっしゃあい」と叫び、また誰か店から出て行くと、必ず「どうも、ありがとう」とわめくのである。あきらかに、錯乱、発狂の状態である。実にあわれなものである。おやじは、ひとり落ちつき、

「きょうは、鯛《たい》の塩焼があるよ。」と呟く。

すかさず一青年は卓をたたいて、

「ありがたい！　大好物。そいつぁ、よかった。」内心は少しも、いい事はないのである。高いだろうなあ、そいつは。おれは今迄《いままで》、鯛の塩焼なんて、たべた事がない。けれども、いまは大いに喜んだふりをしなければならぬ。つらいところだ、畜生め！

「鯛の塩焼と聞いちゃ、たまらねえや。」実際、たまらないのである。

他のお客も、ここは負けてはならぬところだ。われもわれもと、その一皿二円の鯛の塩焼を注文する。これで、とにかく一本は飲める。けれども、おやじは無慈悲である。しわがれたる声をして、

「豚の煮込みもあるよ。」

「なに、豚の煮込み？」老紳士は莞爾《かんじ》と笑って、「待っていました。」と言う。けれども内心は閉口している。老紳士は歯をわるくしているので、豚の肉はてんで嚙《か》めないのである。

「次は豚の煮込みと来たか。わるくないなあ。おやじ、話せるぞ。」などと全く見え透いた愚かなお世辞を言いながら、負けじ劣らじと他のお客も、その一皿二円のあやしげな煮込みを注文する。けれども、この辺で懐中心細くなり、落伍する者もある。「ぼく、豚の煮込み、いらない。」と全く意気悄沈《いきしょうちん》して、六号活字ほどの小さい声で言って、立ち上り、「いくら？」という。

他のお客は、このあわれなる敗北者の退陣を目送し、ばかな優越感でぞくぞくして来るらしく、

「ああ、きょうは食った。おやじ、もっと何か、おいしいものは無いか。たのむ、もう一皿。」と血迷った事まで口走る。酒を飲みに来たのか、ものを食べに来たのか、わからなくなってしまうらしい。

なんとも酒は、魔物である。

（「現代文学」昭和十八年一月号）

鉄面皮

安心し給《たま》え、君の事を書くのではない。このごろ、と言っても去年の秋から「右大臣実朝《さねとも》」という三百枚くらいの見当の小説に取りかかって、ことしの二月の末に、やっと百五十一枚というところに漕《こ》ぎつけて、疲れて、二、三日、自身に休暇を与えて、そうしてことしの正月に舟橋氏と約束した短篇《たんぺん》小説の事などぼんやり考えていたのだけれども、私の生れつきの性質の中には愚直なものもあるらしく、胸の思いが、どうしても「右大臣実朝」から離れることが出来ず、きれいに気分を転換させて別の事を書くなんて鮮やかな芸当はおぼつかなく、あれこれ考え迷った末に、やはりこのたびは「右大臣実朝」の事でも書くより他《ほか》に仕方がない、いや、実朝というその人に就いては、れいの三百枚くらいの見当で書くつもりなので、いまは、その三百枚くらいの見当の「右大臣実朝」という私の未完の小説を中心にして三十枚くらい何か書かせてもらおう、それより他に仕方がなかろうという事になったわけで、さて、それに就いてまたもあれこれ考えてみたら、どうもそれは、自作に対する思わせぶりな宣伝のようなものになりはしないか、これは誰しも私と同意見に違いないが、いったいあの自作に対してごたごたと手前味噌《てまえみそ》を並べるのは、ろくでもない自分の容貌《ようぼう》をへんに自慢してもっともらしく説明して聞かせているような薄気味の悪い狂態にも似ているので、私は、自分の本の「はしがき」にも、または「あとがき」にも、いくら本屋の人からそう書けと命令されても、さすがに自慢は書けず、もともと自分の小説の幼稚にして不手際《ふてぎわ》なのには自分でも呆《あき》れているのであるから、いよいよ宣伝などは、思いも寄らぬ事の筈《はず》であるが、けれども、いま自分の書きかけの小説「右大臣実朝」をめぐって何か話をすすめるという事になったならば、作者の真意はどうあろうと、結果に於《お》いては、汚い手前味噌になるのではあるまいか、映画であったら、まず予告篇とでもいったところか、見え透いていますよ、いかに伏目になって謙譲の美徳とやらを装《よそお》って見せても、田舎っぺいの図々《ずうずう》しさ、何を言い出すのかと思ったら、創作の苦心談だってさ、苦心談、たまらねえや、あいつこのごろ、まじめになったんだってね、金でもたまったんじゃないか、勉強いたしているそうだ、酒はつまらぬと言ったってね、口《くち》髭《ひげ》をはやしたという話を聞いたが、嘘《うそ》かい、とにかく苦心談とは、恐れいったよ、謹聴々々、などと腹の虫が一時に騒ぎ出して来る仕末なので、作者は困惑して、この作品に題して曰《いわ》く「鉄面皮」。どうせ私は、つらの皮が厚いよ。

鉄面皮、と原稿用紙に大きく書いたら、多少、気持も落ちついた。子供の頃、私は怪談が好きで、おそろしさの余りめそめそ泣き出してもそれでもその怪談の本を手放さずに読みつづけて、ついには玩具箱《おもちゃばこ》から赤鬼のお面を取り出してそれをかぶって読みつづけた事があったけれど、あの時の気持と実に似ている。あまりの恐怖に、奇妙な倒錯が起ったのである。鉄面皮。このお面をかぶったら大丈夫、もう、こわいものはない。鉄面皮。つくづくと此《こ》の三字を見つめていると、とてもこれは堂々たる磨きに磨いて黒光りを発している鉄仮面のように思われて来た。鋼鉄の感じである。男性的だ。ひょっとしたら、鉄面皮というのは、男の美徳なのかも知れない。とにかく、この文字には、いやらしい感じがない。この頑丈の鉄仮面をかぶり、ふくみ声で所謂《いわゆる》創作の苦心談をはじめたならば、案外荘重な響きも出て来て、そんなに嘲笑《ちょうしょう》されずにすむかも知れぬ、などと小心翼々、臆病《おくびょう》無類の愚作者は、ひとり淋しくうなずいた。

昭和十一年十月十三日から同年十一月十二日まで、一箇月間、私は暗い病室で毎日泣いて暮していた。その一箇月間の日記を、私は小説として或る文芸雑誌に発表した。わがままな形式の作品だったので、編輯者《へんしゅうしゃ》に非常な迷惑をおかけした様子である。HUMAN LOST という作品だ。すべて、いまは不吉な敵国の言葉になったが、パラダイス・ロストをもじって、まあ「人間失格」とでもいうような気持でそんな題をつけたのであって、その日記形式の小説の十一月一日のところに左のような文章がある。

実朝をわすれず。
伊豆の海の白く立ち立つ浪がしら。
塩の花ちる。
うごくすすき。
蜜柑畑《みかんばたけ》。

くるしい時には、かならず実朝を思い出す様子であった。いのちあらば、あの実朝を書いてみたいと思っていた。私は生きのびて、ことし三十五になった。そろそろい時分だ、なんて書くと甚《はなは》だ気障《きざ》な空漠たる美辞麗句みたいになってつまらないが、実朝を書きたいというのは、たしかに私の少年の頃からの念願であったようで、その日頃の願いが、いまどうやら叶《かな》いそうになって来たのだから、私もなかなか仕合せな男だ。天神様や観音様にお礼を申し上げたいところだが、あのお光《みつ》の場合は、ぬかよろこびであったのだし、あんな事もあるのだから、やっと百五十一枚を書き上げたくらいで、気もいそいその馬鹿騒ぎは慎しまなければならぬ。大事なのは、これからだ。

この短篇小説を書き上げると、またすぐ重い鞄《かばん》をさげて旅行に出て、あの仕事をつづけるのだ。なんて、やっぱり、小学生が遠足に出かける時みたいな、はしゃいだ調子の文章になってしまったが、仕事が楽しいという時期は一生に、そう度々あるわけでもないらしいから、こんな浮わついた文章も、記念として、消さずにそのまま残して置こう。

右大臣実朝。

承元二年戊辰《ぼしん》。二月小。三日、癸卯《きぼう》、晴、鶴岳宮の御神楽《おかぐら》例の如《ごと》し、将軍家御《ご》疱瘡《ほうそう》に依《よ》りて御出無し、前大膳大夫《だいぜんだいぶ》広元朝臣《あそん》御使として神拝す、又御台所《みだいどころ》御参宮。十日、庚戌《こうじゅつ》、将軍家御疱瘡、頗《すこぶ》る心神を悩ましめ給ふ、之《これ》に依つて近国の御家人《ごけにん》等群参す。廿九日、己巳《きし》、雨降る、将軍家御平癒《ごへいゆ》の間、御沐浴《ごもくよく》有り。(吾妻鏡《あずまかがみ》。以下同断)

おたずねの鎌倉右大臣さまに就いて、それでは私の見たところ聞いたところ、つとめて虚飾を避けてありのまま、あなたにお知らせ申し上げます。

というのが開巻第一頁だ。どうも、自分の文章を自分で引用するというのは、グロテスクなもので、また、その自分の文章たるや、こうして書き写してみると、いかにも青臭く衒気満々《げんきまんまん》のもののような気がして来て、全く、たまらないのであるが、そこがれいの鉄面皮だ、洒唖《しゃあ》々々然《ぜん》と書きすすめる。ひょっとしたら、この鉄面皮、ほんものかも知れない。もともと芸術家ってのは厚顔無恥の気障ったらしいもので、漱石がいいとしをして口髭をひねりながら、我輩は猫である、名前はまだ無い、なんて真顔で書いているのだから、他は推して知るべしだ。所詮《しょせん》、まともではない。賢者は、この道を避けて通る。ついでながら徒然草《つれづれぐさ》に、馬鹿の真似《まね》をする奴は馬鹿である。気違いの真似だと言って電柱によじのぼったりする奴は気違いである、聖人賢者の真似をして、したり顔に腕組みなんかしている奴は、やっぱり本当の聖人賢者である、なんて、いやな事が書かれてあったが、浮気の真似をする奴は、やっぱり浮気、奇妙に学者ぶる奴は、やっぱり本当の学者、酒乱の真似をする奴は、まさしく本物の酒乱、芸術家ぶる奴は、本当の芸術家、大石良雄の酔狂振りも、あれは本物、また、笑いながら厳粛の事を語れと教える哲人ニイチェ氏も、笑いながら、とはなんだ、そんな冗談めかしたりして物を言う奴は、やっぱり、ふざけた奴なんだ、という事になって、鉄面皮を装う愚作者は、なんの事はない、そのとおり鉄面皮の愚作者なのだ。まことに、身も蓋《ふた》も無い興覚めた話で、まるで赤はだかにされたような気持であるが、けれども、これは、あなどるべからざる説である。この説に就いては、なお長年月をかけて考えてみたいと思っているが、小説家というものは恥知らずの愚者だという事だけは、考えるまでもなく、まず決定的なものらしい。昨年の暮に故郷の老母が死んだので、私は十年振りに帰郷して、その時、故郷の長兄に、死ぬまで駄目だと思え、と大《たい》声叱咤《せいしった》されて、一つ、ものを覚えた次第であるが、「兄さん、」と私はいやになれなれしく、「僕はいまは、まるで、てんで駄目だけれども、でも、もう五年、いや十年かな、十年くらい経《た》ったら何か一つ兄さんに、うむと首肯させるくらいのものが書けるような気がするんだけど。」

兄は眼を丸くして、

「お前は、よその人にもそんなばかな事を言っているのか。よしてくれよ。いい恥さらしだ。一生お前は駄目なんだ。どうしたって駄目なんだ。五年？　十年？　俺にうむと言わせたいなんて、やめろ、やめろ、お前はまあ、なんという馬鹿な事を考えているんだ。死ぬまで駄目さ。きまっているんだ。よく覚えて置けよ。」

「だって、」何が、だってだ、そんなに強く叱咤されても、一向に感じないみたいにニタニタと醜怪に笑って、さながら、蹴《け》られた足にまたも縋《すが》りつく婦女子の如く、「それでは希望が無くなりますもの。」男だか女だか、わかりやしない。「いったい私は、どうしたらいいのかなあ。」いつか水上《みなかみ》温泉で田舎まわりの宝船団とかいう一座の芝居を見たことがあるけれど、その時、額のあくまでも狭い色男が、舞台の端にうなだれて立って、いったい私は、どうしたらいいのかなあ、と言った。それは「血染の名月」というひどく無理な題目の芝居であった。

兄も呆れて、うんざりして来たらしく、

「それは、何も書かない事です。なんにも書くな。以上、終り。」と言って座を立ってしまった。

けれどもこの時の兄の叱咤は、非常に役に立った。眼界が、ひらけた。何百年、何千年経っても不滅の名を歴史に残しているほどの人物は、私たちには容易に推量できないくらいに、けたはずれの神品に違いない。羽左衛門の義経を見てやさしい色白の義経を胸に画いてみたり、阪東妻三郎《ばんどうつまさぶろう》が扮《ふん》するところの織田信長を見て、その胴間声に圧倒され、まさに信長とはかくの如きものかと、まさか、でも、それはあり得る事かも知れない。歴史小説というものが、この頃おそろしく流行して来たようだが、このころみにその二、三の内容をちらと拝見したら、驚くべし、れいの羽左、阪妻《ばんつま》が、ここを先途と活躍していた。羽左、阪妻の活躍は、見た眼にも綺麗《きれい》で、まあ新講談と思えば、講談の奇想天外にはまた捨てがたいところもあるのだから、楽しく読めることもあるけれど、あの、深刻そうな、人間味を持たせるとかいって、楠木正成《くすのきまさしげ》が、むやみ矢鱈《やたら》に、淋しい、と言ったり、御前会議が、まるでもう同人雑誌の合評会の如く、ただ、わあわあ騒いで怨《うら》んだり憎んだり、もっぱら作者自身のけちな日常生活からのみ推して加藤清正や小西行長を書くのだろうから、実に心細い英雄豪傑ばかりで、加藤君も小西君も、運動選手の如くはしゃいで、そうして夜になると淋しいと言ったりするような歴史小説は、それが滑稽《こっけい》小説、あるいは諷刺《ふうし》小説のつもりだったら、また違った面白味もあるのだが、当の作者は異様に気張って、深刻のつもりでいるのだから、読むほうでは、すっかりまごついてしまうのである。どうもあれは、趣向としても、わるい趣向だ。歴史の大人物と作者との差を千里万里も引き離さなければいけないのではなかろうか、と私はかねがね思っていたところに、兄の叱咤だ。千里万里もまだ足りなかった。白虎とてんとう虫。いや、竜《りゅう》とぼうふら。くらべものにも何もなりやしないのだ。こんど徳川家康と一つ取っ組んでみようと思う、なんて大それた事を言っていた大衆作家もあったようだが、何を言っているのだ、どだい取組みにも何もなりやしない、身のほどを知れ、身のほどを、死ぬまで駄目さ、きまっているんだ、よく覚えて置け、と兄の口真似をして、ちっとも実体の無い大衆作家なんかを持出してそいつを叱りつけて、ひそかに溜飲《りゅういん》をさげているんだから私という三十五歳の男は、いよいよ日本一の大馬鹿ときまった。

(前略) あのお方の御環境から推測して、厭世《えんせい》だの自暴自棄だの或いは深い諦観《ていかん》だのとしたり顔して囁《ささや》いていたひともありましたが、私の眼には、あのお方はいつもゆったりしていて、のんきそうに見えました。大声挙げてお笑いになる事もございました。その環境から推して、さぞお苦しいだろうと同情しても、その御当人は案外あかるい気持で生きているのを見て驚く事は此の世にままある例だと思います。だいいちあのお方の御日常だって、私たちがお傍《そば》から見て決してそんな暗い、うっとうしいものではございませんでした。私が御所へあがったのは私の十二歳のお正月で、問註所《もんちゅうじょ》の入道さまの名越《なごえ》のお家が焼けたのは正月の十六日、私はその三日あとに父に連れられ御所へあがって将軍家のお傍の御用を勤めるようになったのですが、あの時の火事で入道さまが将軍家よりおあずかりの貴い御文籍も何もかもすっかり灰にしてしまったとかで、御所へ参りましても、まるでもう呆《ほう》けたようになって、ただ、だらだらと涙を流すばかりで、私はその様を見て、笑いを制する事が出来ず、ついクスクスと笑ってしまって、はっと気を取り直して御奥の将軍家のお顔を伺い見ましたら、あのお方も、私のほうをちらと御らんになってニッコリお笑いになりました。たいせつの御文籍をたくさん焼かれても、なんのくったくも無げに、私と一緒に入道さまの御愁歎《ごしゅうたん》をむしろ興がっておいでのその御様子が、私には神さまみたいに尊く有難く、ああもうこのお方のお傍から死んでも離れまいと思いました。どうしたって私たちとは天地の違いがございます。全然、別種のお生れつきなのです。わが貧しい凡俗の胸を尺度にして、あのお方の事をあれこれ、推し測ってみたりするのは、とんでもない間違いのもとでございます。人間はみな同じものだなんて、なんという浅はかなひとりよがりの考え方か、本当に腹が立ちます。それは、あのお方が十七歳になられたばかりの頃の事だったのですが、おからだも充分に大きく、少し、伏目になってゆったりとお坐りになって居られるお姿は、御所のどんな御老人よりも分別ありげに、おとなびて、たのもしく見えました。

老イヌレバ年ノ暮ユクタビゴトニ我身ヒトツト思ホユル哉《かな》

その頃もう、こんな和歌さえおつくりになって居られたくらいで、お生れつきとは言え、私たちには、ただ不思議と申し上げるより他に術《すべ》はありませんでした。(後略)

あまり抜書きすると、出版元から叱られるかも知れない。この作品は三百枚くらいで完成する筈《はず》であるが、雑誌に分載するような事はせず、いきなり単行本として或る出版社から発売される事になっているので、すでに少からぬ金額の前借もしてしまっているのであるから、この原稿は、もはや私のものではないのだ。けれども、三百枚の中から五、六枚くらい抜書きしても、そんなに重い罪にはなるまいと考えられる。他の雑誌に分載されるのだったら、こんな抜書きは許すべからざる犯罪にきまっているが、三百枚いちどに単行本として出版するんだから、まあ、五、六枚のところは、笑許、なんて言葉はない、御寛恕《ごかんじょ》を乞《こ》う次第だ。どうせ映画の予告篇、結果に於いては、宣伝みたいな事になってしまうのだから、出版元も大目に見てくれるにきまっていると思われる、などとれいの小心翼々、おっかなびっくりのあさましい自己弁解をやらかして、さて、とまた鉄仮面をかぶり、ただいまの抜書きは二枚半、ついでにもう二枚ばかり抜書きさせていただく。

（前略）私は御奉公にあがったばかりの、しかもわずか十二歳の子供でございましたので、ただもうおそろしく（中略）その時の事をただいま少し申し上げましょう。二月のはじめに御発熱があり、六日の夜から重態にならせられ、十日にはほとんど御危《き》篤《とく》と拝せられましたが、その頃が峠で、それからは謂《い》わば薄紙をはがすようにだんだんと御悩も軽くなってまいりました。忘れもしませぬ、二十三日の午剋《ごこく》、尼御台《あまみだい》さまは御台所さまをお連れになって御寝所へお見舞いにおいでになりました。私もその時、御寝所の片隅に小さく控えて居りましたが、尼御台さまは将軍家のお枕元《まくらもと》にずっといざり寄られて、つくづくとあのお方のお顔を見つめて、もとのお顔を、もいちど見たいの、とまるでお天気の事でも言うような平然たる御口調ではっきりおっしゃいましたので、私は子供心にも、ドキンとしていたたまらない気持が致しました。御台所さまはそれを聞いて、え堪《こら》えず、泣き伏しておしまいになりましたが、尼御台さまは、なおも将軍家のお顔から眼をそらさず静かな御口調で、ご存じかの、とあのお方にお尋ねなさるのでした。あのお方のお顔には疱瘡の跡が残って、ひどい面変りがしていたのです。お傍の人たちは、みんなその事には気附《きづ》かぬ振りをしていたのですが、尼御台さまは、そのとき平気で言い出しましたので、私たちは色を失い生きた心地も無かったのでございます。その時あのお方は、幽《かす》かにうなずき、それから白いお歯をちらと覗《のぞ》かせて笑いながら申されました。

スグ馴レルモノデス

このお言葉の有難さ。やっぱりあのお方は、まるで、ずば抜けて違って居られる。それから三十年、私もすでに四十の声を聞くようになりましたが、どうしてどうして、こんな澄んだ御心境は、三十になっても四十になっても、いやいやこれからさき何十年かかったって到底、得られそうもありませぬ。(後略)

べつに、いいところだから抜書きしたというわけではない。だいたいこんな調子で書いているのだという事を、具体的にお知らせしたかったのである。実朝の近習が、実朝の死と共に出家して山奥に隠れ住んでいるのを訪ねて行って、いろいろと実朝に就いての思い出話を聞くという趣向だ。史実はおもに吾妻鏡に拠《よ》った。でたらめばかり書いているんじゃないかと思われてもいけないから、吾妻鏡の本文を少し抜萃《ばっすい》しては作品の要所々々に挿入《そうにゅう》して置いた。物語は必ずしも吾妻鏡の本文のとおりではない。そんなとき両者を比較して多少の興を覚えるように案配したわけである、などと、これではまるで大道の薬売りの口上にまさる露骨な広告だ。もう、やめる。さすがの鉄仮面も熱くなって来た。他の話をしよう。なにせ、Dって野郎もたいしたものだよ。二三年前に逢った時には、足利時代と桃山時代と、どっちがさきか知らない様子で、なんだか、ひどく狼狽《ろうばい》して居ったが、実朝を、ねえ、これだから世の中はこわいと言うんだ、何がなんだか、わかったもんじゃない、実朝を書きたいというのは余の幼少の頃からのひそかな念願であった、と言ったってね、すさまじいじゃないか、いよう！　だ、気が狂ってるんじゃないか、あいつが酒をやめて勉強しているなんて嘘《うそ》だよ、「源の実朝さま」という子供の絵本を一冊買って来て、炬燵《こたつ》にもぐり込んで配給の焼酎《しょうちゅう》でも飲みながら、絵本の説明文に仔細《しさい》らしく赤鉛筆でしるしをつけたりなんかして、ああ、そのさまが見えるようだ。

このごろ私は、誰にでも底知れぬほど軽蔑《けいべつ》されて至当だと思っている。芸術家というものは、それくらいで結構なんだ。人間としての偉さなんて、私には微塵《みじん》も無い。偉い人間は、咄嗟《とっさ》にきっぱりと意志表示が出来て、決して負けず、しくじらぬものらしい。私はいつでも口ごもり、ひどく誤解されて、たいてい負けて、そうして深夜ひとり寝床の中で、ああ、あの時にはこう言いかえしてやればよかった、しまった、あの時、颯《さ》っと帰って来ればよかった、しまった、と後悔ほぞを嚙《か》む思いに眠れず転輾《てんてん》している有様なのだから、偉いどころか、最劣敗者とでもいうようなところだ。先日も、ある年少の友人に向って言った事だが、君は君自身に、どこかいいところがあると思っているらしいが、後代にまで名が残っている人たちは、もう君くらいの年齢の頃には万巻の書を読んでいるんだ、その書だって猿飛佐助だの鼠小僧《ねずみこぞう》だの、または探偵小説、恋愛小説、そんなもんじゃない、その時代に於いていかなる学者も未《ま》だ読んでいないような書を万巻読んでいるんだ、その点だけで君はすでに失格だ、それから腕力だって、例外なしにずば抜けて強かった、しかも決してそれを誇示しない、君は剣道二段だそうで、酒を飲むたびに僕に腕角力《うでずもう》をいどむ癖があるけれども、あれは実にみっともない、あんな偉人なんて、あるものじゃない、名人達人というものは、たいてい非力の相をしているものだ、そうしてどこやら落ちついている、この点に於いても君は完全に失格だ、それから君は中学時代に不自然な行為をした事があるだろう、すでに失格、偉いやつはその生涯に於いて一度もそんな行為はしない、男子として、死以上の恥辱なのだ、それからまた、偉いやつは、やたらに淋しがったり泣いたりなんかしない、過剰な感傷がないのだ、平気で孤独に堪えている、君のようにお父さんからちょっと叱《しか》られたくらいでその孤独の苦しさを語り合いたいなんて、友人を訪問するような事はしない、女だって君よりは孤独に堪える力を持っている、女、三界に家なし、というじゃないか、自分がその家に生れても、いつかはお嫁に行かなければならぬのだから、父母の家も謂《い》わば寓居《ぐうきょ》だ、お嫁に行ったって、家風に合わなければ離縁される事もあるのだし、離縁されたらこいつは悲惨だ、どこにも行くところがない、離縁されなくたって、夫が死んだら、どうなるか、子供があったら、まあその子供の家にお世話になるという事になるんだろうが、これだって自分の家ではない、寓居だ、そのように三界に家なしと言われる程の女が、別にその孤独を嘆ずるわけでもなし、あくせくと針仕事やお洗濯をして、夜になると、その他人の家で、すやすやと安眠しているじゃないか、たいした度胸だ、君は女にも劣るね、人類の最下等のものだ、君だって僕だって全く同等だが、とにかく自分が、偉いやつというものと、どれほど違うかという事を、いまのこの時代に、はっきり知って置かないといけないのではなかろうかと、なぜだか、そんな気がするのだがね、などとその自称天才詩人に笑いながら忠告を試みた事もある。このごろ私は、自分の駄目加減を事ある毎《ごと》に知らされて、ただもう興覚めて生真面目《きまじめ》になるばかりだ。黙って虫のように勉強したいなどというてれくさい殊勝げの心も、すべてそこのところから発しているのだ。先日も、在郷軍人の分会査閲に、戦闘帽をかぶり、巻脚絆《まききやはん》をつけて参加したが、私の動作は五百人の中でひとり目立ってぶざまらしく、折敷さえ満足に出来ず、分会長には叱られ、面白くなって来て、おれはこんな場所ではこのように、へまであるが、出るところへ出れば相当の男なんだ、という事を示そうとして、ぎゅっと口を引締めて皆《まなじり》を決し、分会長殿を睨《にら》んでやったが、一向にききめがなく、ただ、しょぼしょぼと憐憫《れんびん》を乞うみたいな眼つきをしたくらいの効果しかなかったようである。私は第二国民兵の、しかも丙の部類であるから、その時の査閲には出なくてもよかったらしいのであるが、班長にすすめられて参加したのだ。服装というものは不思議なもので、第二国民兵の服装をしていると、どんな人でも、ねっからの第二国民兵に見えて来るもので、職業、年齢、知識、財産などのにおいは全然、消えてしまって、お医者も職工さんも重役も床屋さんも、みんな同年配の同資格の第二国民兵に見えて来るものである。まずしい身なりをしていても、さすがに人品骨柄《じんぴんこつがら》いやしからず、こいつただものでない、などというのは、あれは講談で、第二国民兵の服装をしているからには、まさしくそのとおり第二国民兵であって、そこが軍律の有難いところで、いやしくも上官に向って高ぶる心を起させない。私はその日は、完全に第二国民兵以外の何者でもなかった。しかも頗《すこぶ》る、操作拙劣の兵である。私ひとり参加した為《ため》に、私の小隊は大いに迷惑した様子であった。それほど私は、ぶざまだった。けれども、実に不慮の事件が突発した。査閲がすんで、査閲官の老大佐殿から、今日の諸君の成績は、まずまず良好であった。という御講評の言葉をいただき、「最後に」と大佐殿は声を一段と高くして、「今日の査閲に、召集がなかったのに、みずからすすんで参加いたした感心の者があったという事を諸君にお知らせしたい。まことに美談というべきである。たのもしい心がけである。もちろん之《これ》は、ただちに上司にも報告するつもりである。ただいま、その者の名を呼びます。その者は、この五百人の会員全部に聞えるように、はっきりと、大きな声で返辞をしなさい。」まことに奇特な人もあるものだ、その人は、いったい、どんな環境の人だろう、などと考えているうちに、名前が私の名だ。「はあい。」のどに痰《たん》がからまっていたので、奇怪に嗄《しわが》れた返辞であった。五百人はおろか、十人に聞えたかどうか、とにかく意気のあがらぬ返事であった。何かの間違い、と思ったが、また考え直してみると、事実無根というわけでもない。私はからだが悪くて丙の部類なのだが、班の人数が少なかったので、御近所の班長さんにすすめられて参加する事になったのだ。枯木も山の賑《にぎ》わいというところだったのだが、それが激賞されるほどの善行であったとは全く思いもかけない事であった。私は、みんなを、あざむいているような気がして、浅間しくてたまらなかった。査閲からの帰《かえ》り路《みち》も、誰にも顔を合せられないような肩身のせまい心地で、表の路を避け、裏の田圃《たんぼ》路《みち》を顔を伏せて急いで歩いた。その夜、配給の五合のお酒をみんな飲んでみたが、ひどく気分が重かった。

「今夜は、ひどく黙り込んでいらっしゃるのね。」

「勉強するよ、僕は。」落下傘《らっかさん》で降下して、草原にすとんと着く、しいんとしている。自分ひとり。さすがの勇士たちもこの時は淋しいそうだ。新聞の座談会で勇士のひとりがそう言っていた。そのような謂わば古井戸の底の孤独感を私もその夜、五合の酒を飲みながらしみじみ味った事である。操作きわめて拙劣の、小心翼々の三十五歳の老兵が、分会の模範としてほめられた事は、いかにも、なんとしても心苦しく、さすがの鉄面皮も、話ここに至っては、筆を投じて顔を覆《おお》わざるを得ないではないか。

(前略)そうして、この建暦元年には、ようやく十二歳になられ、その時の別当定暁僧都《そうず》さまの御室に於いて落飾なされて、その法名を公暁《くぎょう》と定められたのでございます。それは九月の十五日の事でございましたが御落飾がおすみになってから、尼御台さまに連れられて将軍家へ御挨拶《あいさつ》に見えられ、私はその時はじめて此の禅師さまにお目にかかったというわけでございましたが、一口に申せば、たいへん愛嬌《あいきょう》のいいお方でございました。幼い頃から世の辛酸を嘗《な》めて来た人に特有の、磊落《らいらく》のように見えながらも、その笑顔には、どこか卑屈な気弱い影のある、あの、はにかむような笑顔でもって、お傍の私たちにまでいちいち叮嚀《ていねい》にお辞儀をお返しなさるのでした。無理に明るく無邪気に振舞おうと努めているようなところが、そのたった十二歳のお子の御態度の中にちらりと見えて、私は、おいたわしく思い、また暗い気持にもなりました。けれども流石《さすが》に源家の御直系たる優れたお血筋は争われず、おからだも大きくたくましく、お顔は、将軍家の重厚なお顔だちに較《くら》べると少し華奢《きやしや》に過ぎてたよりない感じも致しましたが、やっぱり貴公子らしいなつかしい品位がございました。尼御台さまに甘えるように、ぴったり寄り添ってお坐りになり、そうして将軍家のお顔を仰ぎ見てただにこにこ笑って居られます。

その時将軍家は、私の気のせいか少し御不快の様に見受けられました。しばらくは何もおっしゃらず、例の如く少しお背中を丸くなさって伏目のまま、身動きもせず坐って居られましたが、やがてお顔を、もの憂《う》そうにお挙げになり、

学問ハオ好キデスカ

と、ちょっと案外のお尋ねをなさいました。

「はい。」と尼御台さまは、かわってお答えになりました。「このごろは神妙のようで

ございます。」

無理カモ知レマセヌガ

とまた、うつむいて、低く呟《つぶや》くようにおっしゃって、

ソレダケガ生キル道デス

（「文學界」昭和十八年四月号）

作家の手帖《てちょう》

ことしの七夕《たなばた》は、例年になく心にしみた。七夕は女の子のお祭である。女の子が、織機のわざをはじめ、お針など、すべて手芸に巧みになるように織女星にお祈りをする宵である。支那に於《お》いては棹《さお》の端に五色の糸をかけてお祭りをするのだそうであるが、日本では、藪《やぶ》から切って来たばかりの青い葉のついた竹に五色の紙を吊《つ》り下《さ》げて、それを門口に立てるのである。竹の小枝に結びつけられてある色紙には、女の子の秘めたお祈りの言葉が、たどたどしい文字で書きしたためられていることもある。七、八年も昔の事であるが、私は上州の谷川温泉へ行き、その頃いろいろ苦しい事があって、その山上の温泉にもいたたまらず、山の麓《ふもと》の水上《みなかみ》町へぼんやり歩いて降りて来て、橋を渡って町へはいると、町は七夕、赤、黄、緑の色紙が、竹の葉《は》蔭《かげ》にそよいでいて、ああ、みんなつつましく生きていると、一瞬、私も、よみがえった思いをした。あの七夕は、いまでも色濃く、あざやかに覚えているが、それから数年、私は七夕の、あの竹の飾りを見ない。いやいや、毎年、見ているのであろうが、私の心にしみた事は無かった。それが、どういうわけか、ことしは三鷹の町のところどころに立てられてある七夕の竹の飾りが、むしょうに眼にしみて仕方がなかった。それで、七夕とは一体、どういう意味のお祭りなのか更にくわしく知りたくさえなって来て、二つ三つの辞書をひいて調べてみた。けれども、どの辞書にも、「手工の巧みならん事を祈るお祭り」という事だけしか出ていなかった。これだけでは、私には不足なのだ。もう一つ、もっと大事な意味があったように、私は子供の頃から聞かされていた。この夜は、牽牛星《けんぎゅうせい》と織女星が、一年にいちどの逢《お》う瀬《せ》をたのしむ夜だった筈《はず》ではないか。私は、子供の頃には、あの竹に色紙をつるしたお飾りも、牽牛織女のお二人に対してその夜のおよろこびを申し上げるしるしではなかろうかとさえ思っていたものである。牽牛織女のおめでたを、下界で慶祝するお祭りであろうと思っていたのだが、それが後になって、女の子が、お習字やお針が上手になるようにお祈りする夜なので、あの竹のお飾りも、そのお願いのためのお供えであるという事を聞かされて、変な気がした。女の子って、実に抜け目が無く、自分の事ばかり考えて、ちゃっかりしているものだと思った。織女さまのおよろこびに附《つ》け込《こ》んで、自分たちの願いをきいてもらおうと計画するなど、まことに実利的で、ずるいと思った。だいいち、それでは織女星に気の毒である。一年にいちどの逢う瀬をたのしもうとしている夜に、下界からわいわい陳情が殺到しては、せっかくの一夜も、めちゃ苦茶になってしまうだろうに。けれども、織女星も、その夜はご自分にも、よい事のある一夜なのだから、仕方なく下界の女の子たちの願いを聞きいれてやらざるを得ないだろう。女の子たちは、そんな織女星の弱味に附け込んで遠慮会釈《えしやく》もなく、どしどし願いを申し出るのだ。ああ、女は、幼少にして既にこのように厚かましい。けれども、男の子は、そんな事はしない。織女が、少からずはにかんでいる夜に、慾張《よくば》った願いなどするものではないと、ちゃんと礼節を心得ている。現に私などは、幼少の頃から、七夕の夜には空を見上げる事をさえ遠慮していた。そうして、どうか風雨のさわりもなく、たのしく一夜をお過しなさるようにと、小さい胸の中で念じていたものだ。恋人同志が一年にいちど相逢う姿を、遠目鏡などで眺めるのは、実に失礼な、また露骨な下品な態度だと思っていた。とても恥ずかしくて、望見出来るものではない。

そんな事を考えながら七夕の町を歩いていたら、ふいとこんな小説を書きたくなった。毎年いちど七夕の夜にだけ逢おうという約束をしている下界の恋人同志の事を書いてみたらどうだろう。或いは何かつらい事情があって、別居している夫婦でもよい。その夜は女の家の門口に、あの色紙の結びつけられた竹のお飾りが立てられている。

いろいろ小説の構想をしているうちに、それも馬鹿らしくなって来て、そんな甘ったるい小説なんか書くよりは、いっそ自分でそれを実行したらどうだろうという怪しい空想が起って来た。今夜これから誰か女のひとのところへ遊びに行き、知らん振りして帰って来る。そうして、来年の七夕にまたふらりと遊びに行き、やっぱり知らん振りして帰って来る。そうして、五、六年もそれを続けて、それからはじめて女に打ち明ける。毎年、僕の来る夜は、どんな夜だか知っていますか、七夕です、と笑いながら教えてやると、私も案外いい男に見えるかも知れない。今夜これから、と眼つきを変えてうなずいてはみたが、さて、どこといって行くところは無いのである。私は女ぎらいだから、知っている女は一人も無い。いやこれは逆かも知れない。知っている女が一人も無いから、女ぎらいなのかも知れないが、とにかく、心あたりの女性が一人も無かったというのだけは事実であった。私は苦笑した。お蕎麦《そば》屋の門口にれいの竹のお飾りが立っている。色紙に何か文字が見えた。私は立ちどまって読んだ。たどたどしい幼女の筆蹟《ひっせき》である。

オ星サマ。日本ノ国ヲオ守リ下サイ。

大君ニ、マコトササゲテ、ツカエマス。

はっとした。いまの女の子たちは、この七夕祭に、決して自分勝手のわがままな祈願をしているのではない。清純な祈りであると思った。私は、なんどもなんども色紙の文字を読みかえした。すぐに立ち去る事は出来なかった。この祈願、かならず織女星にとどくと思った。祈りは、つつましいほどよい。

る。昭和十二年から日本に於いて、この七夕も、ちがった意味を有《も》って来ているのであ
る。昭和十二年七月七日、蘆溝橋《ろこうきょう》に於いて忘るべからざる銃声一発とどろいた。私の
けしからぬ空想も、きれいに雲散霧消してしまった。

われ幼少の頃の話であるが、町のお祭礼などに曲馬団が来て小屋掛けを始める。悪童たちは待ち切れず、その小屋掛けの最中に押しかけて行ってテントの割れ目から小屋の内部を覗《のぞ》いて騒ぐ。私も、はにかみながら悪童たちの後について行って、おっかなびっくりテントの中を覗くのだ。努力して、そんな下品な態度を真似《まね》るのである。こら！　とテントの中で曲馬団の者が呶鳴《どな》る。わあと喚声を揚げて子供たちは逃げる。私も真似をして、わあと、てれくさい思いで叫んで逃げる。曲馬団の者が追って来る。

「あんたはいい。あんたは、いいのです。」

曲馬団の者はそう言って、私ひとりをつかまえて抱きかかえ、テントの中へ連れて帰って馬や熊や猿を見せてくれるのだが、私は少しもたのしくなかった。私は、あの悪童たちと一緒に追い散らされたかったのである。曲馬団は、その小屋掛けに用いる丸太などを私の家から借りて来ているのかも知れない。私はテントから逃げ出す事も出来ず、実に浮かぬ気持で、黙って馬や熊を眺めている。テントの外には、また悪童

たちが忍び寄って来て、わいわい騒いでいる。こら！　と曲馬団の者が呶鳴る。わあと言って退却する。実に、たのしそうなのである。私は、泣きべそかいて馬を見ている。あの悪童たちが、うらやましくて、うらやましくて、自分ひとりが地獄の思いであったのだ。いつか私は、この事を或る先輩に言ったところが、その先輩は、それは民衆へのあこがれというものだ、と教えてくれた。してみると、あこがれというものは、いつの日か必ず達せられるものらしい。私は今では、完全に民衆の中の一人である。カアキ色のズボンをはいて、開襟《かいきん》シャツ、三鷹の町を産業戦士のむれにまじって、少しも目立つ事もなく歩いている。けれども、やっぱり、酒の店などに一歩足を踏み込むと駄目である。産業戦士たちは、焼酎《しょうちゅう》でも何でも平気で飲むが、私は、なるべくならばビイルを飲みたい。産業戦士たちは元気がよい。

「ビイルなんか飲んで上品がっていたって、仕様がないじゃねえか。」と、あきらかに私にあてつけて大声で言っている。私は背中を丸くして、うつむいてビイルを飲んでいる。少しもビイルが、うまくない。幼少の頃の曲馬団のテントの中の、あのわびしさが思い出される。私は君たちの友だとばかり思って生きて来たのに。

友と思っているだけでは、足りないのかも知れない。尊敬しなければならぬのだ。厳粛に、私はそう思った。

その酒の店からの帰り道、井《い》の頭《かしら》公園の林の中で、私は二、三人の産業戦士に逢った。その中の一人が、すっと私の前に立ちふさがり、火を貸して下さい、と叮嚀《ていねい》な物腰で言った。私は恐縮した。私は自分の吸いかけの煙草《たばこ》を差し出した。私は咄嗟《とっさ》の間に、さまざまの事を考えた。私は挨拶《あいさつ》の下手な男である。人から、お元気ですか、と問われても、へどもどとまごつくのである。何と答えたらいいのだろう。元気とは、どんな状態の事をさして言うのだろう。元気、あいまいな言葉だ。むずかしい質問だ。辞書をひいて見よう。元気とは、身体《からだ》を支持するいきおい。精神の活動するちから。すべて物事の根本となる気力。すこやかなること。勢いよきこと。私は考える。自分にいま勢いがあるかどうか。それは神さまにおまかせしなければならぬ領域で、自分にはわからない事だ。お元気ですか、と何気なく問われても、私はそれに対して正確に御返事しようと思って、そうして口ごもってしまうのだ。ええ、まあ、こんなものですが、でも、まあ、こんなものでしょうねえ、そうじゃないでしょうか、などと自分ながら何が何やらわけのわからぬ挨拶をしてしまうような始末である。私には社交の辞令が苦手である。いまこの青年が私から煙草の火を借りて、いまに私に私の吸いかけ煙草をかえすだろう、その時、この産業戦士は、私に対して有難うと言うだろう。私だって、人から火を借りた時には、何のこだわりもなく、有難うという。それは当りまえの話だ。私の場合、ひとよりもっと叮嚀に、帽子をとり、腰をかがめて、有難うございました、とお礼を申し上げる事にしている。その人の煙草の火のおかげで、私は煙草を一服吸う事が出来るのだもの、謂《い》わば一宿一飯の恩人と同様である。けれども逆に、私が他人に煙草の火を貸した場合は、私はひどく挨拶の仕方に窮するのである。煙草の火を貸すという事くらい、世の中に易々たる事はない。それこそ、なんでもない事だ。貸すという言葉さえ大袈裟《おおげさ》なもののように思われる。自分の所有権が、みじんも損われないではないか。御不浄拝借よりも更に、手軽な依頼ではないか。私は人から煙草の火の借用を申し込まれる度毎《たびごと》に、いつもまごつく。殊《こと》にその人が帽子をとり、ていねいな口調でたのんだ時には、私の顔は赤くなる。はあ、どうぞ、と出来るだけ気軽に言って、そうして、私がベンチに腰かけたりしている時には、すぐに立ち上る事にしている。そうして、少し笑いながら相手の人の受け取り易《やす》いように私の煙草の端をつまんで差し出す。私の煙草が、あまり短い時には、どうぞ、それはお捨てになって下さい、と言う。マッチを二つ持ち合せている時には、一つ差し上げる事にしている。一つしか持っていない時でも、その自分のマッチ箱に軸木が一ぱい入っているならば、軸木を少しおわけして上げる。そんな時には、相手から、すみませんと言われても、私はまごつかず、いいえ、と挨拶をかえす事も出来るのであるが、マッチの軸木一本お上げしたわけでもなく、ただ自分の吸いかけの煙草の火を相手の人の煙草に移すという、まことに何でもない事実に対して、叮嚀にお礼を言われると、私は会釈の仕方に窮して、しどろもどろになってしまうのである。私は、いまこの井の頭公園の林の中で、一青年から頗《すこぶ》る慇懃《いんぎん》に煙草の火を求められた。しかもその青年は、あきらかに産業戦士である。私が、つい先刻、酒の店で、もっとこの人たちに対して尊敬の念を抱くべきであると厳粛に考えた、その当の産業戦士の一人である。その人から、私は数秒後には、ありがとう、すみません、という叮嚀なお礼を言われるにきまっているのだ。恐縮とか痛みいるなどの言葉もまだるっこい。私には、とても堪えられない事だ。この青年の、ありがとうというお礼に対して、私はなんと挨拶したらいいのか。さまざまの挨拶の言葉が小さいセルロイドの風車のように眼にもとまらぬ速さで、くるくると頭の中で廻転《かいてん》した。風車がぴたりと停止した時、

「ありがとう！」明朗な口調で青年が言った。

私もはっきり答えた。

「ハバカリサマ。」

それは、どんな意味なのか、私にはわからない。けれども私は、そう言って青年に会釈して、五、六歩あるいて、実に気持がよかった。すっとからだが軽くなった思い

であった。実に、せいせいした。家へ帰って、得意顔でその事を家の者に知らせてやったら、家の者は私を、とんちんかんだと言った。

拙宅の庭の生垣の陰に井戸が在る。裏の二軒の家が共同で使っている。裏の二軒は、いずれも産業戦士のお家である。両家の奥さんは、どっちも三十五、六歳くらいの年配であるが、一緒に井戸端で食器などを洗いながら、かん高い声で、いつまでも、いつまでも、よもやまの話にふける。私は仕事をやめて寝ころぶ。頭の痛くなる事もある。けれども、昨日の午後、片方の奥さんが、ひとり井戸端でお洗濯をしていて、おんなじ歌を何べんも何べんも繰り返して唄うのである。

ワタシノ母サン、ヤサシイ母サン。

ワタシノ母サン、ヤサシイ母サン。

やたらに続けて唄うのである。私は奇妙に思った。まるで、自画自讃《じがじさん》ではないか。この奥さんには三人の子供があるのだ。その三人の子供に慕われているわが身の仕合せを思って唄っているのか。或いはまた、この奥さんの故郷の御老母を思い出して。まさか、そんな事もあるまい。しばらく私は、その繰り返し唄う声に耳を傾けて、そうして、わかった。あの奥さんは、なにも思ってやしないのだ。謂わば、ただ唄っているのだ。夏のお洗濯は、女の仕事のうちで、一ばん楽しいものだそうである。あの歌には、意味が無いのだ。ただ無心にお洗濯をたのしんでいるのだ。大戦争のまっさいちゅうなのに。

アメリカの女たちは、決してこんなに美しくのんきにしてはいないと思う。そろそろ、ぶつぶつ不平を言い出していると思う。鼠を見てさえ気絶の真似をする気障《きざ》な女たちだ。女が、戦争の勝敗の鍵《かぎ》を握っている、というのは言い過ぎであろうか。私は戦争の将来に就いて楽観している。

（「文庫」昭和十八年十月号）

佳日

これは、いま、大日本帝国の自存自衛のため、内地から遠く離れて、お働きになっている人たちに対して、お留守の事は全く御安心下さい、という朗報にもなりはせぬかと思って、愚かな作者が、どもりながら物語るささやかな一挿話《そうわ》である。大隅忠太郎《おおすみちゅうたろう》君は、私と大学が同期で、けれども私のように不名誉な落第などはせずに、さっさと卒業して、東京の或る雑誌社に勤めた。人間には、いろいろの癖がある。大隅君には、学生時代から少し威張りたがる癖があった。けれども、それは決して大隅君の本心からのものではなかった。ほんの外観に於《お》ける習癖に過ぎない。気の弱い、情に溺《おぼ》れ易《やす》い、好紳士に限って、とかく、太くたくましいステッキを振りまわして歩きたがるのと同断である。大隅君は、野蛮な人ではない。厳父は朝鮮の、某大学の教授である。ハイカラな家庭のようである。大隅君は独り息子であるから、ずいぶん可愛《かわい》がられて、十年ほど前にお母さんが死んで、それからは厳父は、何事も大隅君の気ままにさせていた様子で、謂《い》わば、おっとりと育てられて来た人であって、大学時代にも、天鵞絨《びろうど》の襟《えり》の外套《がいとう》などを着て、その物腰も決して粗野ではなかったが、どうも、学生間の評判は悪かった。間の評判は悪かった。妙に博識ぶって、威張るというのである。けれども、私から見ければ、そんな陰口は、必ずしも当を得ているとは思えなかった。大隅君は、不勉強な私たちに較《くら》べて、事実、大いに博識だったのである。博識の人が、おのれの知識を機会ある毎《ごと》に、のこりなく開陳するというのは、極めて自然の事で、少しも怪しむに及ばぬ筈《はず》であるが、世の中は、おかしなもので、自己の知っている事の十分の一以上を発表すると、その発表者を物知りぶるといって非難する。ぶるのではない。事実、知っているから、発表するのだ。それも大いに遠慮しながら発表しているのだ。本当は、その五倍も六倍も深く知っているのだ。けれども人は、その十分の一以上の発表に対しては、必ず顔をしかめる。大隅君だって遠慮しているのだ。私たち不勉強の学生たちを気の毒に思い、彼の知識の全部を公開する事は慎しみ、わずかに十分の三、あるいは四、五、六くらいのところまで開陳して、あとの大部分の知識は胸中深く蔵して在るつもりでいたのだろうけれども、それでも、どうも、周囲の学生たちは閉口した。いきおい、大隅君は孤独であった。大学を卒業して雑誌社に勤務するようになってからも同じ事で、大隅君は皆に敬遠せられ、意地の悪い二、三の同僚は、大隅君の博識を全く無視して、ほとんど筋肉労働に類した仕事などを押しつける始末なので、大隅君は憤然、職を辞した。大隅君は昔から、決して悪い人ではなかった。ただ頗《すこぶ》る見識の高い人であった。人の無礼な嘲笑《ちょうしょう》に対して、堪忍《かんにん》出来なかった。いつでも人に、無条件で敬服せられていなければすまないようであった。けれどもこの世の中の人たちは、そんなに容易に敬服などするものでない。大隅君は転々と職を変えた。ああ、もう東京はいやだ、殺風景すぎる、僕は北京《ペキン》に行きたい、世界で一ばん古い都だ、あの都こそ、僕の性格に適しているのだ、なぜといえば、――と、れいの該博の知識の十分の七くらいを縷々《るる》と私に陳述して、そうして間もなく飄然《ひょうぜん》と渡支した。その頃、内地に於いて、彼と交際を続けていた者は、私と、それから二、三の学友だけで、いずれも大隅君から、彼の理解者として選ばれたこの世で最も気の弱い男たちであった。私はその時も、彼の渡支に就いての論説に一も二もなく賛成した。けれども心配そうに、口ごもりながら、「行ってもすぐ帰って来るのでは意味がない、それから、どんな事があっても阿片だけは吸わないように。」という下手な忠告を試みた。彼は、ふんと笑って、いや有難う、と言った。大隅君が渡支して五年目、すなわち今年の四月中旬、突然、彼から次のような電報が来た。

〇《まる》オクツタ」ユイノウタノム」ケツコンシキノシタクセヨ」アスペキンタツ」オオスミチユウタロウ

同時に電報為替で百円送られて来たのである。

彼が渡支してから、もう五年。けれども、その五年のあいだに、彼と私とは、しばしば音信を交していた。彼の音信に依《よ》れば、古都北京は、まさしく彼の性格にぴったり合った様子で、すぐさま北京の或る大会社に勤め、彼の全能力をあますところなく発揮して東亜永遠の平和確立のため活躍しているという事で、私は彼のそのような誇らしげの音信に接する度毎に、いよいよ彼に対する尊敬の念をあらたにせざるを得なかったわけであったが、私には故郷の老母のような愚かな親心みたいなものもあって、彼の大抱負を聞いて喜ぶと共に、また一面に於いては、ハラハラして、とにかくまあ、三日坊主ではなく、飽かずに気長にやって下さい、からだには充分に気をつけて、阿片などは絶対に試みないように、というひどく興醒《きょうざ》めの現実的の心配ばかり彼に言ってやるので、彼も面白くなくなったか、私への便りも次第に少くなって来た。昨年の春であったか、私は山田勇吉君の訪問を受けた。

山田勇吉君という人は、そのころ丸の内の或る保険会社に勤めていたようである。やはり私たちと大学が同期であって、誰よりも気が弱く、私たちはいつもこの人の煙草《たばこ》ばかりを吸っていた。そうしてこの人は、大隅君の博識に無条件に心服し、何かと大隅君の身のまわりの世話を焼いていた。大隅君の厳父には、私は未《ま》だお目にかかった事は無いが、美事な薬鑵頭《やかんあたま》でいらっしゃるそうで、独り息子の忠太郎君もまた素直に厳父の先例に従い、大学を出た頃から、そろそろ前額部が禿《は》げはじめた。男子が年と共に前額部の禿げ上るのは当り前の事で、少しも異とするに及ばぬけれど、大隅君のは、他の学友に較べて目立って進捗《しんちょく》が早かった。そうしてそれが、やがて大隅君のあの鬱然《うつぜん》たる風格の要因にさえなった様子であったが、思いやりの深い山田勇吉君は、或る時、見かねて、松葉を束にしてそれでもって禿げた部分をつついて刺戟《しげき》すると毛髪が再生して来るそうです、と真顔で進言して、かえって大隅君にぎょろりと睨《にら》まれた事があった。

「大隅さんのお嫁さんが見つかりました。」と山田君は久しぶりに私の寓居《ぐうきょ》を訪れて、頗る緊張しておっしゃるのである。

「大丈夫ですか。大隅君は、あれで、なかなかむずかしいのですよ。」大隅君は大学の美学科を卒業したのである。美人に対しても鑑賞眼がきびしいのである。

「写真を、北京へ送ってやったのです。すると、大隅さんから、是非、という御返事がまいりました。」山田君は、内ポケットをさぐって、その大隅君からの返書を取出し、「いや、これはお見せ出来ません。大隅さんに悪いような気がします。少し感傷的な、あまい事なども書かれてありますから。まあ、御推察を願います。」

「それは、よかった。まとめてやったら、どうですか。」

「僕ひとりでは駄目です。あなたにも御助力ねがいたい。きょうこれから先方へ、申込みに行こうと思っているのですが、あなたのところに大隅さんの最近の写真がありませんか。先方に見せなければいけません。」

「最近は、大隅君からあまり便りがないのですが、三年ほど前に北京から送って寄こした写真なら、一、二枚あったと思います。」

はるかに紫禁城を眺めている横顔の写真。碧雲寺を背景にして支那服を着て立っている写真。私はその二枚を山田君に手渡した。

「これはいい。髪の毛も、濃くなったようですね。」山田君は、何よりも先に、その箇所に目をそそいで言った。

「でも、光線の加減で、そんなに濃く写ったのかも知れませんよ。」私には、自信が無かった。

「いや、そんな事はない。このごろ、いい薬が発明されたそうですからね。イタリヤ製の、いい薬があるそうです。北京で彼は、そのイタリヤ製をひそかに用いたのかも知れない。」

うまく、まとまった様子であった。すべて、山田君のお骨折のおかげであろう。しかるに、昨年の秋、山田君から手紙が来て、小生は呼吸器をわるくしたので、これから一箇年、故郷に於いて静養して来るつもりだ、ついては大隅氏の縁談は貴君にたのむより他《ほか》は無い、先方の御住所は左記のとおりであるから、よろしく聯絡《れんらく》せよ、という事であった。臆病《おくびょう》な私には、人の結婚の世話など、おそろしくてたまらなかった。けれども、大隅君には友人も少いし、いまはもう私が引受けなければ、せっかくの縁談もふいになってしまうにきまっているし、とにかく私は北京の大隅君に手紙を出した。

拝啓。山田君は病気で故郷へ帰った。貴兄の縁談は小生が引継がなければならなくなった。しかるに小生は、君もご存じのとおり、人の世話など出来るがらの男ではない。素寒貧のその日暮しだ。役に立ちやしないんだ。けれども、小生と雖《いえど》も、貴兄の幸福な結婚を望んでいる事に於いては人後に落ちないつもりだ。なんでも言いつけてくれ給《たま》え。小生は不精だから、人の事に就いて自動的には働かないが、言いつけられた限りの事は、やってもよい。末筆ながら、おからだを大事にして、阿片などには見向きもせぬように、とまたしても要らざる忠告を一言つけ加えた。私のその時の手紙が、大隅君の気にいらなかったのかも知れない。返事が無かった。少からず気になっていたが、私は人の身の上に就いて自動的に世話を焼くのは、どうも億劫《おっくう》で出来ないたちなので、そのままにして置いた。ところへ、突然、れいの電報と電報為替である。命令を受けたのである。こんどは私も働かなければならなかった。私は、かねて山田君から教えられていた先方のお家へ、速達の葉書を発した。ただいま友人、大隅忠太郎君から、結納《ゆいのう》ならびに華燭《かしよく》の典の次第に就き電報を以《もつ》て至急の依頼を受けましたが、ただちに貴門を訪れ御相談申上げたく、ついては御都合よろしき日時、ならびに貴門に至る道筋の略図などお示し下さらば幸甚に存じます、と私も異様に緊張して書き送ってやったのである。先方の宛名《あてな》は、小坂吉之助氏というのであった。翌《あく》る日、眼光鋭く、気品の高い老紳士が私の陋屋《ろうおく》を訪れた。

「小坂です。」

「これは。」と私は大いに驚き、「僕のほうからお伺いしなければならなかったのに。いや。どうも。これは。さあ。まあ。どうぞ。」

　小坂氏は部屋へあがって、汚い畳にぴたりと両手をつき、にこりともせず、厳粛な挨拶《あいさつ》をした。

「大隅君から、こんな電報がまいりましてね、」私は、いまは、もう、なんでもぶちまけて相談するより他は無いと思った。「◯《まる》オクッタとありますが、この◯《まる》というのは、百円の事です。これを結納金として、あなたのほうへ、差上げよという意味らしいのですが、何せどうも突然の事で、何が何やら。」

「ごもっともでございます。山田さんが郷里へお帰りになりましたので、私共も心細く存じておりましたところ、昨年の暮に、大隅さんから直接、私どものほうへお便りがございまして、いろいろ都合もあるから、式は来年の四月まで待ってもらいたいという事で、私共もそれを信じて今まで待っておりましたようなわけでございます。」

信じて、という言葉が、へんに強く私の耳に響いた。

「そうですか。それはさぞ、御心配だったでしょう。でも、大隅君だって、決して無責任な男じゃございませんから。」

「はい。存じております。山田さんもそれは保証していらっしゃいました。」

「僕だって保証いたします。」

その、あてにならない保証人は、その翌々日、結納の品々を白木の台に載せて、小坂氏の家へ、おとどけしなければならなくなったのである。

正午に、おいで下さるように、という小坂氏のお言葉であった。大隅君には、他に友人も無いようだ。私が結納を、おとどけしなければなるまい。その前日、新宿の百貨店へ行って結納のおきまりの品々一式を買い求め、帰りに本屋へ立寄って礼法全書を覗《のぞ》いて、結納の礼式、口上などを調べて、さて、当日は袴《はかま》をはき、紋附羽織《もんつきはおり》と白足袋は風呂敷に包んで持って家を出た。小坂家の玄関に於いて颯《さ》っと羽織を着換え、紺足袋をすらりと脱ぎ捨て白足袋をきちんと履いて水際立《みずぎわだ》ったお使者振りを示そうという魂胆であったが、これは完全に失敗した。省線は五反田で降りて、それから小坂氏の書いて下さった略図をたよりに、十丁ほど歩いて、ようやく小坂氏の標札を見つけた。想像していたより三倍以上も大きい邸宅であった。かなり暑い日だった。私は汗を拭《ぬぐ》い、ちょっと威容を正して門をくぐり、猛犬はいないかと四方八方に気をくばりながら玄関の呼鈴を押した。女中さんがあらわれて、どうぞ、と言う。私は玄関にはいる。見ると、玄関の式台には紋服を着た小坂吉之助氏が、扇子を膝《ひざ》に立てて厳然と正座していた。

「いや。ちょっと。」私はわけのわからぬ言葉を発して、携帯の風呂敷包を下駄箱の上に置き、素早くほどいて紋附羽織を取出し、着て来た黒い羽織と着換えたところまでは、まずまず大過なかったのであるが、それからが、いけなかった。立ったまま、紺足袋を脱いで、白足袋にはき換えようとしたのだが、足が汗ばんでいるので、するりとはいらぬ。うむ、とりきんで足袋を引っぱったら、私はからだの重心を失い、醜くよろめいた。

「あ。これは。」と私はやはり意味のわからぬ事を言い、卑屈に笑って、式台の端に腰をおろし、大あぐらの形になって、撫《な》でたり引っぱったり、さまざまに白足袋をなだめさすり、少しずつ少しずつ足にかぶせて、額ににじみ出る汗をハンケチで拭《ふ》いてはまたも無言で足袋にとりかかり、周囲が真暗な気持で、いまはもうやけくそになり、いっそ素足で式台に上りこみ、大声上げて笑おうかとさえ思った。けれども、私の傍《そば》には厳然と、いささかも威儀を崩さず小坂氏が控えているのだ。五分、十分、私は足袋と悪戦苦闘を続けた。やっと両方履《は》き了《お》えた。

「さあ、どうぞ。」小坂氏は何事も無かったような落ちついた御態度で私を奥の座敷に案内した。小坂氏の夫人は既に御他界の様子で、何もかも小坂氏おひとりで処置なさっているらしかった。

私は足袋のために、もうへとへとであった。それでも、持参の結納の品々を白木の台に載せて差し出し、

「このたびは、まことに、――」と礼法全書で習いおぼえた口上を述べ、「幾久しうお願い申上げます。」と、どうやら無事に言い納めた時に、三十歳を少し越えたくらいの美しい人があらわれ、しとやかに一礼して、

「はじめてお目にかかります。正子の姉でございます。」

「は、幾久しうお願い申上げます。」と私は少しまごついてお辞儀した。つづいて、またひとり、三十ちょっと前くらいの美しい人があらわれ、これもやはり、姉でございます、という御挨拶をなさるのである。四方八方に、幾久しう、幾久しうとばかり言うのも、まがぬけているような気がして、こんどは、

「末永くお願い申します。」と言った。とたんに今度は、いよいよ令嬢の出現だ。緑いろの着物を着て、はにかんで挨拶した。私は、その時はじめて、その正子さんにお目にかかったわけである。ひどく若い。そうして美人だ。私は友人の幸福を思って微笑した。

「や、おめでとう。」いまに親友の細君になるひとだ。私は少し親しげな、ぞんざいな言葉を遣って、「よろしく願います。」

姉さんたちは、いろいろと御馳走を運んで来る。上の姉さんには、五つくらいの男の子がまつわり附いている。下の姉さんには、三つくらいの女の子が、よちよち附いて歩いている。

「さ、ひとつ。」小坂氏は私にビイルをついでくれた。「あいにくどうも、お相手を申上げる者がいないので。――私も若い時には、大酒を飲んだものですが、いまはもう、

さっぱり駄目になりました。」笑って、そうして、美事に禿げて光っているおつむを、つるりと撫でた。

「失礼ですが、おいくつで？」

「九でございます。」

「五十？」

「いいえ、六十九で。」

「それは、お達者です。先日はじめてお目にかかった時から、そう思っていたのですが、御士族でいらっしゃるのではございませんか？」

「おそれいります。会津の藩士でございます。」

「剣術なども、お幼《ちい》さい頃から？」

「いいえ、」上の姉さんは静かに笑って、私にビイルをすすめ、「父にはなんにも出来やしません。おじいさまは槍《やり》の、――」と言いかけて、自慢話になるのを避けるみたいに口ごもった。

「槍。」私は緊張した。私は人の富や名声に対しては嘗《か》つて畏敬《いけい》の念を抱いた事は無いが、どういうわけか武術の達人に対してだけは、非常に緊張するのである。自分が人一倍、非力の懦弱者《だじやくしや》であるせいかも知れない。私は小坂氏一族に対して、ひそかに尊敬をあらたにしたのである。油断はならぬ。調子に乗って馬鹿な事を言って、無礼者！　などと呶鳴《どな》られてもつまらない。なにせ相手は槍の名人の子孫である。私は、めっきり口数を少くした。

「さ、どうぞ。おいしいものは、何もございませんが、どうぞ、お箸《はし》をおつけになって下さい。」小坂氏は、しきりにすすめる。「それ、お酌をせんかい。しっかり、ひとつ召し上って下さい。さ、どうぞ、しっかり。」しっかり飲め、と言うのである。男らしく、しっかりした態度で飲め、という叱咤《しった》の意味にも聞える。会津の国の方言なのかも知れないが、どうも私には気味わるく思われた。私は、しっかり飲んだ。どうも話題が無い。槍の名人の子孫に対して私は極度に用心し、かじかんでしまったのである。

「あのお写真は、」部屋の長押《なげし》に、四十歳くらいの背広を着た紳士の写真がかけられていたのである。「どなたです。」まずい質問だったかな？　と内心ひやひやしていた。

「あら、」上の姉さんは、顔をあからめた。「きょうは、はずして置けばよかったのに。こんなおめでたい席に。」

「まあ、いい。」小坂氏は、ふり向いてその写真をちらと見て、「長女の婿《むこ》でございます。」

「おなくなりに？」きっとそうだと思いながらも、そうあらわに質問して、これはいかんと狼狽《ろうばい》した。

「ええ、でも、」上の姉さんは伏目になって、「決してお気になさらないで下さい。」言いかたが少し変であった。「そりゃもう、皆さまが、もったいないほど、――」口ごもった。

「兄さんがいらっしゃったら、きょうは、どんなにお喜びだったでしょうね。」下の姉さんが、上の姉さんの背後から美しい笑顔をのぞかせて言った。「あいにく、私のところも、出張中で。」

「御出張？」私は全くぼんやりしていた。

「ええ、もう、長いんですの。私の事も子供の事も、ちっとも心配していない様子で、ただ、お庭の植木の事ばっかり言って寄こします。」上の姉さんと一緒に、笑った。

「あれは、庭木が好きだから。」小坂氏は苦笑して、「どうぞ、ビイルを、しっかり。」私はただ、ビイルをしっかり飲むばかりである。なんという迂闊《うかつ》な男だ。戦死と出征であったのに。

その日、小坂氏と相談して結婚の日取をきめた。暦を調べて仏滅だの大安だのと騒ぐ必要は無かった。四月二十九日。これ以上の佳日は無い筈《はず》である。場所は、小坂氏のお宅の近くの或る支那料理屋。その料理屋には、神前挙式場も設備せられてある由《よし》で、とにかく、そのほうの交渉はいっさい小坂氏にお任せする事にした。また媒妁人《ばいしゃくにん》は、大学で私たちに東洋美術史を教え、大隅君の就職の世話などもして下さった瀬川先生がよろしくはないか、という私の口ごもりながらの提案を、小坂氏一族は、気軽に受けいれてくれた。

「瀬川さんだったら、大隅君にも不服は無い筈です。けれども瀬川さんは、なかなか気むずかしいお方ですから、引受けて下さるかどうか、とにかく、きょうこれから私が先生のお宅へお伺いして、懇願してみましょう。」

大きい失敗の無いうちに引上げるのが賢明である。思慮分別の深い結納のお使者は、ひどく酔いました、これは、ひどく酔いました、と言いながら、紋附羽織と白足袋をまた風呂敷に包んで持って、どうやら無事に、会津藩士の邸宅から脱《のが》れ出《で》ることが出来たのである。けれども、私の役目は、まだすまぬ。

私は五反田駅前の公衆電話で、瀬川さんの御都合を伺った。先生は、昨年の春、同じ学部の若い教授と意見の衝突があって、忍ぶべからざる侮辱を受けたとかの理由を以て大学の講壇から去り、いまは牛込《うしごめ》の御自宅で、それこそ晴耕雨読とでもいうべき悠々自適の生活をなさっているのだ。私は頗《すこぶ》る不勉強な大学生ではあったが、けれどもこの瀬川先生の飾らぬ御人格にはひそかに深く敬服していたところがあったので、この先生の講義にだけは努めて出席するようにしていたし、研究室にも二、三度顔を出して突飛な愚問を呈出して、先生をめんくらわせた事もあって、その後、私の小さい著作集をお送りして、鈍骨もなお自重すべし、石に矢の立つ例も有之候《これありそうろう》云々《うんぬん》、という激励のお言葉を賜り、先生はどんなに私を頭の悪い駄目な男と思っているのか、その短いお便りに依《よ》って更にはっきりわかったような気がして、有難く思うと共に、また深刻に苦笑したものであった。けれども、私は先生からそのように駄目な男と思われて、かえって気が楽なのである。瀬川先生ほどの人物に、見込みのある男と思われては、かえって大いに窮屈でかなわないのではあるまいか。私は、どうせ、駄目な男と思われているのだから、先生に対して少しも気取る必要は無い。かえって私は、勝手気ままに振舞えるのである。その日、私は久しぶりで先生のお宅へお伺いして、大隅君の縁談を報告し、ついては一つ先生に媒妁の労をとっていただきたいという事を頗る無遠慮な口調でお願いした。先生は、そっぽを向いて、暫《しばら》く黙って考えて居られたが、やがて、しぶしぶ首肯せられた。私は、ほっとした。もう大丈夫。

「ありがとうございます。何せ、お嫁さんのおじいさんは、槍の名人だそうですからね、大隅君だって油断は出来ません。そこのところを先生から大隅君に、よく注意してやったほうがいいと思います。あいつは、どうも、のんき過ぎますから。」

「それは心配ないだろう。武家の娘は、かえって男を敬うものだ。」先生は、真面目《まじめ》である。「それよりも、どうだろう。大隅の頭はだいぶ禿《は》げ上っていたようだが。」やっぱり、その事が先生にとっても、まず第一に気がかりになる様子であった。まことに、海よりも深きは師の恩である。私は、ほろりとした。

「たぶん、大丈夫だろうと思います。北京から送られて来た写真を見ましたが、あれ以上進捗《しんちょく》していないようです。なんでも、いまは、イタリヤ製のいい薬があるそうですし、それに先方の小坂吉之助氏だって、ずいぶん見事な、——」

「それは、としとってから禿げるのは当りまえの事だが。」先生は、浮かぬ顔をしてそう言った。先生も、ずいぶん見事に禿げておられた。

数日後、大隅忠太郎君は折鞄《おりかばん》一つかかえて、三鷹の私の陋屋《ろうおく》の玄関に、のっそりと現われた。お嫁さんを迎えに、はるばる北京からやって来たのだ。日焼けした精悍《せいかん》な顔になっていた。生活の苦労にもまれて来た顔である。それは仕方の無い事だ。誰だって、いつまでも上品な坊ちゃんではおられない。頭髪は、以前より少し濃くなったくらいであった。瀬川先生もこれで全く御安心なさるだろう、と私は思った。

「おめでとう。」と私が笑いながら言ったら、

「やあ、このたびは御苦労。」と北京の新郎は大きく出た。

「どてらに着換えたら？」

「うむ、拝借しよう。」新郎はネクタイをほどきながら、「ついでに君、新しいパンツが無いか。」いつのまにやら豪放な風格をさえ習得していた。ちっとも悪びれずに言うその態度は、かえって男らしく、たのもしく見えた。

私たちはやがて、そろって銭湯に出かけた。よいお天気だった。大隅君は青空を見上げて、

「しかし、東京は、のんきだな。」

「そうかね。」

「のんきだ。北京は、こんなもんじゃないぜ。」私は東京の人全部を代表して叱《しか》られている形だった。けれども、旅行者にとってはのんきそうに見えながらも、帝都の人たちはすべて懸命の努力で生きているのだという事を、この北京の客に説明してやろうかしらと、ふと思った。

「緊張の足りないところもあるだろうねえ。」私は思っている事と反対の事を言って

しまった。私は議論を好まないたちの男である。

「ある。」大隅君は昂然《こうぜん》と言った。

銭湯から帰って、早めの夕食をたべた。お酒も出た。

「酒だってあるし、」大隅君は、酒を飲みながら、叱るような口調で私に言うのである。「お料理だって、こんなにたくさん出来るじゃないか。君たちはめぐまれ過ぎているんだ。」

大隅君が北京から、やって来るというので、家の者が、四、五日前から、野菜やさかなを少しずつ買い集め貯蔵して置いたのだ。交番へ行って応急米の手続きもして置いたのだ。お酒は、その朝、世田谷の姉のところへ行って配給の酒をゆずってもらって来たのだ。けれども、そんな実情を打明けたら、客は居心地の悪い思いをする。大隅君は、結婚式の日まで一週間、私の家に滞在する事になっているのだ。私は、大隅君に叱られても黙って笑っていた。大隅君は五年振りで東京へ来て、謂《い》わば興奮をしているのだろう。このたびの結婚の事に就いては少しも言わず、ひたすら世界の大勢に就き演説のような口調で、さまざま私を教え諭《さと》すのであった。ああ、けれども人は、その知識の十分の一以上を開陳するものではない。東京に住む俗な友人は、北京の人の諤々《がくがく》たる時事解説を神妙らしく拝聴しながら、少しく閉口していたのも事実であった。私は新聞に発表せられている事をそのとおりに信じ、それ以上の事は知ろうとも思わない極めて平凡な国民なのである。けれども、また大隅君にとっては、この五年振りで逢った東京の友人が、相変らず迂愚《うぐ》な、のほほん顔をしているのを見て、いたたまらぬ技癢《ぎよう》でも感ずるのであろうか、さかんに私たちの生活態度をののしるのだ。「疲れたろう。寝ないか。」私は大隅君の土産話のちょっと、とぎれた時にそう言った。

「ああ、寝よう。夕刊を枕頭《ちんとう》に置いてくれ。」

翌る朝、私は九時頃に起きた。たいてい私は八時前に起床するのだが、大隅君のお相手をして少し朝寝坊したのだ。大隅君は、なかなか起きない。十時頃、私は私の蒲団《ふとん》だけさきに畳む事にした。大隅君は、私のどたばた働く姿を寝ながら横目で見て、

「君は、めっきり尻《しり》の軽い男になったな。」と言って、また蒲団を頭からかぶった。

その日は、私が大隅君を小坂氏のお宅へ案内する事になっていた。大隅君と小坂氏の令嬢とは、まだいちども逢っていないのである。互いの家系と写真と、それから中に立った山田勇吉君の証言だけにたよって、取りきめられた縁である。何せ北京と、東京である。大隅君だって、いそがしいからだである。見合いだけのために、ちょっ

と東京へやって来るというわけにも行かなかったようである。きょうはじめて、相逢うのだ。人生の、最も大事な日といっていいかも知れない。けれども大隅君は、どういうものか泰然たるものであった。十一時頃、やっとお目ざめになり、新聞ないかあと言い、寝床に腹這《はらば》いになりながら、ひとしきり朝刊の検閲をして、それから縁側に出て支那の煙草《たばこ》をくゆらす。

「鬚《ひげ》を、剃《そ》らないか。」私は朝から何かと気をもんでいたのだ。

「そんな必要も無いだろう。」奇妙に大きく出る。私のこせこせした心境を軽蔑《けいべつ》しているようにも見える。

「きょうは、でも、小坂さんの家へ行くんだろう？」

「うむ、行って見ようか。」

行って見ようかも無いもんだ。御自分のお嫁さんと逢うんじゃないか。

「なかなかの美人のようだぜ。」私は、大隅君がも少し無邪気にはしゃいでくれてもいいと思った。「君が見ないさきに僕が拝見するのは失礼だと思ったから、ほんのちらと瞥見《べっけん》したばかりだが、でも、桜の花のような印象を受けた。」

「君は、女には、あまいからな。」

私は面白くなかった。そんなに気乗りがしないのなら、なぜ、はるばる北京からやって来たのだ、と開き直って聞き糺《きただ》したかったが、私も意気地の無い男である。ぎりぎりのところまでは、気まずい衝突を避けるのである。

「立派な家庭だぜ。」私には、そう言うのが精一ぱいの事であった。君にはもったいないくらいだ、とは言えなかった。私は言い争いは好まない。「縁談などの時には、たいてい自分の地位やら財産やらをほのめかしたがるものらしいが、小坂のお父さんは、そんな事は一言もおっしゃらなかった。ただ、君を信じる、と言っていた。」

「武士だからな。」大隅君は軽く受流した。「それだから、僕だって、わざわざ北京から出かけて来たんだ。そうでもなくっちゃあ、——」言うことが大きい。「何しろ名誉の家だからな。」

「名誉の家？」

「長女の婿は三、四年前に北支で戦死、家族はいま小坂の家に住んでいる筈だ。次女の婿は、これは小坂の養子らしいが、早くから出征していまは南方に活躍中とか聞いていたが、君は知らなかったのかい？」

「そうかあ。」私は恥ずかしかった。すすめられるままに、ただ阿呆のように、しっかりビイルを飲んで、そうして長押《なげし》の写真を見て、無礼極まる質問を発して、そうして意気揚々と引上げて来た私の日本一の間抜けた姿を思い、頬が赤くなり、耳が赤くなり、胃腑《いふ》まで赤くなるような気持であった。

「一ばん大事のことじゃないか。どうしてそれを知らせてくれなかったんだ。僕は大恥をかいたよ。」

「どうだって、いいさ。」

「よかないよ。大事なことだ。」あからさまに憤怒《ふんぬ》の口調になっていた。喧嘩《けんか》になってもいいと思った。「山田君も山田君だ。そんな大事なことを一言も僕に教えてくれなかったというのは不親切だ。僕は、こんどの世話はごめんこうむる。僕はもう小坂さんの家へは顔出しできない。君がきょう行くんだったら、ひとりで行けよ。僕はもう、いやだ。」

ひとは、恥ずかしくて身の置きどころの無くなった思いの時には、こんな無茶な怒りかたをするものである。

私たちは、おそい朝ごはんを、気まずい思いで食べた。とにかく私は、きょうは小坂氏の家へ行かぬつもりだ。恥ずかしくて、行けたものでない。縁談がぶちこわれたってかまわぬ。勝手にしろ、という八つ当りの気持だった。

「君が、ひとりで行ったらいいだろう。僕には他に用事もあるんだ。」私は、いかにも用事ありげに、そそくさと外出した。

けれども、行くところは無い。ふと思いついた。一つ牛込の瀬川さんを訪れて、私の愚痴を聞いてもらおうかと思った。

さいわい先生は御在宅であった。私は大隅君の上京を報告して、

「どうも、あいつは、いけません。結婚に感激を持っていません。てんで問題にしていないんです。ただもう、やたらに天下国家ばかり論じて、そうして私を叱るのです。」

「そんな事はあるまい。」先生は落ちついている。「てれているんだろう。大隅君は、うれしい時に限って、不機嫌な顔をする男なんだ。悪い癖だが、無くて七癖というから、まあ大目に見てやるんだね。」まことに師の恩は山よりも高い。「時にどうだ、頭のほうは。」それればかりを気にして居られる。

「大丈夫です。現状維持というところです。」

「それは、大慶のいたりだ。」しんから、ほっとなされた御様子であった。「それではもう、何も恐れる事は無い。私も大威張りで媒妁できる。何せ相手のお嬢さんは、ひどく若くて綺麗《きれい》だそうだから、実は心配していたのだ。」

「まったく。」と私は意気込んで、「あいつには、もったいないくらいのお嫁さんです。

だいいち家庭が立派だ。相当の実業家らしいのですが、財産やら地位やらを一言も広告しないばかりか、名誉の家だって事さえ素振りにあらわさず、つつましく涼しく笑って暮しているのですからね。あんな家庭は、めったにあるもんじゃない。」

「名誉の家？」

私は名誉の家の所以《ゆえん》を語り、重ねてまた大隅君の無感動の態度を非難した。

「きょうはじめてお嫁さんと逢うんだというのに、十一時頃まで悠々と朝寝坊しているんですからね。ぶん殴ってやりたいくらいだ。」

「喧嘩をしちゃいかん。どうも、同じクラスの者は大学を出てからも、仲の良いくせにつまらないところで張合って喧嘩をしたがる傾向がある。大隅君は、てれているんだよ。大隅君だって、小坂さんの御家庭を尊敬しているさ。君以上かも知れない。だから、なおさら、てれているんだよ。大隅君は、もう、いいとしだし、頭髪もそろそろ薄くなっているし、てれくさくって、どうしていいかわからない気持なんだろう。そこを察してやらなければいけない。」まことに、弟子を知ること師に如《し》かずであると思った。「表現がまずいんだよ。どうしていいかわからなくなって、天下国家を論じて君を叱ってみたり、また十一時まで朝寝坊してみたり、さまざま工夫しているのだろうが、どうも、あれは昔から、感覚がいいくせに、表現のまずい男だった。いたわってやれよ。君ひとりをたのみにしているんだ。君は、やいているんだろう。」

ぎゃふんと参った。

私は帰途、新宿の酒の店、二、三軒に立寄り、夜おそく帰宅した。大隅君は、もう寝ていた。

「小坂さんとこへ行って来たか。」

「行って来た。」

「いい家庭だろう？」

「いい家庭だ。」

「ありがたく思え。」

「思う。」

「あんまり威張るな。あすは瀬川先生のとこへ御挨拶《あいさつ》に行け。仰げば尊しわが師の恩、という歌を忘れるな。」

四月二十九日に、目黒の支那料理屋で大隅君の結婚式が行われた。その料理屋に於《お》いて、この佳《よ》き日一日に挙行せられた結婚式は、三百組を越えたという。大隅君には、礼服が無かった。けれども、かれは豪放磊落《ごうほうらいらく》を装《よそお》い、かまわんかまわんと言って背広服で料理屋に乗込んだものの、玄関でも、また廊下でも、逢うひと逢うひと、ことごとく礼服である。さすがに大隅君も心細くなった様子で、おい、この家でモオニングか何か貸してくれないものかね、と怒ったような口調で私に言った。そんなら、もっと早くから言えば何か方法もあったのに、いまさら、そんな事を言い出しても無理だとは思ったが、とにかく私は控室から料理屋の帳場に電話をかけた。そうして、やはり断られた。貸衣裳《かしいしょう》の用意も無い事はないのだが、それも一週間ほど前から申込んでいただかないと困るのです、という返事であった。大隅君は、いよいよふくれた。いかにも、「お前がわるいんだ。」と言わぬばかりの非難の目つきで私を睨《にら》むのである。結婚式は午後五時の予定である。もう三十分しか余裕が無い。私は万策尽きた気持で、襖《ふすま》をへだてた小坂家の控室に顔を出した。

「ちょっと手違いがありまして、大隅君のモオニングが間に合わなくなりまして。」

私は、少し嘘《うそ》を言った。

「はあ、」小坂吉之助氏は平気である。「よろしゅうございます。こちらで、なんとか致しましょう。おい、」と二番目の姉さんを小声で呼んで、「お前のところに、モオニングがあったろう。電話をかけて直ぐ持って来させるように。」

「いやよ。」言下に拒否した。顔を少し赤くして、くつくつ笑っている。「お留守のあいだは、いやよ。」

「なんだ、」小坂氏はちょっとまごついて、「何を言うのです。他人に貸すわけじゃあるまいし。」

「お父さん、」と上の姉さんも笑いながら、「そりゃ当り前よ。お父さんには、わからない。お帰りの日までは、どんな親しい人にだって手をふれさせずに、なんでも、そっくりそのままにして置かなければ。」

「ばかな事を。」小坂氏は、複雑に笑った。

「ばかじゃないわ。」そう呟《つぶや》いて一瞬、上の姉さんは堪えがたいくらい厳粛な顔をした。すぐにまた笑い出して、「うちのモオニングを貸してあげましょう。少しナフタリン臭くなっているかも知れませんけど、ね、」と私のほうに向き直って言って、「うちのひとには、もう、なんにも要らないのです。モオニングが、こんな晴れの日にお役に立ったら、うちのひとだって、よろこぶ事でございましょう。ゆるして下さるそうです。」爽《さわ》やかに笑っている。

「は、いや。」私は意味不明の事を言った。

廊下へ出たら、大隅君がズボンに両手を突込んで仏頂面《ぶっちょうづら》してうろうろしていた。私は大隅君の背中をどんと叩《たた》いて、

「君は仕合せものだぞ。上の姉さんが君に、家宝のモオニングを貸して下さるそうだ。」

家宝の意味が、大隅君にも、すぐわかったようである。

「あ、そう。」とれいの鷹揚《おうよう》ぶった態度で首肯《うなず》いたが、さすがに、感佩《かんぱい》したものがあった様子であった。

「下の姉さんは、貸さなかったが、わかるかい？　下の姉さんも、偉いね。上の姉さんより、もっと偉いかも知れない。わかるかい？」

「わかるさ。」傲然《ごうぜん》と言うのである。瀬川先生の説に拠《よ》ると、大隅君は感覚がすばらしくよいくせに、表現のひどくまずい男だそうだが、私もいまは全くそのお説に同感であった。

けれども、やがて、上の姉さんが諏訪法性《すわほつしよう》の御兜《おんかぶと》の如《ごと》くうやうやしく家宝のモオニングを捧《ささ》げ持って私たちの控室にはいって来た時には、大隅君の表現もまんざらでなかった。かれは涙を流しながら笑っていた。

（「改造」昭和十九年一月号）

散さん

華げ

玉砕という題にするつもりで原稿用紙に、玉砕と書いてみたが、それはあまりに美しい言葉で、私の下手な小説の題などには、もったいない気がして来て、玉砕の文字を消し、題を散華《さんげ》と改めた。

ことし、私は二人の友人と別れた。早春に三井君が死んだ。それから五月に三田君が、北方の孤島で玉砕した。三井君も、三田君も、まだ二十六、七歳くらいであった筈《はず》である。

三井君は、小説を書いていた。一つ書き上げる度毎《たびごと》に、それを持って、勢い込んで私のところへやって来る。がらがらがらっと、玄関の戸をひどく音高くあけてはいって来る。作品を持って来た時に限って、がらがらがらっと音高くあけてはいって来る。作品を携帯していない時には、玄関をそっとあけてはいって来る。だから、三井君が私の家の玄関の戸を、がらがらがらっと音高くあけてはいって来た時には、ああ三井が、また一つ小説を書き上げたな、とすぐにわかるのである。三井君の小説は、ところどころ澄んで美しかったけれども、全体がよろよろして、どうもいけなかった。脊《せ》骨《ぼね》を忘れている小説だった。それでも段々よくなって来ていたが、いつも私に悪口を言われ、死ぬまで一度もほめられなかった。肺がわるかったようである。けれども自分のその病気に就いては、あまり私に語らなかった。「僕のからだ、くさいでしょう?」「においませんか。」と或る日、ふいと言った事がある。

その日、三井君が私の部屋にはいって来た時から、くさかった。

「いや、なんともない。」

「そうですか。においませんか。」

いや、お前はくさい。とは言えない。

「二、三日前から、にんにくを食べているんです。あんまり、くさいようだったら帰ります。」

「いや、なんともない。」相当からだが、弱って来ているのだな、とその時、私にわかった。

三井は、からだに気をつけなけりゃいかんな、いますぐ、いいものなんか書けやしないのだし、からだを丈夫にして、それから小説でも何でも、好きな事をはじめるように、君から強く言ってやったらどうだろう、と私は、三井君の親友にたのんだ事がある。そうして、三井君の親友は、私のその言葉を三井君に伝えたらしく、それ以来、三井君は私のところへ来なくなった。

私のところへ来なくなって、三箇月か四箇月目に三井君は死んだ。私は、三井君の親友から葉書でその逝去《せいきょ》の知らせを受けたのである。このような時代に、からだが悪くて兵隊にもなれず、病床で息を引きとる若いひとは、あわれである。あとで三井君の親友から聞いたが、三井君には、疾患をなおす気がなかったようだ。御母堂と三井君と二人きりのわびしい御家庭のようであるが、病勢がよほどすすんでからでも、三井君は、御母堂の眼をぬすんで、病床から抜け出し、巷《ちまた》を歩き、おしるこなど食べて、夜おそく帰宅する事がしばしばあったようである。御母堂は、はらはらしながらも、また心の片隅では、そんなに平然と外出する三井君の元気に頼って、まだまだ大丈夫と思っていらっしゃったようでもある。三井君は、死ぬる二、三日前まで、そのように気軽な散歩を試みていたらしい。三井君の臨終の美しさは比類がない。美しさ、などという無責任なお座なりめいた巧言は、あまり使いたくないのだが、でも、それは実際、美しいのだから仕様がない。三井君は寝ながら、枕頭《ちんとう》のお針仕事をしていらっしゃる御母堂を相手に、しずかに世間話をしていた。ふと口を噤《つぐ》んだ。それきりだったのである。うらうらと晴れて、まったく少しも風の無い春の日に、それでも、桜の花が花自身の重さに堪えかねるのか、おのずから、ざっとこぼれるように散って、小さい花吹雪を現出させる事がある。机上のコップに投入れて置いた薔薇《ばら》の大輪が、深夜、くだけるように、ばらりと落ち散る事がある。風のせいではない。おのずから散るのである。天地の溜息《ためいき》と共に散るのである。空を飛ぶ神の白絹の御衣《おんぞ》のお裾《すそ》に触れて散るのである。私は三井君を、神のよほどの寵児《ちょうじ》だったのではなかろうかと思った。私のような者には、とても理解できぬくらいに貴い品性を有《も》っていた人ではなかったろうかと思った。人間の最高の栄冠は、美しい臨終以外のものではないと思った。小説の上手下手など、まるで問題にも何もなるものではないと思った。

もうひとり、やはり私の年少の友人、三田循司君は、ことしの五月、ずば抜けて美しく玉砕した。三田君の場合は、散華という言葉もなお色あせて感ぜられる。北方の一孤島に於《お》いて見事に玉砕し、護国の神となられた。

三田君が、はじめて私のところへやって来たのは、昭和十五年の晩秋ではなかったろうか。夜、戸石君と二人で、三鷹の陋屋《ろうおく》に訪ねて来たのが、最初であったような気がする。戸石君に聞き合せると更にはっきりするのであるが、戸石君も已《すで》に立派な兵隊さんになっていて、こないだも、

「三田さんの事は野営地で知り、何とも言えない気持でした。桔梗《ききょう》と女郎花《おみなえし》の一面に咲いている原で一しお淋しく思いました。あまり三田さんらしい死に方なので。自分

も、いま暫《しばら》くで、三田さんの親友として恥かしからぬ働きをしてお目にかける事が出来るつもりでありますが。」

というようなお便りを私に寄こしている状態なので、いますぐ問い合せるわけにもゆかない。

私のところへ、はじめてやって来た頃は、ふたり共、東京帝大の国文科の学生であった。三田君は岩手県花巻町の生れで、戸石君は仙台、そうして共に第二高等学校の出身者であった。四年も昔の事であるから、記憶は、はっきりしないのだが、晩秋の（ひょっとしたら初冬であったかも知れぬ）一夜、ふたり揃《そろ》って三鷹の陋屋に訪ねて来て、戸石君は絣《かすり》の着物にセルの袴《はかま》、三田君は学生服で、そうして私たちは卓をかこんで、戸石君は床の間をうしろにして坐り、三田君は私の左側に坐ったように覚えている。

その夜の話題は何であったか。ロマンチシズム、新体制、そんな事を戸石君は無邪気に質問したのではなかったかしら。その夜は、おもに私と戸石君と二人で話し合ったような形になって、三田君は傍《そば》で、微笑《ほほえ》んで聞いていたが、時々かすかに首肯《うなず》き、その首肯き方が、私の話のたいへん大事な箇所だけを敏感にとらえているようだったので、私は戸石君の方を向いて話をしながら、左側の三田君によけい注意を払っていた。どちらがいいというわけではない。人間には、そのような二つの型があるようだ。二人づれで私のところにやって来ると、ひとりは、もっぱら華やかに愚問を連発して私にからかわれても恐悦の態《てい》で、そうして私の答弁は上の空で聞き流し、ただひたすら一座を気まずくしないように努力して、それからもうひとりは、少し暗いところに坐って黙って私の言葉に耳を澄ましている。愚問を連発する、とは言っても、その人が愚かしい人だから愚問を連発するというわけではない。その人だって、自分の問いが、たいへん月並みで、ぶざまだという事は百も承知である。質問というものは、たいてい愚問にきまっているものだし、また、先輩の家へ押しかけて行って、先輩を狼《ろう》狽《ばい》赤面させるような賢明な鋭い質問をしてやろうと意気込んでいる奴は、それこそ本当の馬鹿か、気違いである。気障《きざ》ったらしくて、見て居られないものである。愚問を発する人は、その一座の犠牲になるのを覚悟して、ぶざまの愚問を発し、恐悦がったりして見せているのである。尊い犠牲心の発露なのである、二人づれで来ると、たいていひとりは、みずからすすんで一座の犠牲になるようだ。そうしてその犠牲者は、妙なもので、必ず上座に坐っている。それから、これもきまったように、美男子である。そうして、きっと、おしゃれである。扇子を袴のうしろに差して来る人もある。まさか、戸石君は、扇子を袴のうしろに差して来たりなんかはしなかったけれども、陽気な美男子だった事は、やはり例に漏れなかった。戸石君はいつか、しみじみ私に向って述懐した事がある。

「顔が綺麗《きれい》だって事は、一つの不幸ですね。」

私は噴き出した。とんでもない人だと思った。戸石君は剣道三段で、そうして、身の丈六尺に近い人である。私は、戸石君の大きすぎる図体に、ひそかに同情していたのである。兵隊へ行っても、合う服が無かったり、いろいろ目立って、からかわれ、人一倍の苦労をするのではあるまいかと心配していたのであったが、戸石君からのお便りによると、

「隊には小生よりも脊の大きな兵隊が二三人居ります。」しかしながら、スマートというものは八寸五分迄《まで》に限るという事を発見いたしました。」

ということで、ご自分が、その八寸五分のスマートに他《ほか》ならぬと固く信じて疑わぬ有様で、まことに春風駘蕩《しゅんぷうたいとう》とでも申すべきであって、

「僕の顔にだって、欠点はあるんですよ。誰も気がついていないかも知れませんけど。」とさえ言った事などもあり、とにかく一座を賑《にぎ》やかに笑わせてくれたものである。

戸石君は、果して心の底から自惚《うぬぼ》れているのかどうか、それはわからない。少しも

自惚れてはいないのだけれども、一座を華やかにする為《ため》に、犠牲心を発揮して、道化役を演じてくれたのかも知れない。東北人のユウモアは、とかく、トンチンカンである。

そのように、快活で愛嬌《あいきょう》のよい戸石君に比べると、三田君は地味であった。その頃の文科の学生は、たいてい頭髪を長くしていたものだが、三田君は、はじめから丸坊主であった。眼鏡をかけていたが、鉄縁の眼鏡であったような気がする。頭が大きく、額が出張って、眼の光りも強くて、俗にいう「哲学者のような」風貌《ふうぼう》であった。自分からすすんで、あまりものを言わなかったけれども、人の言ったことを理解するのは素早かった。戸石君と二人でやって来る事もあったし、また、雨にびっしょり濡《ぬ》れてひとりでやって来た事もあった。また、他の二高出身の帝大生と一緒にやって来た事もあった。三鷹駅前のおでん屋、すし屋などで、実にしばしば酒を飲んだ。三田君は、酒を飲んでもおとなしかった。酒の席でも、戸石君が一ばん派手に騒いでいた。けれども、戸石君にとっては、三田君は少々苦手であったらしい。三田君は、戸石君と二人きりになると、訥々《とつとつ》たる口調で、戸石君の精神の弛緩《しかん》を指摘し、も少し真剣にやろうじゃないか、と攻めるのだそうで、剣道三段の戸石君も大いに閉口して、私にその事を訴えた。

「三田さんは、あんなに真面目《まじめ》な人ですからね、僕は、かなわないんですよ。三田さんの言う事は、いちいちもっともだと思うし、僕は、どうしたらいいのか、わからなくなってしまうのですよ。」

六尺ちかい偉丈夫も、ほとんど泣かんばかりである。理由はどうあろうとも、旗色の悪いほうに味方せずんばやまぬ性癖を私は有っている。私は或る日、三田君に向ってこう言った。

「人間は真面目でなければいけないが、しかし、にやにや笑っているからといってその人を不真面目ときめてしまうのも間違いだ。」

敏感な三田君は、すべてを察したようであった。それから、あまり私のところへ来なくなった。そのうちに三田君は、からだの具合いを悪くして入院したようである。「とても、苦しい。何か激励の言葉を送ってよこして下さい。」というような意味の葉書を再三、私は受け取った。

けれども私は、「激励の言葉を」などと真正面から要求せられると、てれて、しどろもどろになるたちなので、その時にも、「立派な言葉」を一つも送る事が出来ず、すこぶる微温的な返辞ばかり書いて出していた。

からだが丈夫になってから、三田君は、三田君の下宿のちかくの、山岸さんのお宅へ行って、熱心に詩の勉強をはじめた様子であった。山岸さんは、私たちの先輩の篤《とく》実《じつ》な文学者であり、三田君だけでなく、他の四、五人の学生の小説や詩の勉強を、誠意を以《もつ》て指導しておられたようである。山岸さんに教えられて、やがて立派な詩集を出し、世の達識の士の推頌《すいしょう》を得ている若い詩人が已に二、三人あるようだ。

「三田君は、どうです。」とその頃、私は山岸さんに尋ねた事がある。

山岸さんは、ちょっと考えてから、こう言った。

「いいほうだ。いちばんいいかも知れない。」

私は、へえ？　と思った。そうして赤面した。私には、三田君を見る眼が無かったのだと思った。私は俗人だから、詩の世界がよくわからんのだ、と間《ま》のわるい思いをした。三田君が私から離れて山岸さんのところへ行ったのは、三田君のためにも、とてもいい事だったと思った。

三田君は、私のところに来ていた時分にも、その作品を私に二つ三つ見せてくれた事があったのだけれども、私はそんなに感心しなかったのだ。戸石君は大いに感激して、

「こんどの三田さんの詩は傑作ですよ。どうか一つ、ゆっくり読んでみて下さい。」

と、まるで自分が傑作を書いたみたいに騒ぐのであるが、私には、それほどの傑作

とも思えなかった。決して下品な詩ではなかった。いやしい匂《にお》いは、少しも無かった。けれども私には、不満だった。

私は、ほめなかった。

しかし、私には、詩というものがわからないのかも知れない。山岸さんの「いいほうだ」という判定を聞いて、私は三田君のその後の詩を、いちど読んでみたいと思った。三田君も山岸さんに教えられて、或いは、ぐんぐん上達したのかも知れないと思った。

けれども、私がまだ三田君のその新しい作品に接しないうちに、三田君は大学を卒業してすぐに出征してしまったのである。

いま私の手許《てもと》に、出征後の三田君からのお便りが四通ある。もう二、三通もらったような気がするのだけれども、私は、ひとからもらった手紙を保存して置かない習慣なので、この四通が机の引出の中から出て来たのさえ不思議なくらいで、あとの二、三通は永遠に失われたものと、あきらめなければなるまい。

太宰さん、お元気ですか。

何も考え浮びません。

無心に流れて、

そうして、
軍人第一年生。
当分、
「詩」は、
頭の中に、
うごきませんようです。
東京の空は？
というのが、四通の中の、最初のお便りのようである。この頃、三田君はまだ、原隊に在って訓練を受けていた様子である。これは、たどたどしい、甘えているようなお便りである。正直無類のやわらかな心情が、あんまり、あらわに出ているので、私は、はらはらした。山岸さんから「いちばんいい」という折紙をつけられている人ではないか。も少し、どうにかならんかなあ、と不満であった。私は、年少の友に対して、年齢の事などちっとも斟酌《しんしゃく》せずに交際して来た。年少の故《ゆえ》に、その友人をいたわるとか、可愛《かわい》がるとかいう事は私には出来なかった。可愛がる余裕など、私には無かった。私は、年少年長の区別なく、ことごとくの友人を尊敬したかった。尊敬の念を以て交際したかった。だから私は、年少の友人に対しても、手加減せずに何かと不満ぶなお便りを愛する事が出来なかった。それから、しばらくしてまた一通。これも原隊からのお便りである。

拝啓。

ながい間ごぶさた致しました。

御からだいかがですか。

全くといっていいほど、

何も持っていません。

泣きたくなるようでもあるし、

しかし、

信じて頑張っています。

前便にくらべると、苦しみが沈潜して、何か充実している感じである。私は、三田君に声援を送った。けれども、まだまだ三田君を第一等の日本男児だとは思っていなかった。

太宰さん、まもなく、函館から一通、お便りをいただいた。

太宰さん、御元気ですか。

私は元気です。

もっともっと、
頑張らなければなりません。
御身体《おからだ》、大切に、
御奮闘祈ります。
あとは、ブランク。
こうして書き写していると、さすがに、おのずから溜息《ためいき》が出て来る。可憐《かれん》なお便りである。もっともっと、頑張らなければなりません、という言葉が、三田君ご自身に就いて言っているのであろうが、また、私の事を言っているようにも感ぜられて、こそばゆい。あとはブランク、とご自身で書いているのである。御元気ですか、私は元気です、という事のほかには、なんにも言いたい事が無かったのであろう。純粋な衝動が無ければ、一行の文章も書けない所謂《いわゆる》「詩人気質《かたぎ》」が、はっきり出ている。けれども、私は以上の三通のお便りを紹介したくて、この「散華」という小説に取りかかったのでは決してない。はじめから私の意図は、たった一つしか無かった。私は、最後の一通を受け取ったときの感動を書きたかったのである。それは、北海派遣××部隊から発せられたお便りであって、受け取った時には、私はその××部隊こそ、アッツ島守備の尊い部隊だという事などは知る由《よし》も無いし、また、たといアッツ島とは知っていても、その後の玉砕を予感できるわけは無いのであるから、私はその××部隊の名に接しても、格別おどろきはしなかった。私は、三田君の葉書の文章に感動したのだ。

御元気ですか。

遠い空から御伺いします。

無事、任地に着きました。

大いなる文学のために、

死んで下さい。

自分も死にます、

この戦争のために。

死んで下さい、というその三田君の一言が、私には、なんとも尊く、ありがたく、うれしくて、たまらなかったのだ。これこそは、日本一の男児でなければ言えない言葉だと思った。

「三田君は、やっぱりいいやつだねえ。実に、いいところがある。」と私は、その頃、山岸さんにからりとした気持で言った事がある。いまは、心の底から、山岸さんに私の不明を謝したい気持であった。思いをあらたにして、山岸さんと握手したい気持だった。

私には詩がわからぬ、とは言っても、私だって真実の文章を捜して朝夕を送っている男である。まるっきりの文盲とは、わけが違う。少しは、わかるつもりでいるのだ。山岸さんに「いいほうだ。いちばんいいかも知れない」と言われた時にも、私は自分の不明を恥かしく思う一方、なお胸の奥底で「そうかなあ」と頑固に渋って、首をひねっていたところも無いわけではなかったのである。私には、どうも田吾作の剛情な一面があるらしく、目前に明白の証拠を展開してくれぬうちは、人を信用しない傾向がある。キリストの復活を最後まで信じなかったトマスみたいなところがある。いけないことだ。「我はその手に釘《くぎ》の痕《あと》を見、わが指を釘の痕にさし入れ、わが手をその脅《わき》に差入るるにあらずば信ぜじ」などという剛情は、まったく、手がつけられない。私にも、人のよい、たわいない一面があって、まさかトマスほどの徹底した頑固者でもないようだけれども、でも、うっかりすると、としとってから妙な因業爺《いんごうじじい》になりかねない素質は少しあるらしいのである。私は山岸さんの判定を、素直に全部信じる事が出来なかったのである。「どうかなあ」という疑懼《ぎく》が、心の隅に残っていた。けれども、あの「死んで下さい」というお便りに接して、胸の障子が一斉にからりと取り払われ、一陣の涼風が颯《さ》っと吹き抜ける感じがした。

うれしかった。よく言ってくれたと思った。大出来の言葉だと思った。戦地へ行っているたくさんの友人たちから、いろいろと、もったいないお便りをいただくが、私に「死んで下さい」とためらわず自然に言ってくれたのは、三田君ひとりである。なかなか言えない言葉である。こんなに自然な調子で、それを言えるとは、三田君もついに一流の詩人の資格を得たと思った。私は、詩人というものを尊敬している。純粋の詩人とは、人間以上のもので、たしかに天使であると信じている。だから私は、世の中の詩人たちに対して期待も大きく、そうして、たいてい失望している。天使でもないのに詩人と自称して気取っているへんな人物が多いのである。けれども、三田君は、そうではない。たしかに、山岸さんの言うように「いちばんいい詩人」のひとりであると私は信じた。三田君に、このような美しい便りを書かせたものは、なんであったか。それを、はっきり知ったのは、よほどあとの事である。とにかく私は、山岸さんの説に、心から承服できたという事が、うれしくて、たまらなかった。

「三田君は、いい。たしかに、いい。」と私は山岸さんに言い、それは私ひとりだけが知っている、ささやかな和解の申込みであったのだが。けれども、この世に於いて、和解にまさるよろこびは、そんなにたくさんは無い筈《はず》だ。私は、山岸さんと同様に、三田君を「いちばんよい」と信じ、今後の三田君の詩業に大いなる期待を抱いたのであるが、三田君の作品は、まったく別の形で、立派に完成せられた。アッツ島に於ける玉砕である。

御元気ですか。
遠い空から御伺いします。
無事、任地に着きました。
大いなる文学のために、
死んで下さい。
自分も死にます、
この戦争のために。

ふたたび、ここに三田君のお便りを書き写してみる。任地に第一歩を印した時から、すでに死ぬる覚悟をしておられたらしい。自己のために死ぬのではない。崇高な献身の覚悟である。そのような厳粛な決意を持っている人は、ややこしい理窟《りくつ》などは言わぬものだ。激した言い方などはしないものだ。つねに、このように明るく、単純な言い方をするものだ。そうして底に、ただならぬ厳正の決意を感じさせる文章を書くものだ。繰り返し繰り返し読んでいるうちに、私にはこの三田君の短いお便りが実に最高の詩のような気さえして来たのである。アッツ玉砕の報を聞かずとも、私はこのお便りだけで、この年少の友人を心から尊敬する事が出来たのである。純粋の献身を、人の世の最も美しいものとしてあこがれ努力している事に於いては、兵士も、また詩人も、あるいは私のような巷《ちまた》の作家も、違ったところは無いのである。

ことしの五月の末に、私はアッツ島の玉砕をラジオで聞いたが、まさか三田君が、その玉砕の神の一柱であろうなどとは思い設けなかった。三田君が、どこで戦っているのか、それさえ私たちには、わかっていなかったのである。

あれは、八月の末であったか、アッツ玉砕の二千有余柱の神々のお名前が新聞に出ていて、私は、その列記せられてあるお名前を順々に、ひどくていねいに見て行って、やがて三田循司という姓名を見つけた。決して、三田君の名前を捜していたわけではなかった。なぜだか、ただ私は新聞のその面を、ひどくていねいに見ていたのである。そうして、三田循司という名前を見つけて、はっと思ったが、同時にまた、非常に自然の事のようにも思われた。はじめから、この姓名を捜していたのだというような気さえして来た。家の者に知らせたら、家の者は顔色を変えて驚愕《きょうがく》していたが、私には「やっぱり、そうか」という首肯の気持のほうが強かった。

けれども、さすがにその日は、落ちつかなかった。私は山岸さんに葉書を出した。

「三田君がアッツ玉砕の神の一柱であった事を、ただいま新聞で知りました。三田君を偲《しの》ぶために、何かよい御計画でもありましたならば、お知らせ下さい。」というような意味の事を書いて出したように記憶している。

二、三日して山岸さんから御返事が来た。山岸さんも、三田君のアッツ玉砕は、あの日の新聞ではじめて知った様子で、自分は三田君の遺稿を整理して出版する計画を持っているが、それに就いて後日いろいろ相談したい、という意味の御返事であった。遺稿集の題は「北極星」としたい気持です、小生は三田と或る夜語り合った北極星の事に就いて何か書きたい気持です、ともそのお葉書にしたためられてあった。

それから間もなく、山岸さんは、眼の大きな脊《せ》の高い青年を連れて三鷹の陋屋《ろうおく》にやって来た。

「三田の弟さんだ。」山岸さんに紹介せられて私たちは挨拶《あいさつ》を交した。

やはり似ている。気弱そうな微笑が、兄さんにそっくりだと思った。

私は弟さんからお土産をいただいた。桐《きり》の駒下駄《こまげた》と、林檎《りんご》を一籠《かご》いただいた。山岸さんは註釈《ちゆうしやく》を加えて、

「僕のうちでも、林檎と駒下駄をもらった。林檎はまだ少しすっぱいようだから、二、三日置いてたべるといいかも知れない。駒下駄は僕と君とお揃《そろ》いのを一足ずつ。気持のいいお土産だろう？」

弟さんは遺稿集に就いての相談もあり、また、兄さんの事を一夜、私たちと共に語り合いたい気持もあって、その前日、花巻から上京して来たのだという。

私の家で三人、遺稿集の事に就いて相談した。

「詩を全部、載せますか。」と私は山岸さんに尋ねた。

「まあ、そんな事になるだろうな。」

「初期のは、あんまりよくなかったようですが。」と私は、まだ少しこだわっていた。れいの田吾作の剛情である。因業爺の卵である。

「そんな事を言ったって。」と、山岸さんは苦笑して、それから、すぐに賢明に察したらしく、「こりゃどうも、太宰のさきには死なれないね。どんな事を言われるか、わかりやしない。」

私は、開巻第一頁に、三田君のあのお便りを、大きい活字で組んで載せてもらいたかったのである。あとの詩は、小さい活字だって構わない。それほど私はあのお便りの言々句々が好きなのである。

御元気ですか。

遠い空から御伺いします。

無事、任地に着きました。

大いなる文学のために、
死んで下さい。
自分も死にます、
この戦争のために。

（「新若人」昭和十九年三月号）

雪の夜の話

あの日、朝から、雪が降っていたわね。もうせんから、とりかかっていたおツルちゃん（姪《めい》）のモンペが出来あがったので、あの日、学校の帰り、それをとどけに中野の叔母さんのうちに寄ったの。そうして、スルメを二枚お土産にもらって、吉祥寺《きちじょうじ》駅に着いた時には、もう暗くなっていて、雪は一尺以上も積り、なおその上やまずひそひそと降っていました。私は長靴をはいていたので、かえって気持がはずんで、わざと雪の深く積っているところを選んで歩きました。おうちの近くのポストのところまで来て、小脇《こわき》にかかえていたスルメの新聞包が無いのに気がつきました。私はのんきな者の抜けさんだけれども、それでも、ものを落したりなどした事はあまり無かったのに、その夜は、降り積る雪に興奮してはしゃいで歩いていたせいでしょうか、落しちゃったの。私は、しょんぼりしてしまいました。スルメを落してがっかりするなんて、下品な事で恥ずかしいのですが、でも、私はそれをお嫂《ねえ》さんにあげようと思っていたの。うちのお嫂さんは、ことしの夏に赤ちゃんを生むのよ。おなかに赤ちゃんがいると、とてもおなかが空《す》くんだって。おなかの赤ちゃんと二人ぶん食べなければいけないのね。お嫂さんは私と違って身だしなみがよくてお上品なので、これまではそれこそ「カナリヤのお食事」みたいに軽く召上って、そうして間食なんて一度もなさった事は無いのに、このごろはおなかが空いて、恥ずかしいとおっしゃって、それからふっと妙なものを食べたくなるんですって。こないだもお嫂さんは私と一緒にお夕食の後片附《あとかたづ》けをしながら、ああ口がにがい、スルメか何かしゃぶりたいわ、と小さい声で言って溜息《ためいき》をついていらしたのを私は忘れていないので、その日偶然、中野の叔母さんからスルメを二枚もらって、これはお嫂さんにこっそり上げましょうとたのしみにして持って来たのに、落しちゃって、私はしょんぼりしてしまいました。

ご存じのように、私の家は兄さんとお嫂さんと私と三人暮しで、そうして兄さんは少しお変人の小説家で、もう四十ちかくなるのにちっとも有名でないし、そうしていつも貧乏で、からだ工合が悪いと言って寝たり起きたり、そのくせ口だけは達者で、何だかんだとうるさく私たちに口こごとを言い、そうしてただ口で言うばかりでご自分はちっとも家の事に手助けしてくれないので、お嫂さんは男の力仕事までしなければならず、とても気の毒なんです。或る日、私は義憤を感じて、

「兄さん、たまにはリュックサックをしょって、野菜でも買って来て下さいな。よその旦那さまは、たいていそうしているらしいわよ。」

と言ったら、ぶっとふくれて、

「馬鹿野郎！　おれはそんな下品な男じゃない。いいかい、きみ子（お嫂さんの名前）もよく覚えて置け。おれたち一家が餓え死《うじ》にしかけても、おれはあんな、あさましい買い出しなんかに出掛けやしないのだから、そのつもりでいてくれ。それはおれの最後の誇りなんだ。」

なるほど御覚悟は御立派ですが、でも兄さんの場合、お国のためを思って買い出し部隊を憎んで居られるのか、ご自分の不精から買い出しをいやがって居られるのか、ちょっとわからないところがございます。私の父も母も東京の人間ですが、父は東北の山形のお役所に長くつとめていて、兄さんも私も山形で生れ、お父さんは山形でなくなられ、兄さんが二十《はたち》くらい、私がまだほんの子供でお母さんにおんぶされて、親子三人、また東京へ帰って来て、先年お母さんもなくなって、いまでは兄さんとお嫂さんと私と三人の家庭で、故郷というものもないのですから、他の御家庭のように、たべものを田舎から送っていただくわけにも行かず、また兄さんはお変人で、よそのお附合いもまるで無いので、思いがけなくめずらしいものが「手にはいる」などという事は全然ありませんし、たかだかスルメ二枚でもお嫂さんに差上げたら、どんなにかお喜びなさる事かと思えば、下品な事でしょうけれども、スルメ二枚が惜しくて、私はくるりと廻れ右して、いま来た雪道をゆっくり歩いて捜しました。けれども、見つかるわけはありません。白い雪道に白い新聞包を見つける事はひどくむずかしい上に、雪がやまず降り積り、吉祥寺の駅ちかくまで引返して行ったのですが、石ころ一つ見あたりませんでした。溜息をついて傘を持ち直し、暗い夜空を見上げたら、雪が百万の蛍《ほたる》のように乱れ狂って舞っていました。きれいだなあ、と思いました。道の両側の樹々は、雪をかぶって重そうに枝を垂れ時々ためいきをつくように幽《かす》かに身動きをして、まるで、なんだか、おとぎばなしの世界にいるような気持になって私は、スルメの事をわすれました。はっと妙案が胸に浮びました。この美しい雪景色を、お嫂さんに持って行ってあげよう。スルメなんかより、どんなによいお土産か知れやしない。たべものなんかにこだわるのは、いやしい事だ。本当に、はずかしい事だ。

人間の眼玉は、風景をたくわえる事が出来ると、いつか兄さんが教えて下さった。電球をちょっとのあいだ見つめて、それから眼をつぶっても眼蓋《まぶた》の裏にありありと電球が見えるだろう、それが証拠だ、それに就いて、むかしデンマークに、こんな話があった、と兄さんが次のような短いロマンスを私に教えて下さったが、兄さんのお話は、いつもでたらめばっかりで、少しもあてにならないけれど、でもあの時のお話だけは、たとい兄さんの嘘《うそ》のつくり話であっても、ちょっといいお話だと思いました。

むかし、デンマークの或るお医者が、難破した若い水夫の死体を解剖して、その眼球を顕微鏡でもって調べその網膜に美しい一家団欒《だんらん》の光景が写されているのを見つけて、友人の小説家にそれを報告したところが、その小説家はたちどころにその不思議の現象に対して次のような解説を与えた。その若い水夫は難破して怒濤《どとう》に巻き込まれ、岸にたたきつけられ、無我夢中でしがみついたところは、燈台の窓縁であった、やれうれしや、たすけを求めて叫ぼうとして、ふと窓の中をのぞくと、いましも燈台守の一家がつつましくも楽しい夕食をはじめようとしている、ああ、いけない、おれがいま「たすけてえ！」と凄《すご》い声を出して叫ぶとこの一家の団欒が滅茶苦茶になると思ったら、窓縁にしがみついた指先の力が抜けたとたんに、ざあっとまた大浪が来て、水夫のからだを沖に連れて行ってしまったのだ、たしかにそうだ、この水夫は世の中で一ばん優しくてそうして気高い人なのだ、という解釈を下し、お医者もそれに賛成して、二人でその水夫の死体をねんごろに葬《ほうむ》ったというお話。

私はこのお話を信じたい。たとい科学の上では有り得ない話でも、それでも私は信じたい。私はあの雪の夜に、ふとこの物語を思い出し、私の眼の底にも美しい雪景色を写して置いてお家《うち》へ帰り、

「お嫂さん、あたしの眼の中を覗《のぞ》いてごらん。おなかの赤ちゃんが綺麗《きれい》になってよ。」

と言おうと思ったのです。せんだってお嫂さんが、兄さんに、

「綺麗なひとの絵姿を私の部屋の壁に張って置いて下さいまし。私は毎日それを眺めて、綺麗な子供を産みとうございますから。」と笑いながらお願いしたら、兄さんは、まじめにうなずき、

「うむ、胎教か。それは大事だ。」

とおっしゃって、孫次郎《まごじろう》というあでやかな能面の写真と、雪の小面《こおもて》という可憐《かれん》な能面の写真と二枚ならべて壁に張りつけて下さったところまではは上出来でございましたが、それから、さらにまた、兄さんのしかめつらの写真をその二枚の能面の写真の間に、ぴたりと張りつけましたので、なんにもならなくなりました。

「お願いですから、その、あなたのお写真だけはよして下さい。それを眺めると、私、胸がわるくなって。」と、おとなしいお嫂さんも、さすがに我慢できなかったのでしょう、拝むようにして兄さんにたのんで、とにかくそれだけは撤回させてもらいましたが、兄さんのお写真なんかを眺めていたら、猿面冠者みたいな赤ちゃんが生れるに違いない。兄さんは、あんな妙ちきりんな顔をしていて、それでもご自身では少しは美男子だと思っているのかしら。呆《あき》れたひとです。本当にお嫂さんはいま、おなかの赤ちゃんのために、この世で一ばん美しいものばかり眺めていたいと思っていらっしゃるのだ、きょうのこの雪景色を私の眼の底に写して、そうしてお嫂さんに見せてあ

げたら、お嫂さんはスルメなんかのお土産より、何倍も何十倍もよろこんで下さるに違いない。

私はスルメをあきらめてお家に帰る途々《みちみち》、できるだけ、どっさり周囲の美しい雪景色を眺めて、眼玉の底だけでなく、胸の底にまで、純白の美しい景色を宿した気持でお家へ帰り着くなり、

「お嫂さん、あたしの眼を見てよ、あたしの眼の底には、とっても美しい景色が一ぱい写っているのよ。」

「なあに？　どうなさったの？」お嫂さんは笑いながら立って私の肩に手を置き、

「おめめを、いったい、どうなさったの？」

「ほら、いつか兄さんが教えて下さったじゃないの。人間の眼の底には、たったいま見た景色が消えずに残っているものだって。」

「とうさんのお話なんか、忘れたわ。たいてい嘘なんですもの。」

「でも、あのお話だけは本当よ。あたしは、あれだけは信じたいの、だから、ね、あたしの眼を見てよ。あたしはいま、とっても美しい雪景色をたくさんたくさん見て来たんだから。ね、あたしの眼を見て。きっと、雪のように肌の綺麗な赤ちゃんが生れてよ。」

お嫂さんは、かなしそうな顔をして、黙って私の顔を見つめていました。

「おい。」

とその時、隣りの六畳間から兄さんが出て来て、「しゅん子（私の名前）のそんなつまらない眼を見るよりは、おれの眼を見たほうが百倍も効果があらあ。」

「なぜ？　なぜ？」

ぶってやりたいくらい兄さんを憎く思いました。

「兄さんの眼なんか見ていると、お嫂さんは、胸がわるくなるって言っていらしたわ。」

「そうでもなかろう。おれの眼は、二十年間きれいな雪景色を見て来た眼なんだ。おれは、はたちの頃まで山形にいたんだ。しゅん子なんて、物心地のつかないうちに、もう東京へ来て山形の見事な雪景色を知らないから、こんな東京のちゃちな雪景色を見て騒いでいやがる。おれの眼なんかは、もっと見事な雪景色を、百倍も千倍もいやになるくらいどっさり見て来ているんだからね、何と言ったって、しゅん子の眼よりは上等さ。」

私はくやしくて泣いてやろうかしらと思いました。その時、お嫂さんが私を助けて下さった。お嫂さんは微笑《ほほえ》んで静かにおっしゃいました。

「でも、とうさんのお眼は、綺麗な景色を百倍も千倍も見て来たかわりに、きたないものも百倍も千倍も見て来られたお眼ですものね。」

「そうよ、そうよ。プラスよりも、マイナスがずっと多いのよ。だからそんなに黄色く濁っているんだ。わあい、だ。」

「生意気を言ってやがる。」

兄さんは、ぶっとふくれて隣りの六畳間に引込みました。

（「少女の友」昭和十九年五月号）

東京だより

東京は、いま、働く少女で一ぱいです。朝夕、工場の行き帰り、少女たちは二列縦隊に並んで産業戦士の歌を合唱しながら東京の街を行進します。ほとんどもう、男の子と同じ服装をしています。でも、下駄の鼻緒が赤くて、その一点にだけ、女の子の匂《にお》いを残しています。どの子もみんな、同じ様な顔をしています。年の頃さえ、はっきり見当がつきません。全部をおかみに捧《ささ》げ切ると、人間は、顔の特徴も年恰好《としかっこう》も綺《き》麗《れい》に失ってしまうものかも知れません。東京の街を行進している時だけでなく、この女の子たちの作業中あるいは執務中の姿を見ると、なお一層、ひとりひとりの特徴を失い、所謂《いわゆる》「個人事情」も何も忘れて、お国のために精出しているのが、よくわかるような気がします。

つい先日、私の友人の画かきさんが、徴用されて或る工場に勤める事になり、私はその画かきさんに用事があったので、最近三度ばかり、その工場にたずねて行きました。用事というのは、こんど出版される筈《はず》の私の小説集の表紙の画をかいてもらう事でしたが、実は、私はこの画かきさんの画を、常々とても馬鹿にしていて、その前にも、この画かきさんが、私の小説集の表紙の画をかいてみたいと幾度も私に申出た事があったのに、私は、お前なんかに表紙の画をかかせたら、それでなくても評判の悪い私の本は、一層評判が悪くなって、ちっとも売れなくなるにきまっているから、まあ、ごめんだ、と言って、はっきりお断りして来ていたのでした。実際、そのひとの画は、下手くそでした。けれども、こんど工場へはいり、いまこそ小説集の表紙の画を、あらたな思いで書いてみたい、というひどく神妙な申出に接して、私は、すぐに彼の勤めている工場へ画をかいてくれ、と頼みに出かけたのです。画が下手だってかまわない。私の小説集の評判が悪くなったってかまわない。そんな事はどうだっていい。私なんかのつまらぬ小説集の表紙の画をかく事に依《よ》って、彼の徴用工としての意気が更にあがるというならば、こんなに有難い事は無い。私は彼の可憐《かれん》なお便りを受取って、すぐに彼の勤め先の工場に出かけた。彼は大喜びで私を迎えてくれて、表紙の画に就いての彼の腹案をさまざま私に語って聞かせた。どれも、これも結構でなかった。実に、陳腐な、甘ったるいもので、私はあっけにとられたが、しかし、いまの此《こ》の場合、画のうまいまずいは問題でない。私のこんどの小説集は、彼の画のために、だめになってしまうかも知れないが、でも、そんな事なんか、全くどうだっていいのだ。男子意気に感ぜざればとかいう言葉があったではないか。彼は、そのつまらぬ腹案を私に情熱を以《もっ》て語って聞かせ、またその次には、さらにつまらぬ下書の画を私に見せ、そのために私は彼からしばしば呼出しを受けて、彼の工場に行かなければならなくなったのです。

工場の門をくぐって、守衛に、彼から来た葉書を示し、事務所へはいると、そこに十人ばかりの女の子が、ひっそり事務を執っています。私は、その女の子のひとりに、来意を告げ、彼の宿直の部屋に電話をかけてもらいます。彼は工場の中の一室に寝起きしているのであって、彼の休憩の時間は彼の葉書に依ってちゃんと知らされていますから、私はその彼の休み時間に、ちょっと訪問するというわけなのであります。彼が事務所にやってくるまで、私は事務所の片隅の小さい椅子《いす》に腰かけて、ぼんやり待っているのですが、実はそんなにぼんやりしているのでもなかったのです。私は、目の前で執務している十人ばかりの女の子を、ひそかに観察していたのです。みんなもう、見事なくらい、平然と私を黙殺しています。女の子から黙殺されるのは、私も幼少の頃から馴れていますので、かくべつ驚きもしませんが、でもこの黙殺の仕方は、少しも高慢の影は無く、ひとりひとり違った心の表情も認められず、一様にうつむいてせっせと事務を執っているだけで、来客の出入にもその静かな雰囲気《ふんいき》は何の変化も示さず、ただ算盤《そろばん》の音と帳簿を繰る音が爽《さわ》やかに聞こえて、たいへん気持のいい眺めなのでした。どの子の顔にも、これという異なった印象は無く、羽根の色の同じな蝶々がひっそり並んで花の枝にとまっているような感じなのですが、でも、ひとり、どういうわけか、忘れられない印象の子がいたのです。これは、働く少女たちの間では、実に稀《まれ》な現象です。働く少女たちには、ひとりひとりの特徴なんか少しも無い、と前にも申し上げましたが、その工場の事務所にひとり、どうしても他の少女と全く違う感じのひとがいたのです。顔も別に変っていません。やや面長の、浅黒い顔です。服装も変っていません。みんなと同じ黒い事務服です。髪の形も変っていません。どこも、何も、変っていません。それでいて、その人は、たとえば黒いあげは蝶の中に緑の蝶がまじっているみたいに、あざやかに他の人と違って美しいのです。そうです。美しいのです。何のお化粧もしていません。それでも、ひとり、まるで違って美しいのです。私は、不思議でなりませんでした。白状すると、私は、事務所であの画かきさんを待っているあいだ、その不思議な少女の顔ばかり見ていました。これは、先祖の血だ、と私はもっともらしく断定を下して、落ちつく事にしました。その父か母に昔から幾代か続いた高貴の血があって、それゆえ、この人の何の特徴もない姿からでもこんな不思議な匂いが発するのだ。実に父祖の血は人間にとって重大なものだ、などと溜息《ためいき》をついて、ひとりで興奮していたのですが、それは、違いました。私のそんな独り合点は、見事にはずれていました。そのひとの際立《きわだ》った不思議な美しさの原因は、もっと厳粛な、崇高といっていいほどのせっぱつまった現実の中にあったのです。或る夕方、私は、三度目の工場訪問を終えて工場の正門から出た時、ふと背後に少女たちの合唱を聞き、振りむいて見ると、きょうの作業を終えた少女たちが二列縦隊を作って、産業戦士の歌を高く合唱しながら、工場の中庭から出て来るところでした。私は立ちどまって、その元気な一隊を見送りました。そうして私は、愕然《がくぜん》としました。あの事務所の少女が、みなからひとりおくれて、松葉杖《まつばづえ》をついて歩いて来るのです。見ているうちに、私の眼が熱くなって来ました。美しい筈だ、その少女は生れた時から足が悪い様子でした。右足の足首のところが、いや、私はさすがに言うに忍びない。松葉杖をついて、黙って私の前をとおって行きました。

（「文学報国」昭和十九年九月）

解説

奥野健男

この『ろまん燈籠《どうろう》』で、新潮文庫の太宰治の本は十七冊目になる。そうしてこの十七冊で太宰治の殆《ほと》んどすべての作品、エッセイが網羅《もうら》された。新潮文庫版太宰治全集が完結したと言ってよいだろう。(初期習作と若干の雑文、断片、そして書簡は別として……。)

本文庫『ろまん燈籠』には、昨年刊行した本文庫『新樹の言葉』に続く時期、昭和十六年(一九四一年)から、昭和十九年(一九四四年)にいたる、作者三十二歳から三十六歳までの四年間に書かれた小説、十六篇を収録した。太宰治の文学活動の中期にあたる時期の作品であるが、それよりも、日中戦争が泥沼化し、ついに米英に対する全面戦争がはじまり、次第に戦況が悪化し、敗戦が決定的になって行く時代に書かれた作品であるということを読者に強調しておきたい。

この時代は、国家権力による言論や文学への統制がきわめて強かっただけではなく、大多数の国民の意識も感情も、きわめて愛国主義的でファナティックであった。戦争反対の文章でも発表すれば、当局よりまず国民たちの怒りをかったであろう。そういう国民感情の大きな圧力があらゆる文学者に対してあったという時代状況を認識して、この時代の文学作品を読まなければ評価を間違えることになる。文学者にとって真に怖いのは権力による弾圧より、熱狂した庶民たちからの非難であり、孤立なのである。さらに加えて言論統制と紙などの物資不足から多くの雑誌が廃刊され統合され、出版も許可制度になり、文学者の作品を発表する舞台は狭められ、創作活動はきわめて困難になる。もちろん日常生活も苦しくなる。

そう言う時期に、太宰治は『新ハムレット』『正義と微笑』『右大臣実朝《さねとも》』『新釈諸国噺《ばなし》』『津軽』『惜別』『お伽《とぎ》草紙』などの、太宰文学の中核をなす重要な作品を次々と書いて行く。既に本文庫に収録した『きりぎりす』『東京八景』『待つ』『竹青』などの短篇の佳作もある。

困難な戦争期、これほど旺盛《おうせい》に、しかも内容の深いすぐれた作品を書き続けた文学者は、ほかにいない。しかも決して国家権力や軍国主義の状況に迎合した御用文学ではなく、芸術的な秘《ひそ》かな抵抗であった。太宰治など不屈な少数の文学者によって日本文学の伝統は、あの異常な戦争下も火をたやすことなく継承されたと言っても、過言ではないだろう。

なぜ太宰治がこの悪時代にもっとも豊饒《ほうじょう》な文学期を迎えたか。それは人生のすべてを文学に賭《か》けていた彼が状況の緊迫化のなかにますます文学にのめりこんだとも言えるが、周囲全体が滅亡に向って、死に向っている雰囲気《ふんいき》こそ、太宰治にとってもっともやすらぎをおぼえる安定した状況ではなかったのか。もはや太宰治は異常でも異端でもなかったのだ。

『ろまん燈籠』は昭和十五年十二月から十六年六月まで六回にわたって「婦人画報」に連載された。『新樹の言葉』に収録した『愛と美について』の続篇といえる。有名な洋画家であった入江新之助氏の遺族、特に子供である五人の兄妹はいずれもロマン好きである。その五人の兄妹の性格をそれぞれ活写しながら、その兄妹が連作する、王子に愛された魔法使いの娘、美しいラプンツェルの愛の危機の物語を綴《つづ》る。書き手の性格と書かれた文章との立体的関係の上に、作者は普通の小説のかたちでは書けない自分の中のロマンチックな物語を思い切りくりひろげる。その間に彼の人生論、芸術論も入る。なによりもこの入江家の類稀《たぐいま》れなる芸術家的雰囲気の一家団欒《だんらん》がたのしい。太宰治はこの形式をよほど好んだらしい。甘さを知りつつも、暗い時代への反逆として……。

『みみずく通信』は昭和十六年一月の「知性」に発表された。太宰治は前年十一月、旧制新潟高校に招かれ、珍らしく講演をしている。そのなれない体験を、自負と自嘲《じちよう》の交錯の中で、新潟の街や日本海の風景と学生たちの言動とあわせて軽妙にしかし真《ま》面目《じめ》に描いている。学生たちをたしなめる彼は、剣道の先生と間違われるほど背筋がのび、緊張していたのであろうか。『佐渡』と対をなす寂しくけれどたのしい作品である。ここいらから太宰治は確かに風格のある大人の作家になった。

『服装に就いて』は昭和十六年二月「文藝春秋」に発表された。弘前高校一年生のときの服装に凝《こ》って義太夫《ぎだゆう》を習い、江戸の粋を身につけようとした時代、東京の飲屋で江戸っ子ぶってタンカを切ったら「兄さん東北ね」と女中から言われた屈辱の挿話《そうわ》もまたゴム長靴の話などもおもしろい。ひとつの文明論にもなっているのだが、やはり太宰治は服装や容姿についてきわめて神経質だったことがわかる。その自意識過剰は少しわずらわしいが、着物と洋服との違いはあっても、案外今日の若者と通じるところがあるのではないか。

『令嬢アユ』は昭和十六年六月「新女苑」に発表された。いつも出入りする怠け者で鈍感なしかし純情な青年を使って、アユのように清純な令嬢と見える娼婦《しようふ》のおおらかさとその底にあるかなしさを表現した佳篇である。この時代に娼婦をテーマにして、すべてを許す理想の、しかし社会から蔑視《べっし》されている女性の美しさを敢《あ》えて描いているのである。

『誰』は昭和十六年十二月の「知性」に発表された。無神経な学生が言ったあなたはサタンだという言葉から、いったいサタンとは何かと聖書を中心に学術的に調べ、自分の本質は何か、人々に対してはたしている役割は何かを、ユーモラスなタッチながら、真剣に追求し、前期の作品を読むようである。

『恥』は、昭和十七年一月「婦人画報」に発表された。『誰』を裏返えしにしたような作品で作家が作品に書いたことを全部真実だと思いこんだ女が、こんな惨《みじ》めな作家には誰も女のファンはないだろうと、手紙を出し、わざと汚い恰好《かっこう》をして訪れると意外にもその作家は小ぎれいな家で端正に暮らしている。その現実にぶつかり女は頭から灰をかぶって逃げたいような恥しさを感じる。女性の惨めな男性に対する母性本能的優越をやゆした巧みな作品だが、何か読み終えて、あと味が悪い。『誰』と『恥』は作家のコンプレックスの表裏を描いたのであろうか。

『新郎』は昭和十七年一月「新潮」に発表された。〈昭和十六年十二月八日之《これ》を記せり。この朝、英米と戦端をひらくの報を聞けり。〉と末尾に付記がある。ここから大東亜戦争と呼んだ太平洋戦争下の作品である。同じ東アジア人である中国やインドシナとの戦いと違って、西洋の大国、白人と闘うということで日本人の意識は大きく変った。これは日本の存亡を賭《か》けた容易ならぬ戦争であるという悲壮感と共に、ある意味では白人対東洋人との戦争ということで割り切れ、さわやかな気分にもなった。その心情を、〈一日一日を、たっぷりと生きて行くより他《ほか》は無い。明日のことを思い煩《わずら》うな……〉と聖書の文章を引用しながら、太宰治もほかの日本の文学者と同じく異常な緊張した文章で書いている。しかし彼はいよいよ日本は滅亡の道を選んだ、それは自分の滅亡の心情と一致していると深層意識的に認識していたのだろう。そして滅亡、死まで、明るく充実した瞬間々々を生きようと決意する。新郎《はなむこ》の心情で暮らそうと。異様な文章であるが、その中にいよいよ聖書への傾倒が見られ、美しく、きよらかだ。しかし、銀座を紋付に紋章入りの馬車ではしろうという先祖返りの心情もあらわれている。高揚とニヒルとが交錯している作品である。

しかしその興奮を太宰治は『十二月八日』、昭和十七年二月「婦人公論」に発表した作品で夫人の目から客観化している。主人の開戦の日の興奮を見事に滑稽《こっけい》化して描いている。だが決して戦争を横目に傍観しているのではなく、ただ素朴な庶民の中に入り、それらと連帯感をたもちながら、不思議な文学的批判がかくされている。花田清輝らが戦後「日本抵抗文学選」にこの一篇を選んだが、そのような深い戦争批判と日本民族との運命共同体の認識とが微妙に表現されている。民衆と共に生き、共に死のうという心情であろうか。

『小さいアルバム』は昭和十七年七月「新潮」に発表された。〈いい加減にあしらって、ていよく追い帰そうとしている時に、この、アルバムというやつが出るものだ。〉と言う文章などまことに人生の妙をついて居り、この作品を読んで以後、来客に写真のアルバムを見せることをためらわざるを得ない。太宰治の文章はそのように頭にしみつくのだ。しかしこの時代それ以外のもてなしもないと、アルバムの写真を辿《たど》りながら、自分の半生を軽妙に具体的に語って行く。『人間失格』の「はしがき」の三枚の写真の顔のおそろしい説明の先駆が感じられる。

『禁酒の心』は昭和十八年一月「現代文学」に発表された。戦争になって極度に酒が不足し、目盛りしてまるで薬のようにけちけち飲み、卑《いや》しくなって行く心情をユーモラスに描きながら、その底に庶民としての怒りが、戦争批判がある。

『鉄面皮』は昭和十八年四月「文學界」に発表された。『右大臣実朝』に夢中になっていてほかのことは書けないと予告篇みたいなかたちになっているが、歴史文学論、そして在郷軍人会の査閲などの、戦争中期の庶民の心情が、自虐《じぎゃく》的な文体で綴られている。

『作家の手帖《てちよう》』は昭和十八年十月「文庫」に発表された。七夕の少女の美しい願いから、子供の頃サーカスを横から入ろうとして悪友たちと遊ぶ中で、みんなは追いちらされるのに自分だけがお坊ちゃんとしてサーカスの主人に大事にされる。その逆疎外《そがい》、逆差別の心情のかなしみをタバコの火のやりとりの中に描いた太宰治文学のマスター・キイが潜められているような短篇に思える。

『佳日』は昭和十九年一月「改造」に発表された。外地にいる無粋の友人のため、はじめての結納《ゆいのう》の儀などを紋付羽織、白足袋で行ったときの失敗を、ユーモラスにいささかの批判をこめて描いている。その背後にいる戦争未亡人を含めて、三人の美しく、厳しく、優しい姉妹の姿は印象的であった。『四つの結婚』という題で東宝で映画化され、暗い時代の中の明るい話題になった。

『散華《さんげ》』は昭和十九年三月「新若人」に発表された。辛《つら》い作品である。自分の家によく来ていたが詩の才能のなかった若い大学生が召集された。そして戦地からの手紙がくるごとに彼の詩はうまく切実になる。〈大いなる文学のために、死んで下さい。自分も死にます、この戦争のために……〉という葉書を北方の島アッツ島からもらう。これほどはっきり大いなる文学のために死んで下さいと言った友人はない。そして彼はアッツ島で玉砕し死ぬ。太宰治はこの時、文学のために死ぬ決意を慟哭《どうこく》の中にかためたのではないだろうか。

『雪の夜の話』は昭和十九年五月「少女の友」に発表している。女性を一人称にした気楽なかたちで少女の目から、東京の戦時下の風俗を描いているのだが、難破船の船員がようやく岸に辿りついたとき、燈台守り家族たちの幸福そうな一家団欒を見て、救いも叫ばずまた海に引きこまれるという有名な挿話もある。太宰治がいかにこの戦争の悪時代、家庭を妻子を守っていたか。眼球に定着された家族たちの姿は美しい。

『東京だより』は昭和十九年九月「文学報国」に発表された。都会の労働者、勤労学生たちの顔がみんな一定化して来たという鋭い観察が見られる。実際あるイデオロギーを強制されると人間の表情は皆同じになってしまうのだ。戦争下の日本も。そして作者は工場でただひとり個性的で美しい少女がいるのを発見する。なぜ彼女だけが……実はその少女は足が不自由であった。それ故《ゆえ》に懸命に生きているため美しく個性的なのだと……。

戦争下でも太宰治の目は曇《くも》っていない。日本を、日本人を愛しながらも、ものごとをすべて冷静に見て、表現している。戦争、日本の滅亡を宿命として考えつつ……。「アカルサハ、ホロビノ姿デアロウカ」(『右大臣実朝』)という言葉のように作品も明るいのだ。太宰治の小説の水準はこの悪時代の中でも少しも落ちていない。

（昭和五十八年一月、文芸評論家）

表記について

新潮文庫の文字表記については、原文を尊重するという見地に立ち、次のように方針を定めました。

一、旧仮名づかいで書かれた口語文の作品は、新仮名づかいに改める。

二、文語文の作品は旧仮名づかいのままとする。

三、旧字体で書かれているものは、原則として新字体に改める。

四、難読と思われる語には振仮名をつける。

なお本作品集中には、今日の観点からみると差別的表現ととられかねない箇所が散見しますが、著者自身に差別的意図はなく、作品自体のもつ文学性ならびに芸術性、また著者がすでに故人である等の事情に鑑み、原文どおりとしました。

（新潮文庫編集部）

新潮文庫編　文豪ナビ太宰治

ナイフを持つまえに、ダザイを読め!! 現代の感性で文豪の作品に新たな光を当てた、驚きと発見が一杯の新読書ガイド。全7冊。

太宰治著　晩年

妻の裏切りを知らされ、共産主義運動から脱落し、心中から生き残った著者が、自殺を前提に遺書のつもりで書き綴った処女創作集。

太宰治著　斜陽

〝斜陽族〟という言葉を生んだ名作。没落貴族の家庭を舞台に麻薬中毒で自滅していく直治など四人の人物による滅びの交響楽を奏でる。

太宰治著　ヴィヨンの妻

新生への希望と、戦争の後も変らぬ現実への絶望感との間を揺れ動きながら、命をかけて新しい倫理を求めようとした文学的総決算。

太宰治著　津軽

著者が故郷の津軽を旅行したときに生れた本書は、旧家に生れた宿命を背負う自分の姿を凝視し、あるいは懐しく回想する異色の一巻。

太宰治著　人間失格

生への意志を失い、廃人同様に生きる男が綴る手記を通して、自らの生涯の終りに臨んで、著者が内的真実のすべてを投げ出した小説。

ろまん燈《どう》籠《ろう》

新潮文庫　た－2－17

昭和五十八年二月二十五日　発行
平成二十一年四月二十日　二十八刷改版
令和六年八月五日　三十四刷

著者　太《だ》宰《ざい》治《おさむ》
発行者　佐藤隆信
発行所　株式会社新潮社

郵便番号　一六二―八七一一
東京都新宿区矢来町七一
電話　編集部(〇三)三二六六―五四四〇
読者係(〇三)三二六六―五一一一
https://www.shinchosha.co.jp

価格はカバーに表示してあります。

乱丁・落丁本は、ご面倒ですが小社読者係宛ご送付ください。送料小社負担にてお取替えいたします。

印刷・大日本印刷株式会社　製本・加藤製本株式会社
Printed in Japan

ISBN978-4-10-100617-8　C0193